D1719898

Zum Buch

Wer könnte wirklich sicher sein, dass eine Begegnung, ein Tag, eine Reise nicht ganz anders verläuft als geplant? Überall können sie lauern, die Fallen des Zufalls, und dein Leben plötzlich in eine andere Bahn lenken. Manchmal führt das Unerwartete ins Glück, manchmal ins Verderben. Das weiß man aber meist erst hinterher.

Wie auch immer, das Leben bleibt voller Überraschungen. Das Unerwartete hält die Protagonisten dieser Geschichten in Atem. Mal sind es unheimliche oder schicksalhafte Begegnungen, mal Kriminalgeschichten, mit denen Hermann Forschner seine Leser bestens unterhält. Seine feinsinnige Sprache lässt an vielen Ecken, selbst im Moment des Grauens, schalkhaften Humor durchblitzen.

Beste Unterhaltung für zwischendurch.

Danksagung

Ich danke meiner lieben Frau Renate für das gewissenhafte und konstruktive Durcharbeiten und Lektorieren meiner Texte.

Dem Arbeitskreis *Heilbronner Schreibtischtäter* sei Dank gesagt, ohne dessen kreative Anregungen und Ermutigungen die Geschichten nie geschrieben worden wären.

Hermann Forschner

Was nicht zu erwarten war

3 × 11
denkwürdige
Geschichten

© 2022 Dr. Hermann Forschner

Umschlag, Illustrationen: Hermann Forschner

Lektorat: Renate Forschner

Druck und Distribution im Auftrag des Autors:

       tredition GmbH, Halenreie 40-44, 22359 Hamburg, Germany

ISBN Softcover: 978-3-347-68931-2
ISBN Hardcover: 978-3-347-68932-9
ISBN E-Book: 978-3-347-68933-6

Inhalt

Teil 3 Schicksalsmomente

Die in den Geschichten vorkommenden Personennamen sind frei erfunden. Ähnlichkeiten mit realen Begebenheiten, Personen und Handlungen wären zufällig und nicht beabsichtigt. Die genannten Städte und Örtlichkeiten gibt es zumeist tatsächlich, aber die behaupteten Aussagen unterliegen wiederum der Freiheit der Fantasie.

Vorwort

Ob bei einem Waldspaziergang, beim Einkaufsbummel oder bei einem Ausflug mit dem Auto oder der Bahn: Der Zufall reist mit und bringt seine unberechenbaren Finger ins Spiel.

Eigentlich willst du nach rechts, aber ein unvorhergesehenes Ereignis lenkt deine Schritte nach links. Eigentlich sagt dir die Logik dies, aber dein Gefühl drängt dich zu einer anderen Entscheidung. Eigentlich ist alles perfekt geplant, aber wegen einer unvorhergesehenen Kleinigkeit läuft die Sache aus dem Ruder. Und von da an entwickelt sich die Situation anders als gedacht. Kommt dir das bekannt vor?

Manche nennen es Schicksal. Sollte man sich dem Schicksal also passiv ergeben, getreu dem Motto: *Es kommt, wie es kommt?* Ein Einbruch kann schließlich auch nur gelingen, wenn er gut geplant ist. Und kündigen sollte man nur, wenn man bereits einen *Plan B* in der Tasche hat. Wer plant und denkt, kann vielleicht dem einen oder anderen unliebsamen Zufall trotzen, so wie Frederic Fitzner, genannt *Der flotte Freddy*. Dennoch sollte man immer schön auf dem Teppich bleiben. Wie sagte doch der kleine französische Departementpolizist: „Nur wegen Vermutungen macht man noch keinen Wirbel!"

Ich bin sicher, dass Ihnen meine Geschichten nicht trotz, sondern gerade wegen der unerwarteten Schicksalsfallen gefallen werden. Keine Geschichte gleicht der anderen, und doch einigt sie ein gemeinsames Band: Es hätte auch anders kommen können.

Teil 1

Unheimliche Begebenheiten

Nächtliche Begegnung

Noch als halbwüchsiger Teenager fürchtete ich die Dunkelheit wie die Fliege das Spinnennetz. Was malte meine Fantasie mir für Schreckensdinge aus, die mir allein im düsteren Keller zustoßen könnten! Was für ein Aufstand jedesmal, wenn meine Eltern mich wegen eines kleinen Dienstes da hinunter schickten! Heute kann mich nur noch ein unerwarteter Brief vom Finanzamt erschrecken.

Spät am Nachmittag eines freundlichen Tages im Herbst nehme ich meine letzte Wanderetappe in Angriff, als sich der Himmel rasch verdüstert und den Eintritt der Nacht schneller vorantreibt, als mir lieb ist. Nur rasch voran! Die rettende Herberge kann nicht mehr weit sein! Böiger Wind frischt auf. Bunte Herbstblätter rauschen heftig und tanzen bald in wilden Wirbeln aus den Kronen. Es beginnt zu tröpfeln, und schon nach wenigen Minuten regnet es heftig. Ein erster Blitz zuckt auf und schleudert seinen grellen Schein in rabenschwarze Dunkelheit. Regenmassen prasseln vom berstenden Himmel und zerstreuen das Blitzgewitter in millionenfachen Prismen. Ich versuche erst gar nicht, meinen Fünf-Euro-Regenschirm gegen den Sturm zu richten, der nun losbricht.

Ich eile an einer windschiefen Scheune vorbei. Im Moment, als ich mich besonnen umdrehe, um sie vielleicht als Gewitterschutz aufsuchen zu können, geschieht es: Im gleißenden Flackern eines gewaltigen Ausbruchs dicht über dem Horizont malt sich ein rußschwarzes Ungeheuer auf ihre Bretterwand. Wie ein Stroboskop flimmert es nach. Jetzt scheint aus dem Schattenungeheuer ein gehörntes Wesen geworden zu sein. War's eine Illusion oder ein Abbild, das sich auf den wettergrauen Planken kurz

abzeichnete? Malte da der Leibhaftige selbst sein düsteres Konterfei auf das morsche Holz? Oder war *Er* es vielleicht höchstselbst, der mir im zuckenden Licht zu winken schien? Und verzerrte sich der stachlige Hörnerkopf danach nicht zu einer erschreckenden Fratze, gegen die der Glöckner von Notre-Dame ein Adonis war? Oder – steht der Höllenfürst vielleicht dort, ja, dort, auf der kleinen Anhöhe beim angrenzenden Feld? Ein Wesen wie aus dem Gruselkabinett winkt im Sturm mit seinen in Fetzen umherschlagenden Ärmeln. Es riecht wie im Chemieunterricht, als der Lehrer Schwefel verdampfte. Wo zum Teufel bin ich hingeraten? Meine Zunge klebt mir vor Entsetzen am Gaumen, trotz der Wassermassen, die von meinen Haaren triefen.

Wieder ein Blitzschlag. Dort steht tatsächlich einer! *Sein* Schattenwurf war es wohl, der groß wie Goliath auf die Lattenwand projiziert wurde. „Bist du auch ein verspäteter Wanderer? Oder bist du ein Wegelagerer oder ein Unhold? Wenn du gar der mit dem Hinkefuß bist, dann stelle dich!", schreie ich den seltsamen Kollegen an. „Mensch, habe ich einen Knall?" rufe ich mir jetzt selbst im tobenden Lärm ins Gewissen. Ich habe mich doch nicht mein halbes Leben um die objektive Betrachtung der Wirklichkeit bemüht, um im Zweifelsfall immer noch an den Teufel zu glauben! Und dennoch – mein Puls schnellt hoch und dröhnt laut in meinen Ohren wie das Donnergrollen um mich. "Heda! Wer dort? Rede!", brülle ich mit äußerster Wut und Entschlossenheit die unheimliche Gestalt an. Doch die zeigt keine sichtbare Reaktion. Ich fixiere den Kerl wie die Kobra den Fakir, und ohne ihn aus den Augen zu lassen, bücke ich mich nach etwas Greifbarem. Gibt es da nicht irgend etwas, das ich werfen könnte? Ein leicht schwabbeliger Apfel ist's, der mir zwischen die Finger kommt. Der Sturm hat die letzten Früchte von den umstehenden Bäumen geschlagen. Ich greife zu und werfe mit der Wut des Eingeschüchterten die Frucht nach dem unheimlichen Götzen dort oben, nahe der kleinen Kuppe. Habe ich überhaupt getroffen? Ich taste nach weiteren vergoren riechenden Wurfgeschossen und schleudere sie auf den Feind. Der zeigt sich völlig unbeeindruckt von meinen Angriffen. Ich nehme meinen ganzen Mut zusammen und nähere mich dem geheimnisvollen Wesen wie Odysseus dem schlafenden Zyklopen. Jetzt kann ich es auch im Geheule deutlich hören, dass mein Wurf getroffen hat, denn zwei, drei der aufgesammelten Projektile prallen dumpf auf etwas Organisches, Halbweiches. Doch kein Schrei, kein Protest kommt aus der Richtung, dessen bin ich mir trotz des Wetterlärmes sicher. Nur die Arme fuchteln weiter unruhig umher.

Droht mir der düstere Gesell etwa? Will er mir die Schlagkraft seiner Arme zeigen? „Haha!" lache ich in die schaurige Nacht. „Die Zeiten sind längst vorbei, als ich noch an den Klabautermann oder den Nachtschrat glaubte. Kleine Kinder kannst du so vielleicht erschrecken, aber nicht mich, keinen, der die Naturgesetze studiert hat, der weiß, dass die Zeiten des Aberglaubens vorbei sind!" Und ich hämmere mir wieder wie einst das Mantra in mein Unterbewusstsein: „Alles lässt sich erklären!" Dort wird, dort muss jemand stehen, auch wenn seine Absichten rätselhaft erscheinen.

Ich nähere mich der Gestalt entschlossen bis auf wenige Schritte und strenge meine Augen an. Kein Zweifel: Die starre Körperhaltung bei gleichzeitig im Wind wedelnden Armen, das bleiche Gesicht mit dem starren Blick, … das ist nichts anderes als ein ausgestopfter, bemalter Strohsack, ein Starenschreck, von grober Hand zusammengesteckt und in Feldmitte aufgestellt. Die Blitze hatten, wie vermutet, seinen Schatten verzerrt auf die Bretterwand geworfen. Meine erregte Fantasie hatte sich aus dem Schattenwurf ein Teufelsbild ausgemalt! Nichts weiter! Die Welt, die uns umgibt, ist *doch* berechenbar! Mystisches und Unheimliches finden immer eine natürliche und rationale Erklärung. Allerdings – was hat eine Vogelscheuche jetzt im späten Herbst hier zu suchen, wo es nun nichts mehr zu schützen gibt? Die Ernte ist eingebracht. Die diebischen Vögel haben sich längst zerstreut oder sind in mildere Gefilde abgewandert. Man wird die Vogelscheuche hier vergessen haben.

Ich erkenne, dass es unsinnig ist, bei diesem Wetter schnell zum Wanderziel kommen zu wollen, zum wärmenden Gasthaus, zur beheizten Stube und zu einem warmen Nachtmahl. Meine Kleider triefen schon wie ein vollgesogener Badeschwamm und meine Wanderschuhe fühlen sich an wie ein überlaufender Teich. Außerdem lehrt uns die Wissenschaft, bei Gewitter nicht durch die Gegend zu eilen, sondern auf einem Fleck zu verharren. Also begebe ich mich zurück zu jener grauen Scheune, die ich erst vor wenigen Augenblicken passiert hatte, und hoffe inständig, sie möge nicht verschlossen sein. Ich stemme mich gegen die rostige Tür. Sie ist verzogen und klemmt, lässt sich aber nach etwas Rütteln unter Knirschen und Schaben aufdrücken. Das Innere ist mit undefinierbaren Gerätschaften angefüllt, die ich in der Dunkelheit nur erahnen kann. Wem würde es da nicht mulmig werden? Aber der Raum ist trocken und gewährt mir Schutz und Zuflucht. Eine Weile will ich hier niedersitzen und warten, bis das Gewitter vorübergezogen ist.

Nach geraumer Zeit ebben Regen und Wind ab. Die Abstände zwischen Blitz und Donner vergrößern sich, bis sich das Sekundenzählen nicht mehr lohnt. Allmählich kehrt eine merkwürdige Ruhe ein, eine Stille, als würde die Nacht den Atem anhalten. Nur die Tropfen, die von den alten Holzplanken herabrinnen, hören sich wie fernes Kichern an. Der leicht abgemagerte Mond schiebt sich hinter den davon wandernden Wolken hervor und taucht die Landschaft in ein kränkliches Licht. Eine Übernachtung in dem Schuppen in nasskalten Kleidern kommt für mich nicht in Frage. Ich verlasse mein schütteres Obdach und setze meinen Weg fort.

Richtig, da liegt die kleine Allee von Apfelbäumen, die den Weg säumt und dahinter erstreckt sich die kleine Kuppe inmitten des Feldes. Dort müsste wohl diese künstliche Kreatur stehen, die den gefiederten Schädlingen das Fürchten lehren sollte. Ich schreite entschlossen ein weiteres Mal herzu. Das bleiche Mondlicht erhellt leidlich die Szenerie. Ja, hier muss die Stelle sein, die mir vor vielleicht einer Stunde den Puls hochgejagt hatte. Ich verharre und schaue angestrengt, drehe mich um mich selbst. Hier ist – nichts! Ich erschaudere, doch nur kurz, dann lache ich über mich selbst: Natürlich, der aufgestellte Strohsack musste im Sturm umgeweht worden sein. Ich schreite die vermutete Stelle, dann das ganze umgebende Gelände im tropfnassen Gras ab. Ich nehme es systematisch erst in kleineren, dann weiter werdenden Kreisen in Augenschein. Doch so sehr ich forsche und spähe – es gibt keine Vogelscheuche oder etwas, das diesem Eindruck nahe kommt.

Mit keuchendem Atem jage ich meinen Weg durch die Nacht. Der Mond zeigt mir hinreichend deutlich die leichenfahle Schotterbahn des Waldweges. Ich eile, ich fliege fast darüber hinweg. Nur nicht nach hinten schauen! Mein Puls rast. Diese verdammte Herberge, ich müsste doch längst dort sein!

Im Stau

„Im Rotlicht muss er stehen, sonst kannst du gleich gehen", ulkt Frank, mein Beifahrer, auf seine oft schlüpfrige Art. Ich muss hart auf die Bremse treten. Wie kann einer nur immer so lockere Sprüche auf Lager haben! Vor uns leuchten im diesigen Halbdunkel die roten Bremslichter der vor uns fahrenden Autos auf. „Keine Bange, nur ne Schlange", fügt er trocken hinzu.

„Mist! Ausgerechnet vor dem Tunnel! Keine Ausfahrt in Sicht!", raunze ich und ziehe nach links, um die Rettungsgasse frei zu halten.

„Lieber vor als im", ergänzt Frank, und eigentlich hat er recht. Mein Auto kommt zum Stillstand. Vor uns verschwindet die stehende Autoschlange im Albgrundtunnel, dessen Eingang nur wenige Schritte vor uns liegt. Hinter uns wächst der Stau rasch an.

„Aber ne Baustelle war nicht angezeigt", erinnere ich mich.

„Lieber Braustelle als Baustelle. Hoffentlich kein Unfall im Tunnel, das könnte lange dauern. Ich mach dir mal 's Radio an, wollen mal hören, ob der Verkehrsfunk was unkt", beeilt sich Frank, mir zu helfen. Doch wie sehr er auch den Kanalsucher hin- und herschickt, er bekommt einfach keinen Sender herein. „Ziemlich berauschend!", kommentiert er den Wellensalat.

„Wohl'n Funkloch", vermute ich, „stell lieber wieder ab! Batterie sparen. Wer weiß, wie lange das dauert." Ich schalte auch das Licht aus.

„Was ist'n der Unterschied zwischen einem Funkloch und einer ledigen Frau?"

„Mensch, halt mal die Klappe! Kannst du nicht einen Moment seriös sein?", pflaume ich Frank genervt an.

„Schady um die Party", kalauert der schon wieder. „Machen wir ne Party hier drinnen! Du singst, ich tanze!"

„Mir ist nach Scherzen echt nicht zumute! Ich hasse Staus und das ungewisse Warten! Du etwa nicht?", nörgle ich los. Denn ich bin ein Mann der Tat. Nichts ist schlimmer für mich als untätig herumsitzen zu müssen. Wenn ich doch wenigstens mein Laptop dabei hätte.

„Na, nu bleib mal locker auf'm Hocker", reimt Frank in unerschütterlicher Albernheit. „Das wird schon wieder. Wenn erst mal Polizei und Rettung da sind, dann gehts weiter auf der Leiter. Wirst sehen."

Doch auch nach zehn Minuten ist kein sich näherndes Blaulicht zu erkennen. Der Stau steht. Übrigens auch auf der Gegenspur. Bislang kam kein einziges Auto entgegen. Also steckt auch der Gegenverkehr fest. „Muss doch was Größeres sein!", stöhne ich frustriert. Auch die anderen Fahrer schalten nach und nach die Motoren ab und machen die Lichter aus. Zum Glück ist es draußen nicht kalt, so dass man auch ohne die Stromfresserheizung über die Runden kommen sollte. Einige Leute vor und hinter uns steigen aus, schauen sich um oder rauchen eine Zigarette. Doch da sich gar nichts weiter ereignet, steigen die meisten wieder in ihr Fahrzeug ein und scheinen einfach abzuwarten. Geduld ist gefragt. Das würde eine längere Sache werden, schien zu befürchten.

„Hast du noch was vorgehabt heute Abend?", frage ich meinen Freund.

„'N Abendessen mit Silvie geht mir durch die Lappen!", seufzt er übertrieben. „Jetzt hatte ich die endlich so weit, und ich muss hier festhängen. Noch dazu nur mit nem Mann. Echt hartes Los. Und du?"

„Die Generalversammlung des Kleintierzüchtervereins muss wohl ohne mich stattfinden! Nicht so schlimm, bin sowieso nur passives Mitglied."

„Wow, das nenn ich erst ein schweres Schicksal!", uzt Frank. „Dass aber auch gar nichts vorangeht! Ich such mal mit'm Handy die Verkehrsnachrichten. … Mist-Biest! Krieg gerade nichts rein …"

„Hey, ruf doch besser mal gleich deine Silvie an, die soll im Internet nachschauen, was da vorne los ist! Sag ihr, im Albgrundtunnel …"

„Keine Verbindung! Gibt kein Netz hier! Nada! Niente!", schüttelt Frank den Kopf. „Radio, Netz, Handy, alles tot hier! Schlau die Sau! Und irgendwie witzig, Herr Hitzig!"

Inzwischen ist es dunkel geworden. Ich muss mal – für kleine Jungs. Gibt niemand, der das gerne macht, so im Blickfeld hunderter Staukameraden und natürlich auch -kameradinnen. Aber es ist fast Nacht, und irgendwie scheint alles um uns herum schon zu schlafen. Nicht mal Innenlichter, keine Raucher mehr vor der Tür. „Wie Ballermann im Lockdown", ruft mir Frank nach draußen zu.

Nach vollbrachter Tat setze ich mich wieder hinter das Steuer und stelle die Rückenlehne schräg. „Komm, wir machen's uns bequem! Wird eh nichts mehr mit meinen Kaninchenzüchtern. Wann kommt man mal so zeitig ins Bett!"

„Und Silvie ist heut solo, ohne ihren Prolo. Vielleicht gar nicht so schlecht. Man muss sich bei den Frauen rar machen, wenn man sie erobern will. Lässt du sie allein, stöhnt sie wie ein Schwein", blödelt Frank drauflos. Wir tauschten noch eine Weile Belanglosigkeiten aus. Immer häufiger aber schweigen wir.

„Mann, mach doch mal das Fenster auf, die Luft hier drin wird langsam Suppe", fleht Frank nach einer Weile, und wir drehen die Seitenscheiben herunter. „Draußen müffelt's aber auch nicht besser. Da atme ich lieber Eigenduft." Wir drehen die Scheiben schnell wieder hoch. Irgendwann müssen wir beide dann eingeschlafen sein.

Mitten in der Nacht erwache ich mit Rücken- und Kopfschmerzen. Draußen ist es stockfinster. Der Himmel ist schwarz wie ein Kohlensack von innen. Die Autoleiber um uns kann man mehr erahnen als sehen. Abwarten und Tee trinken, wenn du Tee hättest. Frank schnarcht schleppend.

Im ersten Morgengrauen kann ich es nicht mehr aushalten. Man muss doch etwas unternehmen. Ich stoße Frank an und erkläre, dass ich den Stau jetzt abliefe und er mit dem Auto nachrücken solle, falls sich die Schlange in Bewegung setzen würde. Frank antwortet nicht, der Penner. Wie kann man in so einer Situation nur so entspannt sein. Außerdem ist die Luft im Innern jetzt total verbraucht und riecht streng wie im Raubtiergehege.

Die Morgenluft schlägt mir feuchtkalt ins Gesicht und riecht auch, – aber nach etwas anderem. Nach Schimmelpilzen? Nein, mehr so wie gammliges Leder. Ich schaue mich um. Die Insassen der umliegenden Fahrzeuge scheinen alle noch zu schlafen. Die meisten haben ihre Seitenscheiben einen Spalt weit geöffnet. Hätten wir auch machen sollen, dann würde mein Schädel jetzt nicht so brummen. Ich gehe links vom Seitenstreifen auf dem grau schimmernden Gras los, der Ursache des Staus entgegen. Gleich erreiche ich den Tunneleingang, der mich aufnimmt wie der geöffnete Schlund eines Ungeheuers. Die Autos stauen sich auch darin in Doppelreihe und verlieren sich im Dunkel. Merkwürdig, es gibt kein Licht im Tunnel. Alles ist still. Ich fasse mir ein Herz und klopfe an irgendein Seitenfenster, das etwas heruntergedreht ist. Keine Reaktion. Der Fahrer, ein junger Bursche, scheint tief zu schlafen. Ich gehe zum nächsten Fahrzeug. Hinter der geschlossenen Scheibe erkenne ich das Gesicht einer Frau mittleren Alters, deren Augen geschlossen sind. Weitere Insassen sitzen mit aneinandergelehnten Köpfen auf der Rückbank. Ich klopfe erst zaghaft ans Seitenfenster, dann beherzt mit der flachen Hand aufs Dach. Da immer noch niemand reagiert, öffne ich vorsichtig die Fahrertür. Ich berühre die Schlafende leicht an der Schulter, rüttle dann fester, schließlich schüttle ich den Oberkörper der Frau heftig durch: „Entschuldigung, dass ich störe – ist Ihnen etwas …?" Da, endlich öffnen sich ihre umrunzelten Augenschlitze wie unter großer Mühe ein wenig, und sie murmelt undeutlich und abweisend: „Lass mich in Ruhe, … bin müde, … hau ab …" Bestürzt lasse ich die Tür zufallen und gehe rasch aber vorsichtig so weit in den Tunnel hinein, wie das matte Morgenlicht, das vom Eingang hereinkriecht, gerade noch die Orientierung ermöglicht. Niemand der hier Wartenden reagiert, öffnet die Autotür oder spricht mich an. Im Gegenteil, ich werde erneut gewahr, dass um mich Totenstille herrscht. Wenn es nur nicht so penetrant nach fauligem Leder riechen würde. Nein, es riecht nicht, es stinkt. So ähnlich, wenn auch nicht so heftig, hatte Opas Aktentasche gemüffelt, als ich sie vor einigen Jahren im hintersten Eck des feuchten Kellers entdeckte. Graue Schimmelflecken zierten ihre einst schwarzlederne Klappe. Zum Wegwerfen!

Jetzt erinnere ich mich an die kleine Taschenlampe, so ein kleines LED-Kraftpaket, dessen heller Strahl mir den Weg weiter in die lichtlose Röhre weist. Mein Kopfdruck ist schlimmer geworden. Man sollte immer eine Aspirin bei sich führen. Als ich es nach vielleicht hundert Metern wage, in eines der stehenden Autos hineinzuleuchten, ergreift mich Grauen: Der Lichtstrahl fällt auf das Gesicht eines alten Mannes, dessen glasige Augen angstvoll und starr in die Ferne schauen und dessen Mund wie zu einem stummen Schrei aufgerissen ist. Ein Blick, wie von Edvard Munch gemalt. Ich öffne die Tür, um Hilfe zu leisten, doch der Mann fällt mir leblos in die Arme und, ehe ich ihn richtig fassen kann, von da wie ein Sack auf den Fahrbahnrand. Ich schreie entsetzt auf: „Hilfe! Her zu mir! Da braucht jemand Hilfe! Einen Arzt!" Doch niemand kommt aus den blechernen Refugien heraus, deren dunkle Scheiben mich wie bösartige Reptilien anzustieren scheinen. Ich trommle gegen Fenster und Türen der nächstgelegenen Autos, ohne auch nur die geringste Reaktion hervorzurufen. „Seid Ihr denn alle bescheuert? Warum antwortet denn keiner?" brülle ich meine verunsicherte Empörung heraus. Ich leuchte einige Köpfe ab. Da scheint nirgendwo Leben zu sein. Ich reiße wahllos einige Türen auf. Die Menschen geben kein Lebenszeichen von sich.

Mein Puls rast, mein Atem keucht stoßweise, und ich bemerke voller Schrecken, wie sich mein Sehvermögen einzutrüben beginnt. Die Konturen der leblosen Personen verschwimmen im Licht der Taschenlampe. Ich beginne, mit schlurfenden Schritten zurück zu taumeln, erst eilig, dann immer schwerfälliger. Was ist das? Wie in schlimmen Alpträumen wollen meine Beine dem Willen nicht folgen und werden von Sekunde zu Sekunde schwerer. Schwer wie Blei. Auch meine Gedanken. Sie kommen ins Stocken. Raus hier! Wohin? Wo ist der Ausgang? Die Lampe fällt mir aus der Hand. Ich komme ins Stolpern. Schlage mit dem Gesicht beim Fallen auf einen Randstein. Ich spüre noch das warme Blut an meiner Wange herabrinnen, versuche weiterzukriechen. Dann verliere ich das Bewusstsein.

Shivas Tanz

Meine Zehen bohren sich in den weichen Schlick und graben spielerisch und absichtslos die eine oder andere Muschel aus ihrem Versteck. Wie herrlich das ist, nach einem langen und anstrengenden Wandermarsch dieses Paradiesfleckchen gefunden zu haben, mit Aussicht auf Entspannung. Ich will mich hier eine Weile ausruhen, ehe ich meinen Weg fortsetze. Und so sitze ich, angelehnt an einen alten, morschen Weidenstamm, leicht sommerlich bekleidet, am Rand eines überschaubar kleinen Sees in verschwiegener Landschaft. Denn ich bin ganz alleine hier. Keines Menschen Stimme verunreinigt die weltentrückte Atmosphäre. Die Oberfläche des Gewässers liegt spiegelglatt. Die Luft schweigt und duftet nur still nach Schlangen-Knöterich, Blutweiderich und Mädesüß.

Den Rucksack habe ich von mir geworfen, meine feuchtwarmen Schuhe und Socken abgestreift, und meine Füße baumeln im kühlenden Wasser. Die späte Nachmittagssonne scheint warm in mein Gesicht. Ich lasse alles von mir abfallen, den Stress der letzten Tage, die unendlichen Sitzungen und Planungsbesprechungen. Ich gebe mich ganz dem Moment hin, nichts denkend, nichts wollend, nichts planend, versunken im Sein, im Hier und Jetzt. Ich habe das immer wieder geübt, seit ich vor drei Jahren den Meditationskurs in der Volkshochschule belegte. Ich kann inzwischen schnell abschalten und mich auf Ruhe konzentrieren.

Wie ich so in halber Trance versunken und mit geschlossenen Augen weile, da nimmt mein etwas in die Ferne gerücktes, aber immer noch in Bereitschaft stehendes Bewusstsein ein ungewisses Summen wahr, mehr ein Vibrieren der Luft. Der Ton, wenn man das überhaupt so nennen kann, dieses Brummen, ist tief und von einer Art, wie ich ihn noch nie gehört habe. Oder doch? Vielleicht bei meinem letztjährigen Klosterbesuch in Tibet, wo ich jenen Mönchsgesang kennenlernte. Dort leben Männer, die eine besondere Gesangstechnik beherrschen. Durch sie wird die menschliche Stimme in abgründige Tiefe versetzt und erzeugt einen fast hypnotischen Klang. Er soll den Geist in religiöse Versenkung versetzen und ihn für spirituelle Erlebnisse öffnen.

Ich gebe mich diesem Orgeln hin. Es ist betörend, es lullt mich ein. Ich frage nicht, woher es kommt und wozu es dient. Es ist einfach da. Ich bin da. Die Zeit steht still. Das Summen, das wie aus der Ferne des Erdmittelpunktes zu kommen scheint, geht in ein kreisendes, zartes Beben über, als würde es von vielen kleinen Schallerzeugern gleichzeitig ausgelöst, um die Luft, nein, den ganzen Äther mit ihrem Tremolo zu durchdringen. Meine Chakren beginnen sich zu öffnen und zu erweitern. Ich nehme Teil an Shivas kosmischem Tanz. Alles ist Schwingung. Die Welt wird zum Meer tanzender Energiemoleküle.

Nach einer gefühlten Ewigkeit setzt mein Tagesbewusstsein wieder ein. Diese verdammte, rationale Denkmaschine, die immer den unbekannten Dingen auf den Grund gehen will, die ein Geheimnis nicht ein Geheimnis bleiben lassen kann, fragt mich aufdringlich: Was ist das? Und meine Physis unterwirft sich dieser Kommandofrage wie ein Diener seinem Herrn: Ich öffne die Augen.

Ach hätte ich es nur nicht getan! Hätte ich nur weiter in meiner spirituellen Versenkung verbracht. Er wäre mir erspart geblieben, der Schrecken, den ich jetzt erleben muss: Ich sitze inmitten eines Schwarms von Hornissen, die mich nervös umkreisen! Warum sie sich ausgerechnet mich als verlockenden Orientierungspol ausgesucht haben, erfasse ich im Moment nicht. Jedenfalls werde ich mir sofort der Gefahr bewusst, in der ich mich befinde. Ich leide nämlich an einer Insektengift-Allergie. Schon ein Wespenstich erzeugt in meinen Zellgeweben heftige Schwellungen und Kreis-

laufprobleme. Und Hornissen sind ja eine Art großer Wespen. Ah! Weg hier! Panik und Flucht!, schreien mein Instinkt und mein Bauchgefühl im Duett.

Nun ist es wiederum ein Vorteil unseres Bewusstseins, die Kontrolle behalten zu können, und dieses redet mir besonnen zu: Beherrsche dich! Bleib einfach still sitzen! Bewege dich nicht! Auch Hornissen stechen nur, wenn sie sich bedroht fühlen. Ein reglos dasitzender Mensch wird für sie keine Bedrohung darstellen. Tatsächlich, die riesigen Insekten greifen nicht an, sie umschwärmen mich nur. Irgend etwas an mir muss ihre Aufmerksamkeit erregt haben. Das Surren wird aber auch nicht geringer.

Es sind aber zwei unterschiedliche Dinge: die Entschlossenheit, der Gefahr durch Aussitzen zu trotzen auf der einen und die Nervenstärke, das auch längere Zeit durchhalten zu können auf der anderen Seite. Außerdem scheinen sich die Kieselsteine unter meinem Hinterteil immer mehr in dasselbe hineinzubohren, je länger diese Geduldsprobe anhält. Wann legen sich Hornissen eigentlich schlafen? Nachts jedenfalls habe ich noch keine Wespenartigen fliegen sehen. Es würde aber wahrscheinlich noch Stunden dauern, ehe Dunkelheit und Abendkühle den Flugtrieb dieser schwarzgelben Bestien beruhigen. Hilfe von außen ist nicht zu erwarten. Dieser Ort liegt so abseitig, und ich bin so einsam und auf mich gestellt wie Adam vor Evas Erschaffung.

Neben Meditation beschäftige ich mich auch seit einiger Zeit mit Yoga. Ich habe gelernt, den Körper und seine Bewegungen zu beherrschen. Und so fällt mir nichts Besseres ein, als mich rücklings, mit den Füßen voraus, in extremem Zeitlupentempo unter Einsatz von Armen und Beinen ganz langsam abwärts in den See gleiten zu lassen. Meine Lider kneife ich als Schutz vor dem dröhnenden Gewimmel zu Schlitzen zusammen, aber auch, um die Biester nicht durch meinen Blick zu provozieren. Hunden soll man bekanntlich nicht direkt in die Augen schauen, wenn sie einen bedrohen. Meinen Atem versuche ich so zu beeinflussen, dass ich ganz kontrolliert und nur flach Luft einhole und ausstoße. Die schwärmenden Ungeheuer dürfen meine Angst keinesfalls bemerken.

Es mag auf diese Weise eine ganze Weile gedauert haben, bis mein Körper, ohne nennenswert Wellen geschlagen zu haben, ganz ins Wasser geglitten ist. Zum Glück fällt der Seeboden kurz nach der Uferböschung ab, so dass allmählich nur noch mein Kopf, dann nur noch die Nase samt Augen aus der Wasseroberfläche ragt. Jetzt sauge ich noch drei, vier tiefe Atemzüge ein und tauche dann entschlossen ab. Dann erst wende ich meinen Körper unter Wasser um und rudere schnell und mit kräftigen Zügen so weit in den See hinaus, wie es meine vollgesogenen Kleider und die zunehmend schmerzenden Lungen zulassen. Dazu kommt die Angst, mich in den streifenden Wasseralgen zu verwickeln und von ihnen in der Tiefe gefangen zu werden.

Erst als meine Atemnot auf dem Höhepunkt angelangt und mein Hunger nach Sauerstoff fast unerträglich geworden ist, wage ich es aufzutauchen und tief Luft zu schöpfen. Sofort beginne ich mit wilden, spritzenden und nicht mehr kontrollierten Schwimmbewegungen und hektisch atmend weiter von dem Ort der Bedrohung wegzukommen. Erst als mir der Abstand weit genug vorkommt und ich mich etwas sicherer fühlen darf, wage ich es, zum Ufer zurückzublicken.

Und dort kreist noch immer der aufgewühlte Flügelschwarm genau an der Stelle, wo ich vor kurzem gesessen bin. Er ist mir gottseidank nicht gefolgt. Ich bemerke aber auch, dass die summende Wolke abnimmt. Die in der Sonne glitzernden Monster sind wohl dabei, durch ein Astloch in den alten Weidenstamm zurückzukriechen, an den ich mich gelehnt hatte.

Ich schwimme zum gegenüberliegenden Ufer und steige an Land. Zu den Hornissen hätten mich keine zehn Pferde mehr zurückbringen können. Nach einigen Minuten der Erholung und Beruhigung setze ich meine Wanderung fort. Als ich am Ziel ankomme, sind meine Kleider am Körper längst getrocknet. Das Opfer meines Rucksackes wiegt gering angesichts des Umstandes, einer Lebensgefahr entronnen zu sein. Nur meine nackten Füße haben etwas gelitten, denn auch meine Socken und Schuhe ließ ich gerne im Herrschaftsgebiet der Weidenstammbewohner zurück. Mögen mutigere Finder ihre Freude daran haben.

Nach dem Virus[1]

Ach, wie duftet die Stadtluft auf einmal so frisch und frei. Frei sind auch mein Geist und mein Gemüt, wie ich so entspannt die Stuttgarter Kaiserstraße entlang schlendere. Sonnenstrahlen umspielen die aufbrechenden Alleebäume und bunten Fassaden der Geschäfte und Cafés. Die Menschen trauen sich wieder aus ihren Häusern. Wie neu geboren erscheint die Welt, der drohenden Apokalypse entronnen.

Denn es hatte eine Pandemie ungeheuren Ausmaßes geherrscht, die alle Kontinente mit sich riss. Nun war sie am Abklingen. Das Virus war neu, unbekannt und unheimlich, die Krankheitsverläufe unterschiedlich und kaum vorhersagbar. Die meisten Infizierten hatten keine oder geringe Symptome, so wie ich, andere schwere, und etliche Unglückliche starben daran – weltweit immerhin über 150 Millionen! Eigentlich gar nicht so viel, wenn man bedenkt, wieviel Menschen durch Kriege, Hunger, den Straßenverkehr, Naturkatastrophen, Verbrechen und Selbstmord jährlich ums Leben kommen. Aber es war die Angst, die die Menschen lähmte und die Wirtschaftsdaten samt Aktienkursen abrutschen ließ wie Schneelawinen vom Dach. Nun aber geht die Welt wieder guten Zeiten entgegen. Es würde ein schönes Frühjahr werden – ohne Zwangsquarantäne, ohne diese albernen Gesichtsmasken. Ein Impfstoff ist allerdings immer noch nicht gefunden. Die Epidemie ist einfach von selbst abgeklungen. Die Virologen wundern sich und suchen noch nach Erklärungen. Die Fallzahlen sinken seit Monaten rapide, die Kurve der Todeszahlen schrumpft weltweit seit Wochen. Allmählich versandet auch das mediale Interesse an der Seu-

---

1 geschrieben am 2.3.2020, zu Beginn der Corona-Pandemie!

che. Sie scheint ausgestanden. Die Welt wendet sich wieder neuen, attraktiveren Themen zu.

Ich nehme auf dem Freisitz eines netten, kleinen Straßencafés Platz, bestelle einen Cappuccino und schaue dem bunten Treiben zu. Ein emsiges Hin und Her wie im Ameisenhaufen erfüllt die Geschäftsmeile, Menschen beim Einkauf, beim Vergnügen, Menschen auf dem Weg zur Arbeit und – endlich wieder – Touristen, die seit wenigen Wochen wieder frei reisen dürfen.

Ich schlürfe entspannt den warmen und süßlichen Trunk und sehe mich zufrieden um. Die Luft riecht frisch nach den ausschlagenden Knospen der Bäume, gar nicht wie nach Innenstadt und Automief. Eigentlich habe ich diese Monate psychisch gut überstanden. Einige meiner Kollegen hingegen fielen in eine Depression. Andere haben heute noch mit den organischen Nachwirkungen der Viruserkrankung zu kämpfen. Mir hatte die Infektion kaum etwas ausgemacht: etwas Triefnase, zwei Tage ein wenig schlapp, das war's auch schon. Bin halt auch ein starker Typ! Ein gutes Immunsystem braucht man eben.

Auf der anderen Seite der Allee in Richtung Hauptbahnhof, einen Häuserblock weiter, da scheint auf einmal etwas los zu sein. Vielleicht wieder ein Straßenkünstler? Wie lange mussten wir auf solche Belustigungen verzichten! Ein Menschenauflauf entsteht, Unruhe breitet sich aus. Ein Krankenwagen kommt blinkend und mit Tatütata hergeeilt. Er bleibt einige Zeit stehen, fährt dann wieder ab. Die Menschen zerstreuen sich. Kommt vor, so etwas. Kreislaufschwäche vielleicht? Herzinfarkt? Mit gesundem Essen und Sport passiert so etwas nicht, dafür sorge ich schon. Und mit einem ausgeglichenen Gemüt, sage ich immer.

Mein Blick folgt den Passanten um mich, Kinder, Paare, junge, alte, schnelle, langsam promenierende. Ich schaue gerne den Leuten zu, wie sie aussehen, wie sie gehen, welche Gesichter sie machen. Heute sehen die meisten glücklich aus. Ein Mann jedoch fällt mir auf. Er ist vielleicht

etwas älter als ich, unauffällig gekleidet, Jeans, billiges Lederjackenimitat vom Discounter. Er schaut ziemlich verkniffen drein und geht merkwürdig unrhythmisch. Seine Bewegung geht in ein spastisches Zucken über. Er bleibt stehen, als holte er mühsam Luft. Dann verdreht er die Augen. Seine Beine winden sich wie eine Spirale ein, und der Körper kippt um und bleibt, kaum zwei Dutzend Schritte von mir entfernt, reglos auf dem Pflaster liegen. Sofort beugen sich Menschen zu dem Mann, versuchen Hilfe zu leisten. Nach wenigen Minuten kommt wieder ein Krankenwagen. Zwei Sanitäter stürzen heraus. Reanimationsversuche mit einem Defibrillator. Es ist wie im Film. Tuff! … Der Körper zuckt. … Tuff! Wieder bäumt sich der Rumpf kurz auf. Er wird doch nicht tot sein? Wie unangenehm, so nahe bei mir. Die Sanitäter packen eilig den immer noch krampfartig verdrehten Körper auf eine Bahre, laden diese ein und fahren ab. Es dauert, bis die Umstehenden erregt auspalavert haben und sich zerstreuen. Mein Blut wallt, denn man erlebt nicht jeden Tag eine solche Szene. Habe ich denn jemals eine *so* hautnah miterlebt? Ja, einmal vor vielleicht dreißig Jahren. Damals, in Paris, war eine alte Frau mitten auf den Champs Élysées zusammengesunken, und ich hatte den Wiederbelebungsmaßnahmen unmittelbar zuschauen müssen.

Ich versuche, mich wieder zu entspannen, sauge die süßlichen Frühlingsdüfte ein. In einer so großen Stadt wird gelebt, geliebt und gestorben. So ist und so war es immer schon. Einer wird geboren, ein anderer dankt ab. Drum lebe ich nach der Devise: Genieße deine Tage, erfreue dich an den schönen Dingen des Lebens, wie zum Beispiel – diese junge Frau, die dort spaziert und jetzt vor einem Schaufenster stehen bleibt. Sie ist hübsch und auffällig gekleidet. Deshalb hat mein Blick sie sofort herausgefiltert. Ihre blonden Haare wehen im sanften Wind. Eine farbenfrohe Bluse unter leichter Frühjahrsjacke. Ein Seidenschal elegant um den schlanken Hals geworfen. Die Lippen geschminkt. Ein Hingucker. Ob ich mal wie zufällig zu ihr rüberschlendere? Ja, auch das Flirten ist lange Zeit auf Eis gelegen. Das muss man geradezu wieder üben. Die Gesichtsmasken wirkten so gar nicht sexy. Und ich konnte meinen gewinnenden Blick mit diesen dampfenden Popeldingern nicht ausspielen. Doch was hat sie? Sie fasst sich plötzlich irritiert an den Hals, irgend etwas scheint nicht in Ordnung zu sein. Sie zuckt, als verlöre sie die Kontrolle über ihre Gliedmaßen. Sie ringt nach Luft und sinkt dann gekrümmt auf den Boden. Und wieder ein Menschenauflauf!

Jetzt werde ich unruhig und zahle rasch. Der Tag hat seinen Zauber verloren. Ich warte den Krankenwagen nicht ab und gehe weg. Zum Bahnhof will ich, raus aus der verdammten Innenstadt. Wie merkwürdig, die Menschen wirken auf einmal verändert. Ihre Blicke sind abweisend und misstrauisch geworden und verschlossen. Ich kenne das, so war es auch an den Höhepunkten der großen Epidemie gewesen. Etliche haben bereits wieder ihre zerknitterten Masken aus der Versenkung der Hosen- oder Jackentaschen hervorgezogen. Die hoffnungsvolle Fröhlichkeit, die noch vor einer Stunde diesen Stadtteil so wunderbar erfüllte, ist verschwunden. Die Menschen eilen mit eingezogenen Köpfen ihrem Ziel entgegen, als wollten sie auch möglichst schnell von hier weg.

Ich greife mein Smartphone und checke im Gehen die Nachrichten. Sabrina hat geschrieben, meine Freundin. Sie mahnt mich, sofort nach Hause zu kommen. Ich rufe sie an und frage, was los sei. Sie redet schnell und unruhig: „Es gibt rätselhafte Todesfälle auf dem ganzen Kontinent, heute über 67 allein in Stuttgart. Immer kommt erst ein krampfartiger Anfall, dann ein rascher Tod durch Ersticken, wird gesagt." Und dann stößt sie entsetzt die Worte aus, die meine Nackenhaare sich sträuben lassen: „Die Opfer waren offenbar alle an dem neuen Virus vorerkrankt und galten als genesen!"

„Das hat doch noch lange nichts zu sagen!", schreie ich jetzt selber nervös ins Gerät. „Die Durchseuchung der deutschen Bevölkerung liegt immerhin bei ungefähr vierzig Prozent, da ist die Wahrscheinlichkeit groß, dass unter den neuen Vorfällen einige vom Virus Genesene dabei sind und … "

„Ja, aber", fällt mir Sabrina ins Wort, „es gibt keine Ausnahmen, war eben in den Radionachrichten zu hören. Auch nicht in den USA, in ganz Asien, in Südamerika!" Das Staccato ihrer Stimme überschlägt sich: „Überall auf der ganzen Welt sterben nur solche Menschen ganz plötzlich, die sich bereits angesteckt hatten! Komm sofort heim!"

Ich beschleunige meine Schritte und gerate in eine drängende Menschenmasse. Sie scheint in Richtung Kriegsbergstraße zum Klinikum zu quellen. Ich kann mich nur mit Mühe daraus befreien. Habe ich nicht auch noch eine Maske irgendwo in einer Jackentasche? Ich fische sie heraus, streife sie in Form und ziehe sie über Mund und Nase, während ich weiter zum Hauptbahnhof eile. Ich renne zur S-Bahn, erwische gerade noch einen gedrängt vollen Waggon, quetsche mich zwischen die Leute. Manche diskutieren erregt, andere wenden sich, wie ich eingehüllt in ihre Atemmaske, von allen ab. Meine Hand fasst die Haltestange. Es ist ein enges Geschiebe. Die Bahn fährt mit einem Ruck an. Es ist so stickig hier … mein Atem … der Brustkorb … wie versteinert … Ich bekomme keine Luft … reiße meine Maske vom Gesicht … das enge Gedränge … raus hier … nur nichts wie raus … zur nächsten Station … Die Türen gehen auf … Warum bekomme ich die Hand nicht von der Stange … die Hand … Sie ist ganz verkrampft … meine Beine … Sie wollen nicht …

Zeitreise

Gedankenverloren starre ich vor mich hin. Mein Körper fügt sich dem zumeist gleichförmigen Rattern und Ruckeln. So ein Stahlungetüm in voller Fahrt entwickelt seine eigenen Rhythmen, die dich narkotisieren können. Deine Sinne erscheinen wie gelähmt, und du gerätst in einen Zustand eigenartiger Zeitlosigkeit.

Ich sitze in einem abgetrennten Abteil der transsibirischen Eisenbahn und bin bereits einen halben Tag unterwegs. Draußen schwebt die eisgraue Landschaft irgendwo zwischen Nischni Nowgorod und Jekaterinburg vorbei. Selten war ich bislang alleine in meinem Abteil, in dem sechs Personen Platz nehmen können. An unzähligen Bahnhöfen steigen immer wieder Leute aus und ein. Meine Gegenüber und die anderen Mitreisenden wechseln etwa im Halbstundentakt. Es ist ein Kommen und Gehen, denn nicht jeder hat eine so lange Reise vor sich wie ich.

Es mögen bereits Dutzende solcher Personenwechsel stattgefunden haben, Menschen, an deren Gesichter ich mich keine fünf Minuten lang erinnere, als auf einmal, es war am kleinen Bahnhof von Schachunja, ein schlanker, älterer Mann die Tür zu meinem Abteil aufschiebt und behutsam, ja fast etwas scheu hereintritt. Wir sind zu diesem Zeitpunkt die beiden einzigen Fahrgäste im Abteil. Mit der größten Liebenswürdigkeit macht der alte Herr eine altmodisch und fast komisch anmutende Verbeugung und spricht mit zarter und feiner Stimme: „Ich darf mich vorstellen: Pjotr Wassiljewitsch aus Ugradow."

Ich bin ziemlich perplex, da sich bislang noch kein einziger zugestiegener Fahrgast persönlich vorgestellt hat, so dass ich es in meinem Erstaunen versäume, mich selbst bekannt zu machen. Ich nuschele etwas wie „angenehm", und der Mann setzt sich nach der höflichen Frage, ob er Platz nehmen dürfe, die ich mit einem eiligen Kopfnicken beantworte, auf den Fensterplatz mir gegenüber. Einen Koffer oder sonstiges Reisegepäck hat er nicht bei sich. Seinen knielangen, beigegrauen Mantel hängt er etwas umständlich an den seitlichen Garderobehaken. Nachdem er Platz genommen hat, zieht er alsbald und ohne viele Umstände ein kleines Schreibheft aus der Innentasche seiner Jacke. Es ist eine schmale, schwarze und abgegriffene Kladde, die er auf einer Seite, die mit einem eingelegten Stoffbändchen markiert ist, geradezu ehrfurchtsvoll öffnet. Dann entnimmt er der anderen Innentasche einen Füllfederhalter, schraubt wie in feierlicher Zeremonie die Kappe ab, rückt seine Brille zurecht und beginnt zu schreiben.

Eine zeitlang sitzen wir schweigend auf unseren Plätzen. Ich greife nach meiner abgelegten Zeitung und tue so, als wäre ich in sie vertieft, mustere aber heimlich und unauffällig die seltsame Gestalt, die ganz auf ihr Tun gerichtet und in sich versunken mir gegenüber thront. Der Mann trägt einen dichten, grauen Vollbart. Eine schwarze, runde Hornbrille mit dicken Gläsern sitzt auf seiner Nase und vergrößert seine Augen eulenartig. Sein Gesicht hat wenig Runzeln und wirkt geradezu jugendlich glatt, so dass ich mir nicht mehr sicher bin, ob er tatsächlich in fortgeschrittenem Alter ist. Seine fein geformte Nase und der schmale, blasse Mund wirken edel und gepflegt. Der Duft eines dezenten Parfums geht von ihm aus. Er trägt ein fein gearbeitetes, braunes Jackett und eine zwar leicht beulig eingesessene, aber ehemals wohl elegante dunkle Hose. Um den Hals hat er einen zart rosafarbenen Seidenschal geschlungen, von der Art, wie ihn gebildete Männer im vorletzten Jahrhundert zu tragen pflegten. Alles in allem wirkt er wie aus der Zeit gefallen, altmodisch und elegant

zugleich, umständlich im Verhalten aber gleichzeitig vornehm in der Haltung.

Wenn nicht irgendwann ein Tunnel gekommen wäre und seine Tätigkeit, die ihn unentwegt und völlig in Anspruch nahm, kurz unterbrochen hätte, ich würde es nicht gewagt haben, ihn anzusprechen. Aber in diesem Moment fasse ich Mut und rede ihn an: „Schade, dass man im Dunkeln nicht schreiben kann!" Etwas Besseres fällt mir im Moment nicht ein.

„Ja, da haben Sie recht", entgegnet der Herr mit diesem liebenswürdigen Tonfall, der mir schon bei der Begrüßung so angenehm aufgefallen war. „Aber das Denken hält die Dunkelheit nicht auf", fügt er geheimnisvoll lächelnd hinzu!

Während ich noch darüber nachsinne, welche tiefgehenden Bedeutungsinhalte dieser zweideutige Satz haben könnte, beginnt dieser Mensch auch schon wieder damit, in seine Kladde hineinzuschreiben, sobald der Zug den Tunnel verlassen hat. Ich beobachte ihn jetzt aufmerksamer und kaum verhohlen über den oberen Rand meiner Zeitung hinweg blickend. Ich kann sogar ein wenig auf das Papier schauen, das er fortwährend eifrig mit seinem Federhalter beschreibt. Nein, eigentlich schreibt er nicht. Er macht Notizen. Noch weniger, er tupft da und dort etwas hinein, setzt da einen Punkt, macht dort ein Strichlein, immer wieder unterbrochen von langen Denkpausen. Es scheinen Formeln zu sein, vielleicht mathematische Formeln, mit denen er sich beschäftigt. Hätte er Buchstaben und Wörter geschrieben, ich hätte ihn für einen Dichter gehalten und ihn sich bald selbst überlassen. Aber Rechenformeln? Das war doch etwas ganz Außergewöhnliches.

Ich kann meine Neugier kaum fünf Minuten im Zaume halten, da muss ich ihn fragen: „Entschuldigen Sie die Aufdringlichkeit, verehrter Herr …"

„Wassiljewitsch", beeilt er sich, mich zu erinnern. „Der Wissensdurst muss aufdringlich sein, um zum Ziel zu gelangen. Seid unbekümmert und fragt beherzt nach, wenn Euch etwas bedrängt!"

„Sind Sie Mathematiker?", frage ich.

„Oh, Euer unerwartetes Interesse adelt Euch und erfreut mich eher, als dass ich es als aufdringlich empfände", beginnt er mit schnörkeligen Worten. „Ich bin mitnichten Mathematiker, indessen doch wiederum bin ich ein solcher, aber in der Hauptsache bin ich ein Physikus. Allerdings reicht die Kenntnis der Physik im Allgemeinen wie im Speziellen kaum hin, ohne vertiefte Kenntnisse im Bereiche der höheren Mathematik erlangt zu haben. Insofern habt Ihr tatsächlich fast richtig vermutet, werter Herr ..."

„Suljatowitsch, Andrej Danilo Suljatowitsch, auf der Heimreise nach Jekaterinburg", hole ich meine nunmehr fällige Vorstellung eilig nach.

„Sehr angenehm, verehrter Herr Suljatowitsch", erwidert mein Gegenüber. „Aus Jekaterinburg stammt Ihr? Wo die Bolschewiken unseren letzten Zaren hingemetzelt haben! Das Ipatjew-Haus, der Ort des schrecklichen Massenmordes, ihn haben sie ja 1977 in eine Kathedrale verwandelt – auf dem Blut unserer Monarchie! Nun, nun, Väterchen Russland braucht wieder einen starken Mann, der die Dinge lenkt, einen Gerechten, der die Wissenschaft respektiert und der Wahrheit zum Sieg verhilft!"

„Sitze ich wohl einem Mann der Wissenschaft gegenüber?", versuche ich das Gespräch anzufachen, „einem berühmten gar? Einem Physiker von Rang und Namen?"

„Nun, nun, Ihr erwartet zuviel", wehrt mein Gesprächspartner schmunzelnd ab. „Berühmt? Das mag vielleicht einmal so gewesen sein. Freilich, es ist schon einige Jährchen her, als die Studenten an meinen Lippen hingen, in den Vorlesungen der Physikalischen Fakultät zu Nischni Nowgorod. Da gab es frenetischen Applaus und stehende Ovationen, wenn ich meine berühmten psycho-physikalischen Vorträge hielt. Ich forschte näm-lich schon damals über die Zeitdehnung in der menschlichen Wahrneh-mung."

„So sind oder waren Sie nicht nur berühmt, sondern auch erfolgreich!", lobe ich ihn, um seinen Redefluss anzufachen.

„Wie das Schicksal einem so zuspielt, fiel ich, den Heiligen Cosmas und Damian sei es geklagt, leider vor dem eitlen Auge des Universitäts-präsidenten in Ungnade und wurde aus der physikalischen Fachschaft der Universität ausgeschlossen. Und warum? Weil ich mich angeblich mit unwissenschaftlicher Kabbalistik beschäftigt hätte."

„Kabbalistik?", werfe ich fragend ein.

„Die Mystik der Zahlen, das Geheimnis hinter den Formeln, das Abbild des Universums in einer begrenzten, kleinen Abfolge von Ziffern", erklärt er mir mit wachsender Begeisterung für das Thema und rückt etwas auf seinem Sitz nach vorne und mir entgegen.

„Ach!" Mehr fällt mir nicht dazu ein, denn bereits jetzt fühle ich mich von seinen Ausführungen überfordert. Ich hatte das Wort Kabbalistik wohl bereits gehört, doch nie verstanden, was es damit auf sich habe, geschweige denn je seinen Zusammenhang mit Wissenschaftlichkeit erfasst.

„Nachdem ich plausibel und in öffentlicher Disputation darlegen konnte", fuhr Pjotr Wassiljewitsch fort, „dass Kabbalistik ein durchaus ernst zu nehmender Wissenschaftszweig sei, versuchte die politische Kommission der Universität aus meinen Formeln einen geheimen Code herauszutüfteln. Sie hätten mich gerne als Spion des monarchistischen Zirkels denunziert, was ihnen aber, Cosmas und Damian sei es gedankt, nicht gelang."

„Na gottseidank!", füge ich erleichtert bei. „Dann sind Sie jetzt rehabi-litiert und können weiter forschen?"

„Mein lieber und sehr geschätzter junger Mann, verehrter Andrej Danilo Suljatowitsch", erwidert er in bedeutungsvollem Tonfall und sinkt gleichzeitig wieder in seinem Sitz zurück, „kennt Ihr unsere politischen Führer? Nein, Ihr kennt sie nicht! Ihr könnt Sie nicht kennen, sonst hättet Ihr Eure Annahme, dass ich wieder frei hätte forschen können, niemals geäußert. Wen die Augen der Tscheka erst einmal im Verdacht haben, den lassen sie nie wieder aus ihrem Blick, den haben sie für immer in ihren Fängen, der ist kein freier Mann mehr. Man behauptete, ich würde die Jugend durch meine Lehren zur Untätigkeit verführen. Indem ich die Existenz der Zeit grundsätzlich leugne, würde ich alles menschliche Streben in Frage stellen, warf man mir vor. Ohne Zeit gäbe es keinen Mangel an Zeit, und ohne diesen Mangel sei jedes Eilen, jedes Kümmern, jedes Eifern um die Weiterentwicklung unseres geliebten Vaterlandes ein eitler Wahn."

„Habe ich recht verstanden", will ich jetzt doch wissen, „Sie behaupten, es gebe keine Zeit, wo doch dieser Zug bereits eine Verspätung von eineinhalb Stunden hat? Es ist jetzt 16:30 Uhr, das ist die Zeit in dieser Zone, die wir gerade durchreisen. Wir sollten jetzt bereits zwei oder drei Stationen weiter und ich nicht allzu spät an meinem Ziel sein."

„Ihr versteht mich nicht ganz richtig", wehrt der Graubart sanft und lächelnd ab, „ich meine nicht das Ticken der Pendel und die Unruhen in unseren Chronometern, ich spreche von der kosmischen Zeit, von der Raumzeit, die im Nanokosmos der elften Dimension gleichsam zu Schaum geschlagen wird und ihre Wesenheit verliert. Meine Berechnungen sind keine Kabbalistik, sondern echte Formeln. Ich habe Einsteins allgemeine Relativitätstheorie weiterentwickelt und kann damit zeigen, dass man die absolute Zeit bereits im Makrokosmos unseres Universums verlangsamen kann, bis zum", seine Augen leuchten geheimnisvoll auf bei dem folgenden Wort, das er langsam und gedehnt spricht, „bis zum Stillstand."

„Makrokosmos? Stillstand?", schicke ich mein verständnisloses Echo seinen Worten nach.

„Es ist eine Frage vertiefter Meditation", schließt er seine Ausführungen ab.

„Ach so! Nun denn!" Da ich ihm nicht mehr zu entgegnen weiß, bedanke ich mich mit Ehrerbietung und gebe vor, mich wieder meiner Zeitungslektüre widmen und ihn seine Gedanken in Ruhe weiterentwickeln lassen zu wollen. In Wirklichkeit muss ich das soeben Gehörte und Erlebte erst einmal verarbeiten und durchdenken. Sitze ich hier einem genialen Menschen oder einem Verrückten gegenüber? Wenn der Mann ein Genie ist, sollte ich die Chance zu einem weiteren Gedankenaustausch unbedingt nutzen. Ist er ein Verrückter, so müsste er immerhin einer der besonderen Sorte, ein Spinner mit Haltung, ein ungefährlicher Sonderling sein. Es soll ja auch geniale Sonderlinge geben.

Nach geraumer Zeit, es waren inzwischen auch andere Menschen in unser Abteil eingetreten und wieder gegangen, war mein geheimnisvolles Gegenüber noch immer in seine Notizen vertieft. Nun wage ich es erneut, das Gespräch aufzunehmen: „Entschuldigt, werter Pjotr Wassiljewitsch", beginne ich achtungsvoll, „ich störe Euch nur ungern, aber Eure Ausführungen haben mich doch sehr nachdenklich gemacht. Haben Eure Forschungen denn einen praktischen Nutzen?"

„Aber ja!", antwortet er sofort und bereitwillig mit strahlendem Gesicht. „Durch mentale Übungen kann ich meinen Geist mit der Lichtgeschwindigkeit synchronisieren!", sagt er, als wenn das die selbstverständlichste Sache der Welt sei.

„Kann das jeder, ich meine, könnte ich das auch lernen?", frage ich etwas naiv hinterher.

„Nun, nun, ein wenig Übung gehört wohl schon dazu. Aber noch fehlt mir ein letzter logischer Schritt."

„Wofür?", hake ich neugierig ein.

„Bis es mir mit wissenschaftlicher Gewissheit möglich ist, für meinen Geist die Zeit still stehen zu lassen."

„Aber … aber … dann wäre man ja … tot!", stammle ich etwas verwirrt. *„Er hat das Zeitliche gesegnet* … oder *hinter sich gelassen,* so sagt man doch, wenn einer gestorben ist."

Sein Eulenblick fixiert mich einen Moment lang erstaunt. „Sehr gut gedacht, Andrej Danilo Suljatowitsch!", lobt er er mich. „Aber ich meine nicht den physischen Tod. Ich meine den Sprung aus der kosmischen Zeit in die …," er denkt einen Moment nach, „in die Ewigkeit!"

„Bis in alle Ewigkeit ruft man aber den Gestorbenen nach!", beharre ich.

„Ich meine die gegenwärtige Ewigkeit, in der keine Zeit herrscht", belehrt er mich, „die Befreiung des Geistes von den Bindungen an die materielle Welt."

„Also doch den Zustand des Todes?", entgegne ich, immer noch unfähig, seinen Gedanken folgen zu können.

„Nein!", spricht mein Mentor jetzt ganz sanft und mit einem Lächeln, das wie von Liebe durchdrungen ist, „ich meine die Befreiung des lebenden Geistes von der Materie, den Sprung meines Ich aus der Raumzeit. Es fehlt mir nur noch ein letztes mathematisches Bindeglied, und ich glaube, ganz nahe dran zu sein", beendet er jetzt mit ungewöhnlich schneller Rede seine Ausführungen. „Sie erlauben, dass ich mich wieder in meine Berechnungen vertiefe? Ach, und sollte ich einschlafen, könnten Sie mich bitte kurz vor Kirow wecken? Da muss ich aussteigen. Dort werde ich erwartet."

Ich bedanke mich für dieses außergewöhnliche Gespräch und die Offenheit, mit der mir der Herr Einblicke in sein Denken gewährt hatte.

Mir ist indessen immer noch nicht klar, ob er nun ein wahrhaftiger Forscher oder ein charmanter Psychopath war. In meine Nachgedanken vertieft, lehne ich mich zurück und muss nach einiger Zeit eingeschlafen sein.

Als ich nach ich weiß nicht wie langer Zeit erwache, sehe ich mein Gegenüber seinerseits eingeschlafen, aber aufrecht sitzend in die Ecke gelehnt. Sein Gesicht macht einen überaus glücklichen Eindruck, als hätte er gerade einen euphorisierenden Traum. Seine rechte Hand hält die kleine schwarze Schreibkladde umfasst und ruht auf dem leeren Sitz neben ihm. Andere Fahrgäste mussten inzwischen wieder gekommen und gegangen sein, auch in unser Abteil. Der schlafende Herr hatte sich offensichtlich nicht von ihnen stören lassen. Dann wird der Bahnhof von Kirow angekündigt, wo er, wie er gesagt hatte, aussteigen wollte. „Pjotr Wassiljewitsch", spreche ich ihn behutsam flüsternd an, ohne dass er reagiert. Ich tippe seine Hand, in der er die Kladde hält, vorsichtig an, dann klopfe ich auf seine Knie. Als er immer noch keine Regung zeigt, erhebe ich mich besorgt und rüttle an seinen Schultern. Da sinkt der Körper zur Seite auf den Polstersitz. War er ohnmächtig oder tot? Die zwei Mitreisenden, die zu dieser Zeit mit uns im Abteil sitzen, schreien bestürzt auf. Erregt rufe ich nach dem Zugpersonal. Einige Bedienstete eilen herbei und stehen ratlos vor dem Hingesunkenen. Dann wird eine Bahre herbeigeordert und der Mann hinausgetragen. Im letzten Moment fällt mir sein Mantel ein, der immer noch am Garderobenhaken hängt, und gebe ihn mit.

Aufgewühlt und einsam bleibe ich in meinem Abteil zurück, meine Reise ist noch lange nicht an ihrem Ziel. Da finde ich auf einmal die kleine schwarze Kladde des Mannes auf dem Boden unter dem Sitz liegen. Sie musste beim Abtransport ihres Besitzers heruntergefallen sein. Ich nehme das Heftchen an mich und schlage es behutsam auf. Auf der ersten Seite steht Pjotr Wassiljewitsch, Ugradow, und daneben eine Wohnadresse. Das Büchlein würde ich ihm also zuschicken können, wenn er denn noch lebte. Ich blättere die für mich unverständlichen Seiten mit Rechenoperationen und Formeln ab. Auf der letzten beschriebenen Seite finde ich eine Folge von Zahlen, Zeichen und Buchstaben heftig unterstrichen und daneben das Wort *Heureka!* notiert. Das ist der letzte Eintrag.

Abgehoben

Das Ragout kocht seit fast einer Stunde. Die blubbernden Blasen, die aus dem Topf emporsteigen, zerplatzen an der Oberfläche. Das einst klare Wasser ist jetzt dunkelbraun verfärbt und hat wohl gänzlich die geheimnisvollen Substanzen aufgenommen, die Inhaltsstoffe von *Amanita muscaria*, einem Gewächs aus unseren tiefen Wäldern, das jetzt im Frühherbst an besonderen Stellen zu finden ist. Ich kenne solche Fundorte, die ich mir schon als kleiner Junge eingeprägt habe, als ich noch mit meinem Vater, einem passionierten Jäger, die Wälder durchstreifte. Damals empfand ich nur kindliche Freude an den hübschen, roten Schirmen mit den weißen Punkten, die mir aus dem Märchenbuch entsprungen schienen. Jetzt, kaum dem Teeniealter entwachsen, bin ich mit meinem Leben längst in die Phase früher Männlichkeit eingetreten, in der ein Mensch die geheimnisvollen Bereiche der Lebenserkenntnisse nicht nur sehen, sondern auch erleben will. Das geschriebene Wort bleibt graue Theorie. Wahr ist nur, was du spürst.

Amanita muscaria wurde schon von den Vorvätern gesammelt, um den lästigen Fliegen der Bauerngehöfte den Garaus zu machen, weswegen dieses gefährlich schön sprießende Fadengeflecht den Namen *Fliegenpilz* erhalten hat. Mit seinem Stoff, der wegen der tödlichen Wirkung auf die Stubenfliege, die *Musca domestica*, *Muscarin* genannt wurde, hat man aber nicht nur Fliegen erledigt. Man konnte mit ihm, wenn man alten Berichten Glauben schenkt, in Maßen genossen auch Halluzinationen hervorrufen. Manche Forscher sind sogar der Meinung, auf dem Fliegenpilz basiere die von der Antike bis ins Mittelalter reichende Kultur der Mystiker und Seher, der Propheten, die in verzückter Schau Dinge wahrnahmen, die sich außerhalb der gewöhnlichen Sinnesbereiche befanden.

In der dunklen Brühe des Eisentopfes schwimmen nun, gut ausgekocht, die weißlichen Pilzstücke. Nur ein wenig von dem verlockenden Saft will ich probieren, ein paar Tropfen vielleicht, die sollen mir vorerst genügen. Es soll ein Test sein, ob die Überlieferungen stimmen. Mit einem Teelöffel schöpfe ich eine kleine Menge heraus, blase sie mit gespitzten Lippen kühl und benetze damit vorsichtig meine Lippen. Meine Zungenspitze findet die befeuchtete Stelle und leckt sie behutsam ab. Es schmeckt nicht unangenehm, etwas süßlich sogar. Jetzt wage ich es, den ganzen Löffelinhalt mit meiner gesamten Zungenfläche aufzunehmen und intensiver zu kosten. Ein angenehmer Geschmack von frischen Waldpilzen erfüllt meinen Gaumen.

Ich setze mich nieder und warte, was nun geschehen würde. Ungeduldig, wie die Jugend nun einmal ist, füge ich meinem Organismus alsbald eine weitere kleine Menge des Saftes zu – und noch eine. Nach einigen Minuten fühle ich eine leichte Benommenheit, eine geringe Verschleierung meines Gesichtsfeldes. Nichts weiter. Ich fühle mich gut. Also noch eine Probierdosis, etwas größer. Der Suppenlöffel muss her. Ich warte.

Die Dinge um mich beginnen, sich ein wenig zu deformieren und ins Schwingen zu geraten. Ein wohliges Gefühl durchströmt meinen gesamten Körper und ermutigt mich, mehr von dem geheimnisvollen Gebräu zu schlürfen. Ah, welch ein Wonnefühlen sickert durch den Mund und über die Zunge durch den Rachen und die Speiseröhre. Ich meine, nie etwas Köstlicheres genossen zu haben.

Warum den Rest verschwenden? Her, du Götterspeise! Mit der Gabel die duftenden Brocken herausgespießt und mit Hingebung zerkaut. Dann den ganzen Topf an den Mund gesetzt und mit zwei, drei Zügen gierig ausgetrunken. Ah! Das war ein Mahl! „Einmal so ein Mahl! Ein einmaliges Mahl. Einmal so ein einmaliges Mal!", schwalle ich in überquellender

Fantasie vor mich hin. Mein Bewusstsein bekommt Flügel, und ich werde zum Wortschöpfer: „Dieses Mahl soll das Mal auf meiner Stirne sein! Kein Mahl hat je so ein einmaliges Kainsmal gemalt!" Die Dinge verknüpfen sich jetzt klar miteinander. Zusammenhänge offenbaren sich, die ich noch nie zuvor gesehen habe. Der Topfdeckel wird ein Pilzschirm, und der Löffel weitet sich zum Topf, und das Küchenmesser mutiert zum Schwert, und mit dessen funkelnder Klinge zerteile ich die Luft, nein, mehr, ich durchtrenne den Duft, schneide meinen Lieblingsgeruch heraus und esse ihn auf ...

Wo bin ich? Immer noch in der Küche? Oder schwebe ich soeben in der Diele umher? Dort nämlich hängt ein großer Spiegel, in den ich im Vorübergleiten hineinblicke, worauf mich ein heftiger Schrecken durchfährt. Aus dem Glas blickt mich ein grimmiges Gesicht mit grässlich gebleckten Zähnen an! Die Fratze des Teufels! Ich fahre entsetzt zurück. Sollte ich das sein? Ich fühle mich doch völlig entspannt und gelöst, geradezu befreit von der Erdenschwere. Die Schwerkaft? Ja, sie scheint aufgehoben! Ich tanze leicht wie eine Feder im Abendwind. Wo immer ich mich hinwünsche, sogleich schwebt mein Bewusstsein auf dieses Ziel zu. So gelangt mein Ich auf magische Weise ins Wohnzimmer, und mein Entsetzen, das ich beim Anblick des infernalischen Spiegelgesichtes hatte, weicht ungläubiger Verwunderung: Ein Elefant schwebt mitten im Raum knapp unter der Zimmerdecke! Ich höre mich grell lachen und sehe mich vor lauter Gelächter krumm und verbogen in vergnügtester Ausgelassenheit. Wenn der jetzt auch noch rosa wäre! Kaum denke ich mir dieses Klischee zurecht, da wechselt der Dickhäuter wie ein Tintenfisch die Farbe, und sein voriges Braungrau changiert, in Wellen erst, dann dauerhaft, in ein prächtiges und sattes Rosa. Kaum gewollt, sitze ich auch schon im Nacken des freundlichen Riesen. Der breitet seine gewaltigen Ohren wie Flügel aus und flattert mit ihnen nach Art der Fledermäuse mitten durch das auseinanderweichende Dachgestühl des Hauses und flugs hinaus in den Abendhimmel.

Hinauf geht es in mild wallende Gelüfte. Die Abendlichter meines Dorfes schrumpeln zu leuchtenden Tupfen, und in beschleunigtem Flug ziehen unter mir bald Städte und Kontinente vorüber. Die Sterne und Galaxien über mir verschmelzen mit den Lichtern da unten zu einem einzigen wirbelnden Sturm. Ich selber bin die rasend rotierende Milchstraße und drehe und drehe mich um und um, dass ich in einem Anfall verzückter Begeisterung laut jauchze und meinen rosaroten Flugelefanten anfeure. Der ist inzwischen zum Glücksdrachen Fuchur mutiert, der mit seinem jugendlichen Helden Bastian durch eine unendliche Geschichte in einer unendlichen Zeit saust.

Abrupt endet der Flug und Fuchur landet sanft in einer seltsamen und mir völlig fremden Landschaft. Es scheint eine Art Savanne zu sein, die vom Mondlicht erhellt wird. In einiger Entfernung erkenne ich vereinzelt stehende Bäume, deren Konturen sich deutlich vom Sternenhimmel abheben. Eine übergroße Müdigkeit streift sich über mich wie eine bleierne Rüstung. Ich lasse mich vom weich befellten Nacken des geflügelten Riesentieres heruntergleiten, kauere mich zwischen seinen warmen Pfoten ein und falle in einen langen, tiefen und erholsamen Schlaf.

Am anderen Morgen kehren meine Sinne nur langsam zu mir zurück. Die Sonne steht schon hoch und brennt auf meine durstigen Lippen. Ich blinzle geblendet. Als sich meine Augen etwas an das Licht gewöhnt haben, sehe ich mich um. Ich bin alleine und liege im dürren Gras einer sich endlos erstreckenden Savannenlandschaft.

Auf John Silvers Spuren

Obwohl die Sonne noch längst nicht ihren Tageshöchststand am Himmel erreicht hat, beginnt der Schweiß mir in die Augen zu rinnen. Zur schnell ansteigenden Sommerhitze kommt die Anstrengung, die ich nicht mehr gewöhnt bin. Es ist seltsam, mich beschleicht das Gefühl, als würde ich beobachtet, obwohl ich keine Menschenseele um mich herum entdecken kann. Das unscheinbare Dörfchen mit einem Dutzend kleiner weißer Häuser unweit der blaugrün schimmernden Küste liegt schon ein ganzes Stück unter mir. Die unendlich erscheinende Fläche des Mittelmeeres breitet sich blau und glitzernd bis zum Horizont aus. Da und dort kann ich weitere kleine Inseln sehen, die vom Dunst der Entfernung zunehmend verschluckt werden. Das Fischerboot, das ich eigens für meine Privatexkursion angeheuert habe, liegt winzig aber noch gut erkennbar in dem schmalen Naturhafen. Es ist neben einigen anderen, heruntergekommenen Booten vor Anker gegangen. Ich habe mit dem stoppelbärtigen Kapitän, einem alten Fischer mit runzligem Gesicht, vereinbart, am späten Nachmittag wieder zurück zu sein.

Erwartungsfroh und zuversichtlich stapfe ich in dem steinigen Gelände bergan. Ich meinem Rucksack führe ich außer einem Klappspaten nur eine Flasche Wasser mit, und in meiner Hosentasche steckt eine Fotokopie, die ich immer wieder herausziehe, um sie mit der Landschaft zu vergleichen. Da oben, auf halber Höhe des höchsten Inselberges, muss sich die Höhle befinden.

In einem verstaubten, uralten Stapel verschiedener Urkunden und Dokumente, die laut Familienüberlieferung von einem Urgroßonkel väterlicherseits stammen, hatte ich vor einigen Jahren ein seltsames Blatt vergilbten Papieres gefunden. Auf diesem war der Name dieser Insel vermerkt und ein Teil der Küstenlinie samt einiger markanter Landschaftsformationen skizziert, die tatsächlich mit den heutigen Gegebenheiten im Wesentlichen noch übereinstimmen. Eine Höhle war angedeutet und darin ein Kreuz markiert mit dem Hinweis *Schatzkiste*.

Wer je wie ich schon als Kind Stevensons Abenteuerroman *Die Schatzinsel* gelesen hat, musste beim Fund eines derartigen Schatzplanes leuchtende Augen bekommen. Auch meine Fantasie schlug sofort Kapriolen. Doch ich steckte damals noch in beruflichen Anforderungen, und an eine Expedition war zunächst nicht zu denken. Natürlich machte ich mir immer auch klar, dass die Zeit der Schatzfunde an Land, noch dazu in obskuren Höhlen, vorbei sei und allenfalls in Fantasiegeschichten vorkäme. Dennoch habe ich vor kurzem beschlossen, meinem ununterdrückbaren Bedürfnis nachzugeben und diesem Rätsel, meinem lange gehüteten Geheimnis, auf die Spur zu kommen. Was würde ich schon riskieren? Schlimmer als einen interessanten Ausflug mit Wanderung in herrlicher Insellandschaft gemacht zu haben konnte meine kleine private Forschungsreise nicht ausgehen. Und um weder Spott noch Häme über die zu erwartende Ergebnislosigkeit meiner Unternehmung aufkommen zu lassen, erzählte ich niemandem von meinem Vorhaben. Ich würde einfach nur Urlaub machen – so hatte ich meine Abwesenheit begründet.

Etwa um die Mittagszeit erreiche ich tatsächlich den Eingang einer geräumigen Höhle, die sich unter einem Felsdach in den Berg erstreckt. Sie erweckt den Eindruck, auf natürliche Weise entstanden zu sein. Der steinige Pfad, der mich direkt zu ihr hin führte, biegt danach seitlich ab und steigt wahrscheinlich weiter ins bergige Gelände dahinter. Vielleicht ist die Höhle im Gebrauch von Ziegenhirten, die in dieser Gegend ihr bescheidenes Auskommen suchen. Das mag erklären, warum der schmale Serpentinenweg sich über die Zeiten in der Bergflanke erhalten hat.

Plötzlich bin ich nicht mehr allein. Vor dem Höhleneingang steht ein hutzliger, alter Mann mit wettergegerbter Gesichtshaut und grauem Bart. Ich habe ihn nicht kommen sehen. Seine runzligen Wangen und die vorspringende Nase haben Flecken wie von Leuten, die die meiste Zeit ihres Lebens in der Sonne verbracht haben. Die Stirn wird von einer Art Seemannshut verdeckt, den die nach hinten verlängerte Halskrempe vermuten lässt. Unter ihm quellen einige wirre weiße Haarsträhnen heraus. Die Kleidung wirkt abgenutzt und scheint eher einer altertümlichen Matrosenkluft zu ähneln als einer Hirtenkleidung. Zumindest ist sein Umhang kein Stoff oder Fell, sondern sieht mehr wie ein speckiger und abgeschabter Ledermantel aus. So ähnlich gekleidet habe ich mir immer die sturmerprobten Walfänger der *Pequod* vorgestellt, als sie dem legendären *Moby Dick* nachjagten.

Ich nähere mich ihm vorsichtig zögernd. Der Mann starrt mich an. Sein Blick dringt in mich wie ein Blitzstrahl. „Kalí méra", begrüße ich ihn freundlich und mit einem erprobten Gesichtsausdruck, mit dem ich sonst auch schwierige Gesprächspartner zu öffnen vermag.

„Ánte chásou!", „Hau ab!", ist seine grob abweisende Antwort. Der Alte breitet die Arme aus und will mir den Eintritt in die Höhle verweigern. Ich entschuldige mich mit blumigen Worten, so gut es meine Griechischkenntnisse mir ermöglichen, und trage mein Anliegen vor, dass ich, als rechtmäßiger Besitzer eines Lageplanes, mich quasi legitimiert sähe, diese Höhle in Augenschein zu nehmen. Der knorrige kleine Kerl lässt darauf eine Schimpftirade vom Stapel, von der ich kein Wort verstehe. Vielleicht ist es ein regionaler Dialekt, in dem er lospoltert. Ich lasse mich aber nicht abweisen, sondern setze mit weiterhin freundlicher Miene meine Argumentation in einem Redeschwall in deutscher Sprache fort – ein psychologischer Trick, den ich gelegentlich in schwierigen Verständigungssituationen im Ausland anwende.

Da tritt der seltsame Mann auf einmal zur Seite und schlurft, immer noch unwirsch vor sich hin grummelnd, vom Höhleneingang weg, hinter einen vorragenden Felsen – und ist so schnell verschwunden wie er erschienen war. Er muss auf einem nicht einsehbaren Pfad zu seiner Ziegenherde zurückgekehrt sein, versuche ich mir vorzustellen.

Obwohl ich wieder alleine bin, ist mir doch seltsam zumute. Auf manchen dieser versprengten Inseln sollen sich auch heute noch Schmuggler herumtreiben, habe ich gelesen, und so hole ich sicherheitshalber, falls ich mich verteidigen muss, den Klappspaten aus meinem Rucksack und taste mich, meine *Waffe* vor mich hinhaltend, in die zunehmende Dunkelheit der Höhle hinein. Das Licht meines Mobiltelefones muss schon nach wenigen Metern das schwindende Sonnenlicht ersetzen und mir den weiteren Weg ins Innere weisen.

Vorsichtig spähend setze ich Schritt um Schritt in den kühlen, schwarzen Bauch des Berges hinein, als ich im künstlichen Licht die Umrisse einer Art Seemannskiste von mittlerer Größe erkenne. Mein Puls schlägt fast schmerzend bis zum Hals. Sollte es tatsächlich mit dem Lageplan seine Richtigkeit haben? Kaum zu glauben, nach all dieser Zeit! Anderswo werden versteckte Schätze doch eher früher als später geraubt!

Ich nehme die Eisenbeschläge in Augenschein. Sie sind angerostet aber intakt und halten die Bretter solide zusammen. Ein Schloss liegt nicht vor. Die Holzdielen, aus der die Kiste einst gezimmert worden war, sind zwar mit einer uralten Patina aus Staub und anderen Ablagerungen bedeckt, aber insgesamt wirkt die Truhe stabil und keineswegs morsch oder vermodert. Eine Art Wappen ziert den wie eine Tonne rund gewölbten Deckel. Die verblichenen Farben kann ich noch gut erkennen: schwarze Umrandung auf rotem Grund. Ebenso lesbar ist die schnörkelige Inschrift *Peiratés Catecali, Piraten von Catecali*. Mein Herz hüpft. Von der Peloponnes aus hatten zur Zeit des Osmanischen Reiches bis zum Anfang des 19. Jahrhunderts Piraten von der Bucht von Katakolo aus ihre

Raubzüge unternommen. Das hatte ich bei der Vorbereitung auf diesen Forschungstag ebenfalls in Erfahrung gebracht.

Ein heftiger Schreck durchfährt mich und lässt mich zurückprellen. Ich stehe auf einmal wieder dem alten Mann gegenüber. Er muss aus dem Höhlenhintergrund hinter der Kiste aufgetaucht sein, drängt mich ab und will mir mit fuchtelnder Geste die Beschäftigung mit *meiner* Schatztruhe verwehren. Wie zum Teufel ist er hierher gelangt? Es muss einen zweiten Zugang zur Höhle geben. Ich versuche, ihn gestisch und mit den Worten *parakalo iremise* zu beruhigen. Dabei stoße ich wohl mit meiner Hand leicht gegen seine Schulter. Und jetzt wandelt sich mein Erschrecken in blankes Entsetzen: Meine Hand dringt ohne Widerstand in dessen Schulter ein. Die Wucht dieser Empfindung übersteigt mein seelisches Fassungsvermögen. Ich lasse den Spaten fallen und flüchte kopflos aus der Höhle hinaus.

In weniger als einer halben Stunde haste ich den Pfad hinunter ins Dorf, mehr stolpernd als gehend, um mich in seiner einzigen Taverne von meiner tiefen Verwirrung zu erholen. Drinnen sitzen vier, fünf Männer undefinierbaren Alters im Halbdunkel eines abgenutzten Raumes auf den Holzbänken rund um einen großen Tisch. Vor ihnen stehen einige leere Kaffeetassen, und der eine oder andere hebt gerade ein Gläschen Ouzo zum Mund. Den brauchte ich jetzt auch. So ein doppelter Anisschnaps belebt sogleich meine zerfaserten Gedanken.

Ich muss sehr auffallen, zerzaust und verschwitzt wie ich bin, zumal kaum jemals Touristen diesen gottverlassenen Winkel der ägäischen Inselwelt aufsuchen dürften. Das fremde Fischerboot, mit dem ich gekommen bin, hat meine Anwesenheit bestimmt längst angekündigt, und die unrasierten Männer suchen jetzt aufgeschlossen das Gespräch mit mir. Als ich in groben Umrissen etwas von der soeben erkundeten Höhle stamme, da versiegt ihre Gesprächsbereitschaft schnell wieder. Die sonnenbraunen Faltengesichter der Inselbewohner scheinen zu erbleichen, und ohne viel

Umstände verabschiedet sich rasch einer nach dem anderen, irgendetwas murmelnd wie „da oben ist kein guter Ort für einen frommen Menschen" oder Ähnliches. Der Wirt bedeutet mir, dass er jetzt *diáleimma gia mesimerianó*, also Mittagspause machen wolle und schiebt mich unfreundlich aus der Taverne hinaus.

Da stehe ich nun wie ein vertriebener Hund. Kein Mensch zeigt sich auf dem Dorfplatz rund um den Brunnen. Mein angemietetes Fischerboot wartet still und vertäut im Hafen auf mich. Der Kapitän nimmt nur wenig Notiz von mir und werkelt an seinen Netzen herum, während ich mich in die Koje begebe, um dort eine Weile nachzudenken. Nach einiger Zeit habe ich mein Sinnen und Fühlen wieder unter Kontrolle, und ich frage ich mich, ob es nicht Täuschung gewesen ist, ob nicht die Weichheit des Mantels oder die Zartheit der darin steckenden Gestalt den Eindruck fehlenden Widerstandes in mir ausgelöst hat.

Danach bin ich bereit, erneut zum Ort meiner Begehrlichkeit aufzusteigen. Als Besitzer eines Schatzplanes fühle ich mich berechtigt, mein Erbe wenigstens in Augenschein nehmen zu dürfen. Kein noch so seltsamer Mensch sollte mir das verwehren dürfen. Ich beabsichte ja auch nicht etwas zu rauben. Einen Goldschatz würde ich sowieso der griechischen Regierung melden müssen. Doch drängt mich das Bedürfnis, Gewissheit zu haben, was es mit der Kiste auf sich hat, ob sie tatsächlich mit dem Plan und meinem Urgroßonkel in irgendeiner Beziehung steht.

Da die Tageshitze jetzt auf ihrem Höhepunkt ist, steige ich, langsam zwar und schweißtriefend, den steinigen Pfad ein zweites Mal bergan, fest entschlossen, mich diesmal von keinem seltsamen Vogel narren zu lassen, selbst wenn es Long John Silver persönlich sein sollte, der sich mir in den Weg zu stellen wagte.

Ich gelange zur Höhle. Die Leuchte zeigt mir den Weg. Ich erkenne die Seemannskiste – und erschauere wiederum: Der Alte von vorhin sitzt auf ihrem gewölbten Deckel. Ich atme tief durch und fasse mich. Seine Mimik und Körperhaltung zeigen jetzt aber gar nichts Angriffslustiges. Im Gegenteil, seine Schultern hängen schlaff herunter, und sein Blick ist traurig auf den schottrigen Boden gerichtet. Dann spricht er ganz langsam diesen einen Satz, der sich mir ins Gedächtnis brennen wird: „Dóse mou anápafsi! – Gib mir meine Ruhe!" Wie er diese Worte mit einer tief anrührenden, melancholischen Stimme ausspricht, tut mir der Mann auf einmal unendlich leid. Meine Empörung gegen seinen anfänglichen Widerstand weicht einem verständnisvollen Mitgefühl, als redete er mit meiner Seele im Zwiegespräch. Meine Anspannung beruhigt sich, und nachdem ich ihm versicherte, keinen Missbrauch mit dem Inhalt der Kiste treiben, sondern ihn der Wissenschaft zur Verfügung stellen zu wollen, erhebt sich der Alte von der Truhe, wendet sich langsam um, schreitet ganz sanft und geräuschlos in das Dunkel des Höhlenhintergrundes und verschwindet.

Geraume Zeit bleibe ich innerlich aufgewühlt ganz still auf meiner Stelle stehen, ehe ich es wage, wieder tief und gleichmäßig zu atmen. Jetzt bin ich mit *meinem* Schatz allein. Ich trete zur Kiste heran und prüfe nochmals die Beschläge: Sie ist nicht verschlossen. Ganz vorsichtig hebe ich den Deckel an. Darunter erkenne ich im kalten Schein meines Mobiltelefones keine Goldmünzen, keine Perlen und Diamanten, keine geraubten Geschmeide reicher Händler, sondern alte Papiere, Schriften und vergilbte Pergamente. Den Folianten, der gleich obenauf liegt, nehme ich vorsichtig heraus und lese den Titel: *Imerológio,* das Logbuch der Esmeralda der Jahre 1825 bis 1827. Das ist ein wirklicher Schatz, ein Dokument von großem, kulturhistorischem Interesse. Die Esmeralda, das wusste ich durch meine Recherchen, war einst ein freibeuterisches Segelschiff, dessen wilde Mannschaft in den Gewässern rund um das griechische Festland sein Unwesen getrieben, Handelsschiffe überfallen und ausgebeutet hat. Sollte mein Vorfahr, ein Urahn meines Großonkels, damit etwas zu tun gehabt haben? Auf einmal schien es möglich zu sein.

Ich schiebe das kostbare Buch vorsichtig in meinen Rucksack und sichte flüchtig die anderen Dokumente, die noch in der Kiste ruhen, als ich auf einmal in die hohlen Augen eines kahlen menschlichen Schädels blicke. Unter den Papieren liegend finden sich noch mehr Knochen. Es scheint das vollständige Skelett eines Menschen zu sein, das einst fein säuberlich in diesen Schrein gelegt worden war. Ich bin seltsamerweise in diesem Moment weder erschreckt noch ängstlich. Wie einem inneren Gefühl folgend, ergreife ich den Klappspaten, der hier immer noch auf dem Boden liegt, und hebe mit ihm auf dem gar nicht so harten Untergrund ein Loch aus. In dieses bette ich behutsam die sterblichen Überreste und bedecke sie sorgsam mit dem Aushub. Das Kreuz fällt mir ein, das ich seit meiner Kindheit am Hals trage. Ich nehme es samt der Kette ab und legte es auf dieses kleine Grab, ein paar Gebetssprüche murmelnd, die mir gerade in den Sinn kommen.

Unbehelligt komme ich aus der Höhle heraus. Die Kiste und den restlichen Inhalt will ich bei nächster Gelegenheit und fachmännisch bergen. Mit seltener Fröhlichkeit im Herzen schreite ich an diesem strahlend sonnigen Nachmittag den Weg ein zweites Mal hinunter, besteige das Schiff und lasse mich von meinem Fischer-Käpt'n auf das Festland zurücktuckern, ganz vertieft in die Entzifferung des Logbuches der Esmeralda.

Als ich nach einigen Wochen mit einem Vertreter der griechischen Historischen Behörde die Höhle ein drittes und letztes Mal besuche, taucht der geheimnisvolle alte Mann nicht wieder auf, so sehr wir auch nach ihm suchen. Einen zweiten Höhleneingang scheint es nicht zu geben. Die Kiste mit den Dokumenten übergebe ich der Forschung. Die Grablege der Knochen verschweige ich.

Weder den Namen noch die genaue Lage der kleinen Insel in der griechischen Ägäis möchte ich hier nennen. Der Ort möge nur Eingeweihten und Befugten bekannt bleiben und seinen eigenartigen Protagonisten auf dem Berg vor aufdringlichem Tourismus schützen. Ich versichere jedoch, mit meinem Bericht wahrhaft zusammenfasst zu haben, was ich an jenem Tag vor vielen Jahren erlebte.

Meeresleuchten

Der Horizont lag scharf gezeichnet in der Ferne, und die kaum gekräuselte Meeresfläche spiegelte das rote Licht der untergehenden Sonne glitzernd in der unendlichen Weite des Ozeans. Wie der Kopf einer Kobra spähte das Objektiv des Periskops aus dem Wasser und krümmte die Lichtspur in den schwülwarmen Bauch des Unterseebootes, das knapp unter der Meeresoberfläche in zügiger Fahrt voranglitt. Der Kommandant suchte noch einmal rundum das endlose Panorama ab. Da war keine Silhouette, kein Segel, kein Schiffsrumpf und kein Land zu sehen. Nicht einmal Möwen wagten sich so weit aufs offene Meer hinaus. Nach einigen Minuten versank die Sonne jenseits der grauen Mauer, die der Horizont bildete, und das Glitzern verschwand zugleich mit ihr. Das rote Glimmen des Abendhimmels ging gleitend und ziemlich rasch in das bleierne Grau der Dämmerung über, als der Kommandant den Befehl zum Auftauchen gab. Die Fahrt durch die Nacht sollte an der Wasseroberfläche weitergehen. Am nächsten Morgen würde die Mannschaft ihr Einsatzgebiet vor der feindlichen Küste erreicht haben. Der militärische Auftrag lautete: Ausspähen der gegnerischen Hafenanlagen in der Zielregion, Dokumentieren der dort liegenden Flottenverbände, Angriffe auf einzeln operierende feindliche Schiffe.

Es war bereits mitten in der Nacht, als das bordeigene Radar ein diffuses Objekt halb backbord in etwa zehn Seemeilen Entfernung meldete – ein großes Etwas, viel größer als ein Handelsschiff. Am Horizont war noch nichts zu sehen, nur eine leichte Aufhellung des Nachthimmels kündigte etwas Besonderes an. Die Außenmikrofone fingen keinerlei Fremdgeräusche ein, daher konnte es sich schon deswegen nicht um ein Wassergefährt handeln, denn von solchen gingen immer irgendwelche Schallwellen aus, sei es von den Motoren oder vom rauschenden Kielwasser, wenn es ein Segler war. Konnte es Land sein? Die Seekarte war nach neuesten Vermessungsmethoden hergestellt und zeigte in diesem Meeresgebiet keine, aber auch nicht die kleinste Insel. Kein Atoll, nichts erhob sich über den Tiefseeboden, der sich hier dreitausend Meilen unter der Meeresoberfläche erstreckte.

Vorsorglich gab der Kapitän den Befehl: „Abtauchen! In 30 Metern Tiefe 45 Grad backbord, halbe Kraft voraus!" Das U-Boot pflügte jetzt wie ein Luftschiff schwebend über einem öden, überwiegend ebenen Meeresgrund dahin, der in unerreichbar weiter Ferne unter ihm lag.

Das rätselhafte Objekt musste ein reales sein, denn es konnte weiterhin zweifelsfrei registriert werden. Das Radar zeigte eine Art Wolke. Sie maß einige Meilen in horizontaler Ausdehnung und schien ohne nennenswerten Tiefgang, aber haushoch aufragend auf der Meeresoberfläche zu treiben. Noch fünf Meilen. Noch zwei Meilen. „Alle Maschinen stopp! Sonar und Außenmikrofone auf hohe Empfindlichkeit! Torpedos einsatzbereit!", befahl der Käpt'n.

Eine unheimliche Stille breitete sich jetzt im Schiffsleib aus. Die Matrosen dämpften ihre Stimmen, die meisten schwiegen oder wagten allenfalls nur noch zu flüstern. Nachdem die Vorwärtsbewegung des Bootes ganz zum Stillstand gekommen war, erteilte der Kommandant seine Order mit gedämpfter und gedehnter Stimme: „Langsam auftauchen!" Nach wenigen Minuten durchstieß die Oberkante des Eisenrumpfes den Meeresspiegel. Der stellvertretende Kapitän fuhr das Periskop aus und reichte seinem Vorgesetzten die Haltegriffe. Ruhig und konzentriert presste dieser seine Stirn an den Gummischutz des Okulars und spähte in die Richtung, in der das rätselhafte Objekt zu vermuten war. Alle im Boot hielten den Atem an.

Der Anführer schwieg, während seine Augen in die Linse starrten und seine Hände das optische Gerät langsam horizontal hin und her schwenkte. Die Matrosen blickten schweigend zu ihrem Gott in Uniform empor und erwarteten eine Erklärung, einen Befehl, ein Wort von ihm, das die zum Zerreißen gespannte Erwartung lösen würde. Ganz langsam senkte sich der Blick des Kapitäns in die fragenden Augen seiner ihm ergebenen Mannschaft. Seine Gesichtshaut war weiß geworden, seine Pupillen flackerten unruhig. „Da … das ist etwas – Unglaubliches!", versuchte er seine Worte zu sortieren, „eine leuchtende Stadt mit Zwiebeltürmen!" Er winkte den leitenden Ingenieur ans Okular, der seinerseits hindurchsah. Mit belegter Stimme murmelte dieser mehr zu sich als zu den anderen: „Was ist das? Es ist riesig und glüht wie – wie Meeresleuchten." Ein Raunen ging durch die Mannschaft. Vermutungen wie „Fata morgana", „Sankt-Elms-Feuer" und „Polarlichter" raunten durch die Schar der Männer, die wie gebannt um die Befehlszentrale herumstanden.

„Turmluke auf, langsame Fahrt voraus, alles auf Gefechtsposition! Leitender Ingenieur und Wachoffizier mit mir!", gab der Käpt'n als Order aus.

Frische Seeluft strömte herab, und die Männer sogen die kostbare Brise gierig ein. Die drei Rangoberen stiegen in den Turm und blickten durch die geöffnete Luke mit unbewaffneten Augen hinaus in eine tropische Nacht, die tatsächlich wie mit Polarlicht erfüllt zu sein schien. Aber das Leuchten kam nicht aus den Weiten des Firmaments, sondern ging von dem riesigen Objekt vor ihnen aus, einem irisierend flimmernden Gebilde, einer Stadt wie aus *Tausend und eine Nacht*, mit Palästen, Zwiebeltürmen, Pagoden und Moscheen, die viele Dutzend Meter hoch vor ihnen in den schwarzen Nachthimmel aufragten. Es ging von ihr aber kein Licht wie von einer wahrhaftigen beleuchteten Stadt aus, es glich mehr einem kalten Phosphoreszieren, wie es leuchtende Nachtquallen von sich geben oder gewisse Tintenfische auf Beutefang. „Haben Sie jemals so etwas gesehen, Herr Offizier?", flüsterte der Kapitän und konnte sein Erstaunen nicht verbergen.

„Niemals. Ich habe keine Vorstellung, was das sein könnte", raunte der Angesprochene in die kleine Runde. „Polarlicht ist ausgeschlossen hier bei 12 Grad nördlicher Breite", fügte er hinzu. „Diese Formen, die orientalischen Bauwerke, … ich habe viele Küstenstädte im nahen und fernen Osten gesehen, aber keine gleicht der hier."

„Irgendein Funksignal?", fragte der Kommandant mit gedämpfter Stimme in die bordeigene Sprechanlage.

„Negativ", antwortete der Funker aus seiner Nische im Bauch des Schiffes, „nur insgesamt ein merkwürdiges Knistern auf dem ganzen Frequenzband."

„Hydrophone?"

„Kein Ausschlag."

„Sonarsignal?"

„Diffuses Echo über der Wasserlinie, keine Reflexionen unter Wasser", war die knappe Antwort. Das Objekt schien über dem Wasser zu schweben.

„Der Fliegende Holländer wird es wohl nicht sein", zischte der Leutnant mit Blick auf die immer noch gebannt lauschende Mannschaft, durch deren Runde daraufhin ein gelöstes Murmeln ging.

„Na dann, meine Herren! Wollen wir bei denen mal leise anklopfen!", sprach der Kapitän und verfügte entschlossen: „Langsame Fahrt voraus!" Das U-Boot näherte sich der hohen, in farbigem Licht pulsierenden Stadt oder was immer dieses fremdartige Gebilde sein mochte, das sich nun kaum noch eine Schiffslänge entfernt direkt vor dem Bug in den sternen-

losen Himmel erhob. Nur noch wenige Meter trennten ihn von der Phantasmagorie.

„Maschinist, gehen Sie ganz langsam auf Kontakt!" hauchte der Kommandant fast tonlos in den Hörer der Sprechanlage und ließ sich zusammen mit den zwei anderen Funktionsträgern von der Treppe des Turmes hinuntergleiten. „Turm schließen, Luke dicht, weiter langsame Fahrt voraus, Periskop in Stellung!" Und gleich hängte er sich wieder an das Sehrohr. Die Bootsspitze näherte sich, berührte die Wand des Phänomens – und drang widerstandslos in sie ein. Das ganze Fahrzeug driftete jetzt vollkommen im Inneren dieser von geheimnisvollem, flutendem Licht durchdrungenen Welt. Kein Widerstand hielt seine langsam schleichende Fahrt auf. Durch das Okular des Periskops sahen die drei Rangoberen abwechselnd in das wirbelnde Flimmern hinein, das sich über ihnen vollzog. „Irgendwelche Messungen? Ungewöhnliche Wahrnehmungen?"

„Nein, keine", war die knappe Antwort. Allerdings, ein seltsames atmosphärisches Singen schien das Innere des Bootes zu erfüllen. Oder war dies nur die Vibration der langsam rollenden Motoren, die angesichts der extremen und nervösen Angespanntheit aller Seeleute diese Wirkung entfaltete?

„Maschinen stop! Turmluke auf!", befahl der Kapitän, dessen Gesichtshaut wieder Farbe angenommen hatte, jetzt mit kühn aufblitzenden Augen. „Sind wir Feiglinge? Oder wagen wir es, dem Gegner mit offenem Visier in die Augen zu schauen? Ich bin nicht zur See gefahren, um mich im Keller zu verstecken. Folgen Sie mir, meine Herren!" Als Erster stieg er in den Turm, betrat das Oberdeck und erlebte zusammen mit den Vertrauten das Lichtspektakel über ihren Köpfen. Das Singen und Summen konnte nicht von den Motoren kommen, da diese jetzt völlig schwiegen. Es tönte von da oben, ganz leise und immateriell, so unfasslich wie die sich stets wandelnden Formen und Farben über ihren Häuptern – eine Sphärenmusik, von der die, die sie erlebt haben, nicht mit Sicherheit sagen konnten, ob sie wirklich über die Ohren oder intuitiv aufgenommen wurde. Es mochten etliche Minuten gewesen sein, die die Männer diesem Sirenengesang lauschten und staunend das Lichtspiel beobachteten.

„Wollen wir denen mal ein Zeichen geben und mit ihnen feiern?", rief der Kapitän auf einmal wie von frechem Mut befallen in die Runde. „Leuchtgranate abfeuern!" Ein scharfer Knall ertönte beim automatischen Abschuss. Das Projektil durchstieß den Lichthimmel und zündete wenige Sekunden später dröhnend sein gleißendes Licht, um danach langsam herabzusinken.

Als wäre der Zauberspuk in seinem Mark getroffen, sank er in sich zusammen. Die magischen Lichter verlöschten, ausgehend vom Geschosskanal, der sie durchbohrte. Die Himmelsmusik brach ab, und das Sterben setzte sich ringförmig bis in die Außenbereiche fort. Schon nach wenigen Augenblicken und noch ehe das hell brennende Magnesium an seinem Fallschirm bis ins Meer herabgesunken und zischend erloschen war, verschwand jegliches fremde Licht. Über den Köpfen blieb nur der nachtschwarze Himmel, den nicht einmal die Sterne schmückten.

Die Verblüffung der Männer, ihre Anspannung während der letzten halben Stunde, der Wechsel zwischen Grausen und Verwunderung, brach sich nun in einem grellen, befreienden Lachen Bahn. „Denen haben wir's aber gezeigt, was!"

„Haben nicht viel ausgehalten, die Jungs!"

„Schnell heim zu Mami!"

„Keinen Mumm, unsern Gruß zu erwidern!"

Aber tief im Herzen behielten die Männer das Gefühl zurück, etwas Einzigartiges vertrieben, vielleicht für immer zerstört und sich des Genusses eines niemals wiederkommenden Erlebnisses beraubt zu haben.

Der rote Planet

An diesem späten Sommerabend steht die Hitze noch immer drückend im ganzen Haus. Auf der Veranda ist es nicht viel besser. Den ganzen Tag hat die Sonne auf die rote Erde dieses Landstriches niedergebrannt und meinen letzten grünen Pflanzen wahrscheinlich den Garaus gemacht. Gießen ist verboten, denn das Wasser ist seit Wochen rationiert und darf nur noch zum Trinken, Kochen und für die wichtigsten Maßnahmen zur Körperhygiene entnommen werden. Unser Pool, den mein Vater noch bauen ließ und auf den wir so stolz waren, steht leer und hat sich seitdem mit einigen Zentimetern verdrifteten rötlichen Sandes gefüllt.

Schon beginnt der klare Sternenhimmel sich über dem noch schimmernden Horizontstreifen auszubreiten. Die Namen einiger hellerer Lichtpunkte kannte ich irgendwann einmal. Das besonders hervorstechende rötliche Fleck im Süden ist kein Stern, das muss der Mars sein. Dort oben steht jetzt in diesem Moment der kluge Roboter mit den sechs Rädern und sendet die Bilder, die ich vorhin wieder einmal an meinem Computerschirm betrachtete. Sie faszinieren mich, und ich schaue sie immer wieder an.

Besonders die neusten Panoramafotos des Mars-Rovers haben es mir angetan. Sie zeigen eine grandiose Einöde, die staubtrockene Kraterebene, die Klippen und Berge des riesigen Ringwalles, eine mosaikartig erodierte und mit rostbraunem, feinem Sediment bedeckte Fläche, von der der Marswind hellere Gesteinsplatten freigeblasen hat. In dieser Landschaft dort oben, fern der Erde, soll das mit viel künstlicher Intelligenz ausgestatte Fahrgestell in den nächsten Monaten herumreisen und seine Erkundungstour dokumentieren. Es wird messen, fotografieren und graben, sogar Bodenproben sammeln, die eine spätere Mission zur Erde zurückbringen soll. Was wäre, wenn unter der vor den harten Weltraumstrahlen schützenden Deckschicht Leben zum Vorschein käme? Nun, gewiss keine kleinen grünen Männchen, wenn überhaupt, dann vielleicht Bakterien oder Pilzsporen – oder Fossilien ausgestorbener höherer Lebensformen. Wasser hatte es ja auf dem roten Planeten gewiss gegeben. In das Kraterbecken strömte einst ein gewaltiger Fluss, dessen Ablagerungen man aus der Marsumlaufbahn deutlich erkennen kann. Wegen dieses Umstandes war genau dieses Landeziel ausgesucht worden. Was für eine Herausforderung wird es erst für den Menschen sein, eines Tages selbst auf dem Mars zu landen, ihn zu erforschen, in Besitz zu nehmen und zu kultivieren? Vielleicht wird man das vorhandene Bodeneis schmelzen und entnehmen können. Man würde damit Pflanzen zum Wachsen bringen und dann zivilisatorische Kolonien gründen.

Der alte Schaukelstuhl draußen auf der Veranda knirscht, als ich mich hineinräkle. Er stammt noch von meinem Großvater, der hier eine Obstplantage betrieben hatte. Damals wuchs noch alles wie von selbst. Künstliche Bewässerung? Nicht nötig. Die jährlichen Regenfälle kamen regelmäßig und waren so ausreichend, dass auch der kleine Fluss, ein paar hundert Meter südlich, ganzjährig ausreichend Wasser führte. Auch ich habe als Kind oft darin gebadet. Heute ist er zumeist ein kleines Rinnsal, und sommers führt er überhaupt kein Wasser.

Zwischen meinen Lippen klebt die Zigarette, und in der Hand halte ich ein Glas Whisky on the Rocks. Die Eisstücke kühlen wenigstens ein paar Minuten lang angenehm die Finger. Der Westhorizont ist vom letzten Licht des abziehenden Tages kaum noch gerötet. Das helle Band der Milchstraße überspannt inzwischen das Firmament. Um das Haus zu lüften, ist es noch zu früh. Erst ab Mitternacht wird es sich lohnen, etwas

Kühlung durch die überhitzten Räume ziehen zu lassen. Bis dahin brauche ich gar nicht daran zu denken, ins Bett zu gehen.

Ich gieße das Glas ein zweites Mal voll und hänge meinen Gedanken nach. Wie lange würde ich die Farm meiner Väter noch halten können? Landwirtschaftlich gibt es hier nichts mehr zu holen. Ich komme nur noch ab und zu vorbei, um nach dem Rechten zu sehen und mich jeweils ein paar Tage zu entspannen. Lebensmittel, Sprit und Trinkwasser muss ich mitbringen. Denn hier draußen gibt es längst keinen Laden mehr für den Einkauf, und der Brunnen spuckt nur noch spärlich rostiges, brackiges Wasser aus. Ein Notstromaggregat sorgt für elektrisches Licht und dafür, dass der kleine Kühlschrank funktioniert. Den brauche ich unter anderem dafür, um das Eis für den Whisky herzustellen. Jahr für Jahr zeigen sich mehr Spuren des Verfalls an den Brettern, an den Fensterläden, am Dach. Wenn ich nicht bald etwas unternehme, ist das Haus in seinem Bestand gefährdet. Ob es sich überhaupt noch lohnen würde, die Wackelbude zu renovieren? Schade wäre es, allein schon um den Pool. Aber ohne Wasser und Infrastruktur ist alles auf Dauer nutzlos. Da lebt es sich doch in der Stadt viel besser! Dort gibt es Wasser und Einkaufsläden genug. Obwohl – die öffentlichen Schwimmbäder sind im Sommer seit einigen Jahren geschlossen, und auch da verwandeln sich die Rasen der Vorgärten in der heißen Jahreszeit in gelbes Heu.

Whisky schmeckt besser als Wasser, auch wenn *on the rocks* inzwischen passé ist – die Eiswürfel sind längst weggeschmolzen. Der Schweiß in meinen Haaren trocknet langsam und kühlt den Kopf. Lange Zeit sitze ich mit ausgestreckten Beinen da und lasse meinen Gedanken freien Lauf.

Auf einmal beobachte ich, wie sich ein Flatterding nähert. Es sieht aus wie ein kleiner Hubschrauber. Es wird so etwas wie eine Drohne sein. Wer konnte sie nur steuern, hier draußen? Da gibt es längst keine Nachbarn mehr, die meisten sind in den letzten Jahren weggezogen. Die Fluglibelle wird größer, je näher sie brummend heransurrt. Am Ende ist das Ding halb so groß wie ein Kleinwagen und landet direkt vor der Veranda auf dem Erdboden, dessen roter Staub unter den Propellern in alle Richtungen wegfliegt.

Der Motor wird abgestellt, die Rotoren laufen aus, und alsbald ist es wieder völlig still um mich. Ich reibe mir die Augen, ob ich denn wirklich richtig gesehen habe, als die gläserne Luke zur Seite klappt und ich den Kopf eines seltsamen Wesens sehe. Kenne ich dieses Schlangenhalsgesicht nicht? Na klar, es sieht aus wie das von *ET*, dem Außerirdischen in dem berühmten Kinofilm.

„Nice to meet you!", säuselt der kleine Wicht mit einem niedlichen Augenaufschlag. „Ich hoffe, ich habe dich nicht erschreckt."

„Ein wenig schon", gebe ich geheuchelt zu, obwohl ich mich genau genommen gar nicht so sehr wundere über das, was mir da vor die Füße geflattert ist. Ich will mit dem *ein wenig schon* dem Wesen signalisieren, dass es durchaus Eindruck verbreitet habe, und ihm dadurch Wertschätzung zuspielen. „Wer bist du und was verschafft mir die Ehre deines Besuches?", frage ich. Ich hatte mir bereits als Kind vorgenommen, einem Alien, also einem fremden Besucher, nicht mit Feindseligkeit, sondern mit Höflichkeit zu begegnen.

„Ich heiße Ingenito und komme vom Mars", antwortet mir der Schildkrötenkopf unumwunden, als wäre es das Natürlichste der Welt, mal rasch vom Mars zur Erde zu reisen.

„Angenehm, Jeff Miller", stelle ich mich vor, „Besitzer einer alten, verstaubten Ranch und eines leeres Swimmingpools."

„Das dachte ich mir, Jeff", sagt der kleine Kerl seufzend.

„Wie, dass ich Jeff heiße? Bist du ein Hellseher?"

„Nein, ich dachte mir schon beim Anflug, dass es hier auf der Erde auch ziemlich staubig zugehen würde. Eure Meere laufen zwar über, weil die Polkappen schmelzen, aber dieses Meerwasser kann man nicht trinken und nicht gießen. Zu salzig. Und eure Kontinente werden immer heißer und trockener."

„Woher willst du das denn wissen?"

„Man sieht das sogar schon von meinem Heimatplaneten aus. Vor einigen Jahrzehnten glitzerte euer Poleis noch deutlich weiß im Sonnenlicht. Jetzt ist es fast weg. Und das Land wird immer brauner, während das Grün eurer Pflanzen rapide schwindet."

„Aha! Und sonst? Was willst du hier?"

„Eigentlich bin ich auf Erkundungstour. Vor dreieinhalb Milliarden Jahren war es bei uns auf dem Mars auch noch so hübsch wie bei euch vor ein paar Jahrzehnten. Es gab Wasser, Flüsse, Meere, Badestrände und eine angenehme Atmosphäre. Alles war in Ordnung damals, im Goldenen Zeitalter. Dann lebten wir über unsere Verhältnisse, rodeten die Wälder und vergeudeten das Süßwasser, worauf das Grundwasser immer mehr absackte. Und als es immer kälter wurde, heizten wir uns mit dem ausgetrockneten Feuerholz ein."

„Das lief ja ganz anders als bei uns", wende ich ein, „bei uns wird's immer wärmer!"

„Das ist eine knifflige Sache und ein anderes Kapitel", weicht Ingenito aus. „Lag irgendwie an unserem Planeten selbst. Jedenfalls – Wasser wurde immer seltener, und die letzten Reste gefroren unter dem Boden zu Eis. Schließlich brach das Klima ganz zusammen, und wir Marsianer starben aus. Nur einige wenige, widerstandsfähige Leute überlebten, indem wir uns in die Höhlen zurückzogen und die meiste Zeit in einer Art Winterschlaf dahindämmerten. Nun wurde ich mit einigen anderen auserwählt, um nach einem Ersatzplaneten für die letzten unsrer Art Ausschau zu halten. Was lag näher, als bei euch auf der Erde nachzusehen."

„Prima! Kommt nur her! Bei uns ist es prächtig! Die Einwanderungs-behörde wird euch gerne Asyl gewähren!"

„Langsam, ich bin da nicht so sicher!"

„Doch, du kannst mir glauben, wir sind ein fortschrittliches Land mit einer freiheitlichen Verfassung, wir schützen die Minderheiten ... "

„Du hast mich falsch verstanden, ich bin nicht so sicher, ob wir zu euch kommen wollen."

„Wieso nicht? Ihr wärt der Renner der Saison. Ihr könntet in Disney-land richtig Karriere machen. Die Leute stehen auf so etwas. Echte Aliens! Die wären bei uns eine Riesennummer!"

„Nein, verzeih, aber wir suchen nach einer realistischen Alternative, einem richtigen Neuanfang für meine Art. Nach unserem nunmehr Milli-arden Jahre dauernden Höhlen-Dämmerschlaf brauchen wir sicher sehr viel Zeit zur Anpassung und Entfaltung."

„Na und? Was hindert euch? Die Erde steht nochmal vier Milliarden Jahre. Los geht's! Let's have fun together!"

„Nein, mein lieber Jeff, ihr habt nicht mehr viel Zeit. Eure Zeit ist fast abgelaufen. Bei euch kämen wir in ein ähnliches Dilemma wie damals bei uns auf dem Mars. Da bleiben wir lieber gleich zu Hause. Vielleicht bringt ja auch unsere Erkundungsmission zum Jupitermond Europa hoffnungs-volle Perspektiven. Da soll es unter dem Eis einen flüssigen Ozean aus Wasser geben."

„Tja, sehr schade, und jetzt?"

„Ich will mich doch lieber wieder verabschieden und bei der Venus vorbeischauen, wie es da inzwischen aussieht. Und dir sage ich Tschüss. Ich gebe euch Erdlingen aber den dringenden Rat: Kümmert euch um euren Planeten! Vielleicht könnt ihr das Ruder doch noch mal herumrei-ßen und die Erwärmung stoppen. Wir schauen mal in tausend Jahren wieder vorbei, ob es geklappt hat. Bis dann also … Ach, und wenn es möglich ist, dann nehmt nach eurem nächsten Besuch auf dem Mars euer Ding wieder mit, den rollenden Wagen mit seinen Greifarmen. Euren Müll brauchen wir nun wirklich nicht. Und bleibt uns überhaupt ganz vom Hals! Was wollt ihr denn auf dem Mars? Hier unten bei euch ist es im Moment jedenfalls noch viel gemütlicher als bei uns.‟

Und noch ehe ich mich richtig von *ET* verabschieden kann, schwirrt sein Minihubschrauber auch schon wieder ab, wird schnell kleiner und verschwindet nach ein paar Sekunden im sternenklaren Nachthimmel.

Ich muss daraufhin eingeschlafen sein. Als ich in den frühen Morgenstunden erwache, brummt mir etwas der Kopf. So ein hölzerner Schaukelstuhl ist eben kein Ersatz für ein Bett. Vielleicht war es auch ein Whisky zu viel.

Der neue Nachbar

Ewig habe ich keine Zeit zu vertrödeln. Die Rolle des Voyeurs liegt mir zudem gar nicht.

Mehr zufällig bemerke ich einen großen, grauen Umzugswagen, der die halbe Straße vor dem Nachbarhaus blockiert. Drei Männer im blauen Overall laden aus. Aha! Neue Nachbarn werden also einziehen, denke ich mir. Schon die Vorgänger habe ich kaum zur Kenntnis genommen, eine Familie mit drei Kindern samt Großeltern. Es muss eine Behausung mit einer beachtlichen Größe und Zimmerzahl sein. Zwischen den Falten meines Küchenvorhanges spähe ich auf das Treiben an der Straße. Ein vierter, grauer Mann ist zu sehen – grau wegen seines grauen Anzuges. Er hinkt etwas und weist die Möbelpacker gestikulierend an – wohl einer der neuen Bewohner. Was er da für seltsame Sachen ausladen lässt! Möbel sind offensichtlich nicht dabei. Mehr so eine Art Laborgeräte. Dazu wird eine beträchtliche Anzahl von Kartons und Kisten ins Haus geschafft, größere Möbelteile keine. Das Gesicht des Grauen bekomme ich nicht richtig zu sehen. Immer wendet er sich ab und eilt dann den Trägern voraus in die Wohnung.

Alsbald wende ich mich wieder meinen eigenen Belangen zu. Als alleinstehender Rentner muss ich mich um Barbara, meine betagte Dackeldame, kümmern – der Trost meiner einsamen Tage –, dann um meine Balkongeranien, um meine Briefmarkensammlung, um die Pflege des Grabes meiner vor drei Jahren verstorbenen Frau Dagmar und um so vieles mehr, was den Tagesablauf eines Rentners abwechslungsreich macht.

Einige Tage vergehen, ohne jemanden in der Nähe des Nachbarhauses bemerkt zu haben. Nachts bleiben die Rolläden oben und die Zimmer des Hauses dunkel. Nur im Keller brennt die ganze Nacht hindurch ein schwaches Licht. Ich erkenne es an den Oberlichtfenstern des Souterrains, die zu meiner Seite gehen.

Seit dem Tod von Dagmar lebe ich sehr zurückgezogen. Sie hatte sich immer mal wieder auf einen nachbarlichen Schwatz eingelassen – im Gegensatz zu mir. Ich pflege, außer dem höflichen Gruß, wenn man sich beim Leeren des Briefkastens oder bei der Arbeit im Vorgarten zufällig begegnet, keinerlei Kontakt mit Nachbarn. Aber irgendwie lässt mich diesmal die Sache mit den Neuen nicht in Ruhe. Was mochte sich wohl in diesem Haus abspielen? Was würde sich hinter seinen abweisenden Mauern zutragen? Wohnte dort überhaupt jemand? Oft gehe ich mit Barbara langsam am Haus vorbei, es ist unser täglicher Weg. Aber seitdem entdeckte ich noch keine Zeichen, dass hier tatsächlich jemand lebt. Es gibt auch keine Zeitungslieferungen, und ein Postauto hat bislang nach meiner Wahrnehmung auch noch nicht davor gehalten.

Nach einer angemessenen Zeit fasse ich Mut und klingle an der Haustür, mit dem Vorsatz, mich als freundlicher Nachbar vorstellen zu wollen. Es ist ein Werktag in einer Jahreszeit, in der die Leute normalerweise nicht verreist sind. Als kleines Geschenk habe ich Brot und Salz besorgt und nett verpackt. So etwas übergibt man aus Tradition beim Einzug in ein neues Heim. Neben dem Klingelknopf an der Haustür steht ein Name: J. V. Borgen. Doch ich treffe niemanden an, obwohl ich es mehrmals an diesem Tag und zu verschiedenen Zeiten versuche, auch am Abend nicht. Danach stelle ich mein Päckchen mit Brot und Salz und einen kleinen schriftlichen Gruß an die überdachte Haustür, unter Hinterlassung meiner Adresse und Telefonnummer. Von meinem Küchenfenster aus kann ich das abgelegte Gut beobachten. Es steht noch am nächsten Morgen, den ganzen nächsten Tag und noch am darauf folgenden Vormittag dort. Der

Gesang der Matrosen aus Richard Wagners *Der Fliegende Holländer* kommt mir in den Sinn: *Wahrhaftig, ja! Sie scheinen tot! Sie haben Speis und Trank nicht not. So weckt die Mannschaft ja nicht auf, Gespenster sind's, wir schwören drauf!*

Doch dann ist das Päckchen auf einmal verschwunden. Eine Reaktion folgt nicht, weder Dank noch Gruß kommen zurück. Nach etwa vier Wochen klingelt ein gut, aber etwas förmlich und steif gekleideter Herr mittleren Alters in grauem Anzug und Krawatte an meiner Tür, stellt sich vor und bedankt sich freundlich. Er heiße Jeremias Vergilius Borgen – was für zwei seltene Vornamen! Gerade Ungewöhnliches bleibt oft in der Erinnerung haften. Er hat ein ebenmäßiges und angenehmes Gesicht, ist sauber rasiert, seine bereits ergrauten Haare sind sorgfältig gekämmt und die ganze Gestalt wirkt gepflegt. Wir führen ein kurzes Gespräch an der Schwelle. Herein will sich der Mensch nicht bitten lassen. Er sei Chemiker, erklärt er mir, ein Wissenschaftler, und arbeite die meiste Zeit auswärts. Ich solle mich daher nicht wundern, wenn ich ihn nur selten anträfe. Nachdem er sich zum Gehen gewendet hat, fällt mir ein leichtes Hinken auf, das ich schon am Einzugstag an ihm bemerkt hatte.

Jeden Tag, wenn ich meinen Hund Gassi führe, komme ich zuerst am Haus des neuen Nachbarn vorbei. Den grauen Mann aber treffe ich nie an. Weiterhin deutet nichts darauf hin, dass in diesem Haus jemand lebt. Doch eines Abends, als ich mit Barbara meine Abendrunde drehe, reagiert sie merkwürdig und für sie ganz untypisch. Normalerweise hat mein betagter Liebling ein entspanntes Naturell. Nichts kann Barbara aus der Fassung bringen. Aber auf einmal zerrt die Hündin an der Leine, strebt nervös vom Gehweg weg auf die Straße, schaut unruhig nach hinten und knurrt, was überhaupt nicht ihre Art ist. In diesem Moment überholt uns rechts ein Mann auf dem Gehweg und eilt grußlos und mit schnellem, leicht hinkendem Schritt an uns vorbei. Er trägt einen grauen Trenchcoat und hat den Hut tief ins Gesicht gezogen. Im Vorbeigehen kann ich für einen Moment von der Seite einen Teil seines Profiles sehen. Das ist doch mein neuer Nachbar, Vergilius Borgen! Da ich ein fotografisches Gedächtnis besitze, hat sich sein Gesicht bei mir eingebrannt. Doch wie anders kommt er mir jetzt vor, im Vergleich zu neulich, als er sich mir vorstellte: Graue Haare sprießen wirr und ungepflegt unter dem breitkrempigen Hut hervor, Kinn und Wangen sind unrasiert, und der starr geradeaus gerichtete Blick wirkt gierig und wild. Barbara knurrt dem Enteilenden noch eine Weile nach. Ich bleibe nachdenklich zurück und versuche meine Gedanken zu ordnen. War er es? Oder habe ich mich getäuscht?

Im Laufe der Zeit verwildert der Vorgarten der Nachbarwohnung. Eines Morgens, als ich wieder einmal einen Moment davor stehen bleibe, schiebt sich der Vorhang eines Parterrefensters beiseite, und das Gesicht Borgens erscheint. Barbara knurrt. Er lächelt mich an und nickt kurz. Borgen sieht jetzt wieder so aufgeräumt aus wie bei unserer ersten Begegnung. Nur meine ich, um den Mund einen gewissen hämischen Zug zu entdecken, der diesem Lächeln etwas Herablassendes, ja geradezu Höhnisches verleiht. Vielleicht aber kommt es mir auch nur so vor. Spiegelungen auf der Scheibe mögen diesen Eindruck vorgetäuscht haben. Ich nicke höflich zurück, winke kurz und wir gehen unseres Weges.

Als wir bei der Abendrunde an einem anderen Tag wieder an dem Haus vorbeikommen, steht das Gartentürchen offen. Barbara schnuppert interessiert ins Grundstück und zieht mich hinein, direkt zum Kellerfenster an der Seite, das halb gekippt ist. Dahinter leuchtet wie gewöhnlich schummriges Licht. Dann wird Barbara plötzlich unruhig, winselt, zieht den Schwanz ein und will schließlich – wie von großer Not getrieben – wieder von hier fort. Sie zerrt mich geradezu an der Leine aus dem Grundstück hinaus. Nachdem ich sie beruhigt und nach Hause gebracht habe, kehre ich zu dem merkwürdigen Ort zurück. Vorsichtig nähere ich mich dem Kellerfenster und spähe und lausche hinein. Ein seltsames, mir unbekanntes Geräusch dringt an mein Ohr. Es ist nicht laut – eine Art gurgelndes

Röcheln, gefolgt von einem diabolischen Kichern, so dass sich mir die Nackenhaare sträuben. Jetzt bin *ich* es, der hier so schnell wie möglich weg will. Nichts wie raus aus dem Grundstück, und ich drehe verstört einige Runden um den Block, um mich wieder zu fassen.

Da kommt mir der graue Mann entgegen und eilt vorbei, ohne Notiz von mir zu nehmen, verwahrlost, mit seinem seltsam hinkenden Gang. Sein Gesicht, das er halb unter der breiten Hutkrempe verbirgt, erscheint mir noch wilder und verwegener als bei meiner ersten nächtlichen Begegnung. Der starr nach vorn gerichtete Blick geht von einem glühenden Augenpaar aus, das von schwarzen Brauen umschattet wird, die, unterbrochen von einer markanten doppelten Zornesfalte an der Nasenwurzel, ein V bilden, das ihm teuflische Züge verleiht. Ich muss unwillkürlich an die Fratzenmasken denken, die man sich in gewissen Regionen zur Fasnacht über die Gesichter stülpt, um die Menschen zu erschrecken. Rasch verschwindet die Gestalt an der nächsten Ecke im Dunkeln. In dieser Nacht schlafe ich schlecht, selbst Barbara zuckt und japst unruhig im Traum, als würde sie gejagt.

Eine Woche später treffe ich Borgen vor seiner Garage an einem Auto. Es muss seines sein. Ich bin überrascht, als er mich anspricht und sich dafür entschuldigt, dass er mich neulich nachts nicht gegrüßt habe, doch er hätte mich nicht gleich erkannt. Also hatte ich mich doch nicht getäuscht! Doch welch Unterschied besteht zwischen damals und zu seinem jetzigen Erscheinungsbild am Tag! Sein Gesicht ist ebenmäßig glatt und gepflegt, Kinn und Wangen gut rasiert. Obwohl er am Auto etwas zu reparieren scheint, ist er mit grauem Anzug und Krawatte sehr förmlich gekleidet. Will er vor der Fahrt zu seiner Arbeitsstelle vorher noch kurz den Ölstand überprüfen? Ich frage ihn, ob alles in Ordnung sei und biete meine Hilfe an. Er wiegelt schnell und beschwichtigend ab. Alles sei bestens, *im grünen Bereich* sozusagen. Wie es mir gehe, fragt er höflicherweise zurück,

und in einem kurzen, belanglosen Gespräch erörtern wir die Lage des Wetters.

Bei einer nächtlichen Gassirunde einige Tage später grummelt Barbara wieder unvermittelt: Der hinkende Gang, der graue Trenchcoat, der breitkrempige Hut in einiger Entfernung. Sie will nicht weitergehen, ihr Fell sträubt sich, das Drohgebrumm geht in ein ängstliches Jaulen über, und mit eingezogenem Schwanz will Barbara mich nach Hause ziehen.

Ich binde die Leine kurz entschlossen am nächsten Gartenpfosten fest und schleiche dem grauen Phantom schnell, doch vorsichtig und mit Abstand, nach. Nur mit Mühe kann ich ihm auf den Fersen bleiben, denn er schlägt einige unerwartete Haken und nimmt Seitengassen, in die ich noch nie gekommen bin. Auf einmal stehe ich dem Verfolgten direkt gegenüber. Er erwartete mich in einer dunklen Ecke. Sein schrecklicher Blick bohrt sich in meine Augen und er spricht mich scharf und drohend an. Ich schaue in ein verwüstetes Gesicht, das kaum noch Ähnlichkeit mit Borgen hat. Was mir einfiele, ihn zu verfolgen! fährt es aus ihm heraus. Ich entschuldige mich stammelnd und stürze entsetzt zurück, erlöse Barbara, die mich glücklich jaulend empfängt, und wir eilen schleunigst nach Hause. Noch mit erhöhtem Pulsschlag und mit einem Fernglas bewaffnet setze ich mich ans Küchenfenster und warte. Mein Feldstecher besitzt große Gläser und kann die Nacht sehr wirksam aufhellen. Damit sollte mir kein nachtgrauer Geselle entkommen.

Stunde um Stunde verharre ich auf meinem Posten. Auch wenn es mir schwerfällt, gegen die eintretende Müdigkeit anzukämpfen: Mit einer Extraportion Kaffee und dezenter Radiomusik gelingt es mir, mich wach zu halten. Dann endlich: Um vier Uhr morgens huscht die hinkende Schattengestalt wie eine riesige Ratte durch den Garten ins Nachbarhaus, hinter dessen Wänden es dunkel bleibt.

In der nächsten Nacht liege ich wieder und noch konsequenter auf der Lauer, wie der Jäger, der, auf dem Ansitz kauernd, auf Beute wartet. Ein

Gewehr führe ich natürlich nicht bei mir, nur wieder meinen Feldstecher und einen Notizblock. Erst lange nach Einbruch der Dunkelheit verlässt die nämliche Kreatur schnell und geduckt ihren Bau. Ich lasse alles liegen, ergreife meinen bereit liegenden Mantel, ziehe den Hut ins Gesicht und folge dem hinkenden Gesellen mit Sicherheitsabstand und noch größerer Vorsicht als gestern. Eine erneute Konfrontation gilt es unbedingt zu vermeiden. Das rattengraue Wesen wankt schlurfend und auf Umwegen in die Innenstadt. Es sucht das Kneipenviertel auf, die verruchte Hafenszene, wo, wie man munkelt, Drogen und nächtliche Glücksspiele an der Tagesordnung sind. Es verschwindet hinter dem Eingangsvorhang eines Etablissements, in das ich mich nie, auch nicht am Tage und in Begleitung, hinein getraut hätte. Der *Club der toten Richter* gilt als besonders berüchtigte Lokalität, die gelegentlich durch am Ende ergebnislose Polizeirazzien von sich reden macht.

Rasch kehre ich zurück. Borgens Behausung muss jetzt verwaist sein. Beim Haupteingang versuche ist erst gar nicht ins Haus zu gelangen, viel zu sehr liegt er im Lichtkegel der Straßenbeleuchtung. Daher schleiche ich mich auf die Rückseite des Hauses und entdecke den Hintereingang, der über eine kleine Veranda zu einem Wintergarten führt. Die Verandatür ist überraschenderweise nur eingeklinkt, nicht abgeschlossen. Ich öffne sie vorsichtig und bin im Haus. Wie weit ist es mit mir gekommen, dass ich in fremde Häuser eindringe! Welcher verdammte Teufel reitet mich!

Mein Mobiltelefon leuchtet mir den Weg. Das Innere des Hauses wirkt unbewohnt. Ich sehe keine Möbel, keine Spuren täglichen Gebrauchs. Aus dem Keller, dessen Zugang in der Diele liegt, dringt ein eigentümlicher Dunst von Chemikalien. Die Düfte des *Giftschrankes* meiner alten Schule kommen mir in Erinnerung. Der eigentümliche Geruch von Borsäure und diversen alkoholischen Lösungen hat sich in mein Gedächtnis eingegraben. Im schwachen Schein der Leuchte sehe ich Flaschen, Glaskolben, Plastikkanister und Bottiche, Herdplatten und Schläuche. An was erinnert mich das nur? An eine Schwarzbrennerei? Oder an das Drogenlabor im Wohnwagen in der Fernsehserie *Breaking Bad?* Es graust mich, und plötzlich wähne ich mich in großer Gefahr. Fast fluchtartig verlasse ich den unheimlichen Ort, ohne irgend etwas berührt oder Spuren hinterlassen zu haben. Mein Eindringen muss unbemerkt bleiben!

In den weiteren Stunden dieser Nacht liege ich wach und grüble, wie ich nun vorgehen sollte. Die Polizei würde vielleicht meinen unbefugten Zugang bestrafen. Noch hielt ich ja keine Beweise in Händen. Am nächsten Morgen suche ich daher erst einmal das Einwohnermeldeamt meiner Stadt auf und ziehe unter Vorwänden Erkundigungen ein, wodurch ich den Namen und die Adresse des Hausbesitzers in Erfahrung bringe, den ich noch am selben Tag kontaktiere. Der erklärt mir, dass dieses Haus derzeit nicht vermietet sei! Aber doch, versichere ich ihm, er möge bitte kommen und sich selbst überzeugen. Zumindest im Keller habe sich jemand namens J. V. Borgen eingenistet.

Wir treffen uns anderntags. Der Mann, ein freundlicher Herr, der in diesem Stadtteil noch einige weitere Wohnungen und Häuser besitzt und vermietet, schließt die Haustür auf. Neben dem Klingelknopf steht kein Name mehr, stelle ich mit einem Seitenblick bestürzt fest. Die Räume, bis auf die eingebaute Küche, sind völlig leer und unbewohnt. Ich möchte den Keller sehen. Auch der ist – leer!!! Nichts von den verdächtigen Utensilien meines nächtlichen *Kontrollganges* ist zu sehen. Nur Spinnweben spannen sich zwischen ausgeräumten Wandregalen und einer Werkbank aus. Da ich meinen nächtlichen Zutritt natürlich nicht zugeben darf, habe ich keine stichhaltigen Argumente, um meine Behauptung zu untermauern. Auch mein Hinweis, dass die hintere Verandatür frei zugänglich sei, verpufft: Sie ist verschlossen. Der freundliche Hausbesitzer sieht mich etwas mitleidig an und muss wohl denken, dass ich ein überreizter Spinner sei. Ich entschuldige mich nachdrücklich und bin über meine eigene Wahrnehmung verunsichert. Ob mir meine Fantasie in letzter Zeit nicht doch einige Streiche gespielt hat? Ich nehme mir vor, demnächst einmal einen Neurologen zu konsultieren. Andererseits – Barbaras merkwürdiges Verhalten! Sollte sie auch Halluzinationen gehabt haben?

Als ich in der folgenden Nacht, mehr aus Gewohnheit als mit Vorsatz, in Richtung des Nachbarhauses blicke, da dringt wieder dieses schwache Licht aus dem Kellerfenster, und es ist mir, als hörte ich von dort ein gewisses Rumoren, gefolgt von einem seltsam höhnischen Kichern. Barbara knurrt und starrt geradewegs an die weiße Küchenwand in die nämliche Richtung. Ich beruhige das alte Mädchen und lege mich zu Bett. Was gehen mich auch die Nachbarn an? Seitdem führt Barbara und mich der tägliche Gassiweg auf einer anderen Route, die nicht mehr an diesem Haus des Schreckens vorbei führt. Grauen Gestalten, ob sie hinken oder nicht, schenke ich seitdem keine Beachtung mehr. Manchmal knurrt Barbara noch grundlos und ihre Rückenhaare sträuben sich.

Abendspaziergang

Die späte Herbstsonne schiebt ihre milden Strahlen durch die teilweise schon ein wenig kahl gewordenen Wipfel der Bäume. In einer Stunde würde es dunkel werden. Ich kenne den Waldweg seit meiner Kindheit und spazierte den verschwiegenen Pfad oft mit meinen Eltern, immer wieder verzaubert von den Farnen und moosigen Polstern zu seinen beiden Seiten. Und wie gerne erinnere ich mich, wenn wir dann nach Hause kamen und Großmutter inzwischen ein deftiges Abendmahl zubereitet hatte und wir uns nur zu Tisch zu setzen brauchten.

In der Mitte des feuchten Weges verläuft eine Spur. Hier muss vor nicht sehr langer Zeit jemand gegangen sein. Der zierliche Tritt hat sich auf besondere Weise in den bald moosigen, bald grasigen Bewuchs des Weges eingeprägt. Es war wohl der Abendtau, der den Fußabdruck eines Wanderers aufgenommen und ihn als dunklere Fährte auf den Boden gemalt hat. Meine Augen folgen der Spur eine kleine Weile. Zwischen den Fußtritten befindet sich eine Art Schleifspur, als hätte dieser Mensch etwas hinter sich oder genau unter sich auf dem Boden mitgeschleift.

Auf einmal endet das Gepräge unvermittelt, als hätte das Wesen seinen Gang in der Luft fortgesetzt. Es gibt keine Anzeichen des Zauderns, kein Hin und Her, kein Abbiegen, keine Umkehr – einfach nur Ende. Abgehoben, wie ein Vogel. *Scotty, beam mich hoch!*, kommt mir in den Sinn. Nachdenklich setze ich meinen Weg fort, der jetzt, das weiß ich, in einen besonders geheimnisvollen Hohlweg einmünden würde.

Nach ein paar Schritten ist mir, als vernähme ich nicht weit ein seltsames Ächzen, eine Art Wehklage, die bei genauem Hinhören mehr ein Seufzen zu sein scheint. Sollte es von einem Tier stammen? Ich bleibe stehen und lausche. „Die Nymphen singen dir zu", sage ich laut zu mir selbst, um mir Mut zuzusprechen, denn die Situation ist so seltsam und unerhört, dass sich meine gereizten Nackenhaare aufstellen. Von dort kommt es, geradeaus in Richtung des immer dunkler werdenden Weges. Bei vorsichtiger Annäherung wird die Stimme lauter und scheint irgendwo aus den Wipfeln der Bäume über mir zu dringen.

Nach einigen Momenten intensiven Lauschens meine ich, menschliche Worte vernehmen zu können. Ruft da jemand nach mir? Es sind Worte wie: „Hilf mir! Hilf mir! Hilf mir herunter!" Ja! Jetzt bin ich mir sicher. Hier wimmert ganz offensichtlich eine Kreatur in Not aus dem dunklen Gezweig.

„Wer da?", belle ich aufgewühlt und mit trockener Stimme ins dunkle Gewirr und fische aus meiner Jackentasche die kleine Lampe, die ich beim Wandern immer mit mir führe. Sie leuchtet in den Baumwipfel direkt über mir hinein und ihr Lichtkegel sucht das … Wesen, von dem die geheimnisvolle Stimme ausgeht.

„Hier bin ich, hilf mir, ich hänge fest!", zirpt es unruhig von oben.

„Wer ist denn da? Wie kommen Sie da hin?", rufe ich mit wild pochendem Herzen in die düstere Krone. Und ich kann es kaum fassen, als ich diese Antwort zu vernehmen glaube:

„Ich habe mich verflogen und bin in diesen verdammten Baum hineingerauscht. Jetzt weiß ich nicht, wie ich aus dem Astgewirr herunter kommen soll." Im gleichen Moment erfasst das Licht meiner Leuchte ein seltsames Menschlein. Es ist von kleiner, zierlicher Gestalt und kauert auf einem der Äste. In der Hand hält es einen Besen mit langem Stiel. „Hilf mir herunter! Es soll dein Schaden nicht sein", wispert das zarte

Geschöpf. Ich trete herzu und erkenne, dass es außer Reichweite über mir hockt. Daher schlage ich ihm vor, es möge den Besen, den ich an den Borsten ergreifen kann, als Abstiegshilfe benutzen. So gelingt es dem etwas steifen Kerlchen, von seinem unglücklichen Landeplatz erst meine hochgereckte Hand zu ergreifen und dann auf den Erdboden hüpfen zu können.

„Seid bedankt, werter Wanderer", wispert das Wesen mit erstaunlich artiger Wortwahl. Es hat etwa die Größe eines zehnjährigen Kindes, spricht aber wie ein Erwachsener und ist offensichtlich von weiblicher Natur. Das jedenfalls schließe ich aus Stimmklang, Kleidung und ... Körperform. Auch das Gesicht, so fein und zartgliedrig es geschnitten ist, gehört unzweifelhaft zu einer ausgewachsenen Frauenperson. Die großen, lang bewimperten Augen blicken mich offen und ehrlich an, die schwarzen Haare hängen ihr ungekämmt, doch durchaus ansehnlich und natürlich vom Haupt. Die Kleidung ist schlicht: ein grauer Rock, eine dunkelblaue Schürze, eine dunkelgrüne Jacke. Der Besen, den die kleine Person sogleich wieder in ihren Besitz nimmt, ist etwas länger gestielt als ihr Körper hoch ragt.

Der Anblick dieser Frau hat nichts Erschreckendes an sich, ganz im Gegenteil. Von ihr scheint auch keinerlei Gefahr auszugehen, so dass sich meine gereizten Nerven bald beruhigen. „Wie kommen Sie", frage ich sogleich ermutigt, „in diesen Baum? Und was suchen Sie dort?" Ich hoffe auf eine Antwort, die den ungewöhnlichen Aufenthaltsort beispielsweise als missglückte Suche nach Baumpilzen oder Misteln erklären würde. In manchen eingeweihten Kreisen erlebt das Druidentum derzeit eine gewisse Renaissance. Aber was ich jetzt hören muss, lässt meinen Kiefer fassungslos nach unten klappen:

„Ich wollte meinen neuen Besen ausprobieren, aber das Ding hat eine ungewohnte Schubkraft", wispert sie schnell und leicht mit einer Stimme, die mir inzwischen hell und angenehm, ja geradezu jugendlich geschmei-

dig vorkommt. „Vielleicht kam ich auch in einen falschen Gang. Jedenfalls konnte ich den Start nicht mehr kontrollieren und sauste mitten in diesen vermaledeiten Baum hinein. Starten Sie dann mal aus einem Astgewirr heraus! Das können nur die Profis. Ich bin Anfängerin im Besenflug. Ich beherrsche den Start nur vom ebenen Boden aus."

Was würdet ihr auf eine solche Erklärung erwidern? Richtig, nichts. Denn da fällt auch mir nichts weiteres ein als: „Ah ja, soso!" Mein Gesichtsausdruck muss dementsprechend dämlich gewesen sein, denn das Frauchen setzt seine Rede mit näheren Erklärungen fort.

„Eigentlich wollte ich ja nach Hause spazieren. Ich wohne in dem kleinen, uralten Köhlerhaus, das auf der Lichtung mitten im Wald steht. Da dachte ich mir, spare Dir den langen Fußweg und nimm den neuen Besen. Wie gesagt, ich kenne seine Flugeigenschaften noch nicht gut. Und so ist es passiert."

„Ah ja, soso!", wiederhole ich völlig fassungslos meinen Kommentar.

Inzwischen suche ich eine Erklärung für diese seltsame Begegnung und meine, auf eine reichlich spleenige Pilzsucherin gestoßen zu sein oder ein kleinwüchsiges Kräuterweibchen, vielleicht tatsächlich das weibliche Gegenstück von Miraculix, dem gallischen Druiden. Und so füge ich hinzu: „Kann ich Ihnen helfen, nach Hause zu kommen? Allerdings kenne ich den Standort der Köhlerhütte nicht und habe, ehrlich gesagt, auch noch nie etwas von ihr gehört."

„Aber nein", beeilt sich die zarte Dame zu säuseln, „ich mache das im Flug. Ich nehme nur einen kleineren Gang beim Start. Und bin ich erst einmal in der Luft, finde ich auch in dunkelster Nacht meinen Weg."

„Soso", murmle ich skeptisch, in der Meinung, dass mein munter plapperndes Gegenüber mehr als spleenig, ja völlig durchgeknallt sein müsse.

„Indessen", setzt sie in feierlichem Ton fort, „Ihr habt Euch eine Belohnung verdient, dafür, dass Ihr mir ohne Angst und ganz selbstlos vom Baum heruntergeholfen habt. Nennt mir einen Wunsch und er sei Euch gewährt!" Solche Versprechungen kennt man aus orientalischen Märchen. Mir ist dieses Angebot peinlich, will ich doch allmählich höflich aber schnell aus dieser Situation herauskommen, denn dieses Gespräch beginnt, mich in seiner Absurdität zu quälen. Am liebsten hätte ich gesagt: Na denn Adieu und gutes Gelingen. Doch mein Gegenüber insistiert: „So sprecht frei heraus! Was begehrt Ihr als Lohn für die edle Tat?"

Nur um diesen Eiertanz zu beenden, sage ich schließlich spontan: „Wenn ich heute nach Hause komme, dann würde ich gerne Bratwurst mit Sauerkraut essen. Aber die Würste müssen vom guten Ortsmetzger stammen und das Kraut mit einem würzigen Speck lange eingekocht, gerade so, wie es früher meine Großmutter immer unnachahmlich zubereitete."

„Eine bescheidene Bitte. Sie adelt Eure Gesinnung und sei Euch gewährt", kommentiert die Person meinen aus der Luft gegriffenen Wunsch. „So gehabt Euch denn wohl und bleibet Eurem edlen Herzen treu", beendet sie ihre Rede in herrlich altmodischem Ton. Sprach's, klemmt den Besenstiel mit rückwärts gewandtem Borstenteil zwischen ihre Beine und, ehe ich mich noch wundern kann, schießt sie pfeilschnell und lautlos wie eine Eule zwischen den Baumkronen dahin und davon in Richtung Waldmitte.

Ich brauche wohl nicht näher auszumalen, welche wilden Gefühlswallungen mich fast in die Ohnmacht trieben, angesichts dieses irrwitzigen Erlebnisses. Ich wende sofort um, eile mit pochendem Herzen und zittrigen Knien zum Wanderparkplatz, wo ich mein Auto abgestellt hatte, und fahre auf direktem Weg heim.

Und ich brauche euch auch nicht näher zu schildern, was meine Frau mir schon freudig entgegen rief, als sie hörte, dass ich das Haus betrat, noch ehe sie mein bleiches Gesicht gesehen hatte: „Schatz, was meinst du, was ich dir heute Leckeres zum Abendessen zubereitet habe?"

Teil 2

Dem Verbrechen auf der Spur

Eine Frage der Ehre

„Dio mio!" Isabella Pasquale schrie entsetzt auf und wurde leichenblass. „Che disgrazia!" Die Schatulle war leer! Isabella, die von allen respektvoll stets Donna Isabella genannt wurde, wegen ihres würdevollen Alters und ihres Einflusses, der weit in die höchsten Kreise Neapels reichte, sank kraftlos in ihren riesigen Plüschsessel. Das fein gearbeitete kleine Kistchen mit Einlegearbeiten aus Elfenbein und edlen Hölzern hatte die besten Stücke ihres Familienschmuckes enthalten. Noch vorgestern trug sie ihre geliebte Brillantkette bei einem privaten Empfang. Und sie hatte sie mit einem zärtlichen Streicheln wieder zurückgelegt. Vorgestern waren die Schätze also noch da! Sie starrte entgeistert durchs große Südfenster auf den Golf, doch der prächtige Blick über das blaue Meer bis zum Vesuv konnte sie diesmal nicht trösten.

Wie hatte das geschehen können? Ihre Villa besaß Warnmelder, Wachhunde und Aufsichtspersonal, die auch das parkartige Gelände rund um die Uhr sicherten. Kein Unbefugter hätte es wagen können, sich an ihren *oggetti preziosi* zu vergreifen. Gestern allerdings waren Fremde im Haus, ein männliches Kleeblatt der Familie Lombardi, des verhassten Seitenzweiges der Pasquale, von dem man gar nicht mehr wusste, über welche Ecken man miteinander verwandt war. Die vier Lombardi-Repräsentanten hatten sich mit Donna Isabellas ältestem Neffen Carlo Pasquale, dessen Bruder Cosimo und zwei Cousins in ihrer Villa getroffen, sozusagen auf neutralem Boden, um eine schwerwiegende geschäftliche Auseinandersetzung zu regeln. Es ging um einen Kompetenzstreit beim Neubau der Filiale der Banca Commerciale bei der Piazza Mercato. Die Lombardi hatten die Baugesellschaft dahingehend beeinflusst, eine Tiefbaufirma mit der Fundamentlegung zu beauftragen, die *ihrer* Familie nahestand. Das wiederum passte natürlich den Pasquale nicht, die lieber eine mit *ihnen* assoziierte Firma beauftragt gesehen hätten. Donna Isabella hatte sich aus solchen Konflikten immer herausgehalten. Geschäftliche Gespräche führte seit dem Tod ihres Mannes derzeit ihr Neffe Carlo, der ihren eigenen Sohn vertrat, solange der wegen einer unglücklich gelaufenen Sache im Gefängnis saß.

Carlo, der geschäftsführende Patrone also, machte sich sofort auf Tätersuche. Der Verdacht fiel logischerweise auf die Lombardi, allesamt ehr- und skrupellose Burschen, das stand für die Pasquale fest. Da war in erster Linie deren Sprecher Giulio Lombardi, ein Parvenü der letzten Jahre. Giulio versuchte, nach dem gewaltsamen Tod seines Vaters die Macht des Lombardi-Clans an sich zu reißen. Er war es, der tags zuvor mit seinem jüngeren Bruder Jeronimo und mit zwei Schwagern in der Villa von Donna Isabella erschienen war. Carlo Pasquale erinnerte sich, dass Giulio Lombardi einmal die Toilette aufgesucht hatte und einige Minuten länger damit beschäftigt war, als ein Mann zum Entleeren seiner Blase, zum Waschen der Hände und zum Richten der gegelten kurzen schwarzen Haare normalerweise braucht. Donna Isabella war in jenem Zeitraum bei einer Aufsichtsratssitzung der Aero Trasporti Italiani zugegen und somit außer Haus. Folgerichtig gab Carlo Pasquale den Befehl an alle geschäftsfähigen männlichen Familienmitglieder aus, das Verhalten der Verdächtigen, speziell das des Giulio zu beobachten, das heißt, sich alles zutragen zu lassen, was im offiziellen und inoffiziellen Netzwerk rund um diese Familie zu vernehmen war.

Die geraubten Preziosen kamen auch nach zwei Wochen nicht in Umlauf. Das war seltsam, denn meistens tauchte Raubgut nach ein paar Tagen bei den Hehlern Neapels auf, und wenn nicht in Neapel, so hätten sie über ihre Kontaktpersonen in Rom und Mailand Nachricht erhalten, denn die Brillanten einer Donna Isabella waren kein Kavaliersdelikt. Ein solcher Diebstahl im Hause Pasquale war eine *questione politica sovraregionale*, ein überregionales Politikum, das nicht im Verborgenen bleiben konnte.

Es dauerte eine weitere Woche, als Carlo Pasquale von zuverlässiger Seite beigeflüstert wurde, dass Giulios kleinerer Bruder Jeronimo bei einer geschäftlichen Besprechung Manschettenknöpfe getragen habe, die mit jeweils einem besonderen und auffallenden Brillanten verziert gewesen seien. Es gab sogar ein Foto von ihm, das in den sozialen Netzwerken kursierte. Es war scharf genug, um die Manschettenknöpfe samt Brillanten gut abzubilden. Donna Isabella konnte sofort bestätigen, dass es sich hierbei um zwei der drei Brillanten ihrer geraubten Halskette handelte.

Noch am Abend des selben Tages machte der Manschettenknopfbesitzer mit dem Lauf der *Bersa Thunder 9 x 19 mm Parabellum* unliebsame Bekanntschaft. Carlo Pasquale hatte ihn Jeronimo nach Geschäftsschluss kurz vor Erreichen des Portals von dessen Stadtvilla unter die Nase gedrückt, so dass dieser sein Gesicht gezwungenermaßen in den roten Abendhimmel recken musste. „Se hai rubato i diamanti di mia zia", zischte der Angreifer, "wenn du die Brillanten meiner Tante gestohlen hast, dann vergrößere ich dir deine Nasenlöcher, dass es beim nächsten Regen von oben hineinpieselt!"

Jeronimos Widerstand brach quasi im Moment dieser massiven Drohung in sich zusammen. „Ich war es nicht", krächzte er sofort in etwas näselndem Tonfall.

„Wer dann?", erwiderte Carlo in verschärftem Tonfall. „Spuck es aus oder du hast gleich gar keine Nase mehr!"

„Mein Bruder war es, Giulio, der hat den Schmuck geklaut, ich habe nichts damit zu tun", gackerte der Bedrohte wie ein Huhn vor der Schlachtung.

„Und wie kommst du zu den Brillanten in deinen Manschettenknöp-fen?", hakte der Wütende nach und schob den Lauf seiner Pistole weiter vor in Jeronimos linkes Nasenloch.

„Giulio hat sie anfertigen lassen und mir zu meinem 30. Geburtstag geschenkt!" presste er gequetscht näselnd heraus. „Ich wusste ja gar nicht, dass ..."

„Na, das ist doch einmal eine klare Ansage, un messaggio chiaro", unterbrach Carlo ihn höhnisch. „Herzlichen Glückwunsch zum Geburtstag – nachträglich! Dafür schenke ich Dir doch glatt das Leben. Ich bin ja so ein guter Mensch. Sage Deinem Bruder, dass ich ihn morgen pünktlich um 12:45 Uhr auf der Baustelle der Banca Commerciale bei der Piazza Mer-cato sehen will. Er soll alleine kommen und den restlichen Schmuck dabei haben, wenn er die Belegung der Familiengruft der Lombardi nicht um eine weitere Person erweitern will!"

„Certo, subito! Ich sag's ihm. Du kannst dich drauf verlassen!", quetschte Jeronimo heraus und war glücklich, als der Druck des Pistolen-laufes gegen die Unterseite seines Nasenknorpels endlich nachließ.

Giulio traf die Botschaft seines Bruders wie ein Hammerschlag. Er hätte sich ohrfeigen können, dass er so unvorsichtig war, die Brillanten in die Öffentlichkeit zu bringen. Er hätte es ahnen müssen, das sein Raub bei den Pasquale nur Probleme schaffen würde. Gegner darf man in offener Feldschlacht austricksen, also bei Geschäften. Nie aber sollte man etwas aus ihrem Haus stehlen. Das war eine Art Majestätsbeleidigung und somit *una questione d'onore*. Außerdem waren Donna Isabellas Schmuckstücke zu exquisit, um sie irgendwo in Italien an den Mann oder die Frau bringen zu können. Das hatte er aber erst nachher begriffen. Vielleicht hätte er sie im Ausland verhökern können, nicht aber im Einflussbereich der Pas-quale, nicht in Neapel und auch kaum irgendwo anders in Italien. Das war nun versaut. Jetzt hatte er den persönlichen Zorn Carlo Pasquales auf sich

gezogen. Da blieb ihm nur der Ausweg, klein beizugeben und den Canossagang zu machen.

Um 12:45 Uhr des folgenden Tages ruhte die Baustelle der künftigen Bankfiliale in der Mittagspause. Carlo, mit dunklem Anzug, weißem Hemd und buntem Halstuch, wie es sich für einen in seiner Position gehörte, sah sich prüfend um, ob Giulio auch wirklich allein gekommen war. Jener hingegen trug ein überweites, etwas beuliges Jackett, was ihn schon im Outfit von vorneherein zum Verlierer machte. Keinen Stil haben diese Lombardi, dachte sich Carlo. Dann ging er mit gespielter Jovialität auf seinen Kontrahenten zu, begrüßte ihn und hakte ihn wie einen alten Bekannten unter, um mit ihm einige Meter auf den Gerüstdielen emporzusteigen. Unter ihnen stand, im Sichtschutz der Bretter des Baustellenzaunes, ein LKW-Betonmischer, dessen riesige Trommel sich knirschend drehte. Jetzt stellte Carlo ihn zur Rede. „Mein lieber, guter Giulio! Ei, ei, ei, da hat er aber etwas ganz Schlimmes angestellt", höhnte er in Kindersprache. „Das tut man aber nicht unter Freunden, das ist ganz schlecht! Meine Oma war so traurig darüber und hat ganz arg über den bösen, bösen Giulio geschimpft! Tu ihm aber nicht so weh, bat sie mich. Cara nonna, sagte ich zu ihr, ich werde ihn nicht lange leiden lassen, wenn er brav ist und seinen Fehler wieder gut macht."

Der Angeklagte wurde noch bleicher und versuchte gar nicht erst, darum herum zu reden: „Hör mal, Carlo, es tut mir ehrlich leid, dass ich so einen Blödsinn gemacht habe. Soll nie wieder vorkommen. Glaube mir, war verdammt dumm von mir. Ich will auch alles wieder ausbügeln", redete er beschwörend gegen das Rattern des Betonmischers an.

„Lieber Giulio", säuselte Carlo, „ich habe, wie du sicher weißt, ein gutes Herz. Und wenn böse Kinder Besserung versprechen, macht mich das geradezu glücklich." Dabei warf er einen finsteren Blick auf sein Gegenüber, der gar nicht zu seiner gespielten Heiterkeit passen wollte.

„Du gibst Deinem Freund jetzt gleich die feinen Sächlein zurück, die du seiner Omi weggenommen hast, ja? Sonst wird Dein Freund nämlich selber verärgert. Dein Freund mag es nämlich gar nicht, wenn seine Omi unglücklich ist. Und sie ist sehr unglücklich, wenn sie ihre schönen Spielsachen nicht mehr hat."

„Klar doch!", stieß der Bedrängte keuchend hervor, und versuchte, dem vernichtendem Blick seines Anklägers auszuweichen. „Die Manschettenknöpfe mit den Brillanten aus der Halskette sind in meinem Auto und die anderen Schmuckstücke in einem Schließfach im Zentralbahnhof. Das hier ist der Schlüssel dazu." Und er reichte Carlo ein verschlossenes Kouvert. „Lass uns hingehen, und ich übergebe dir dort alles bis auf das kleinste Goldkettchen."

Carlo tastete beiläufig das Kouvert ab und spürte die Form eines Schlüssels. „Ts, Ts, Ts", sprach er und schüttelte dabei seinen Kopf. „Das ist aber schade. Das ist sehr schade, dass du die Sachen nicht dabei hast. Molto peccato. So war es aber ausgemacht, mein Lieber!", flötete er in einem teuflischen Singsang. Sein Mund verzog sich zu einem Grinsen, das Jack Nicholson alle Ehre gemacht hätte, als er in die Tiefe deutete. „Giulio, mein Lieber, sieh mal da hinunter. Siehst Du dieses große Loch? Da wird einmal eine dicke Säule des neuen Bankhauses stehen, die tragenden Fundamente der Banca Commerciale, erbaut von Firmen der Familie Pasquale und der neue Bankdirektor wird ebenfalls ein Pasquale sein. Wie findest du das? Schön, nicht? Und ich mache Dir ein besonders großzügiges Angebot, mein guter Freund. Du wirst die Ehre haben, eine der größten Stützen dieser Bank zu sein! Arrivederci Giulio!" Mit diesen Worten gab er dem völlig Überraschten einen kräftigen Stoß, dass dieser in die ausgeschachtete Fundamentgrube stürzte, die sich wenige Meter unter ihnen befand. Der Gefallene raffte sich entsetzt aus dem feuchten Dreck auf, doch die Auslassrinne am Heck des Betonmischers begann sofort damit, dessen professionell angesetzte und bestens durchmischte Fracht in das Schachtloch zu entleeren. Ein unaufhörlicher Schwall von Beton ergoss sich über ihn und riss ihn immer wieder um, wenn er versuchte, in stehende Position zu kommen. Vergeblich versuchte er, sich mit rührenden Armbewegungen gegen die graue Lawine zu schützen und irgendwie an der Oberfläche zu bleiben. Schon steckte er bis zu den Hüften in der zähen und schweren Masse. Er schien seinem Mörder etwas zurufen zu wollen, was aber vom Lärm des herausquellenden Betons ebenso verschluckt wurde wie nach und nach erst sein Bauch, dann seine Brust, dann die Arme, die inzwischen den Kampf gegen die nasse Flut verloren gegeben hatten. Carlo rief dem Versinkenden triumphierend zu: „Nessuno ruba impunemente – niemand bestiehlt ungestraft einen Pasquale, lass Dir das eine letzte Lehre sein, mein lieber Freund!" Das letzte, was der Sterbende in seinem Leben sah, ehe die graue Masse auch seinen Kopf verschlang, war das Gesicht des Fahrers am Betonmischer. Es war Carlos jüngerer Bruder Cosimo, der mit versteinertem Gesichtsausdruck sein Vernichtungswerk vollendete.

Das letzte, was man von dem fast Verschütteten sah, waren seine Hände, die sich verzweifelt in die Luft krallten, ehe auch sie zugedeckt wurden. Letzte Luftblasen quollen nach verrichteter Arbeit wie in einem Blubberkessel aus der Tiefe nach oben und setzen die Oberfläche der kalten Lavamasse noch ein paar Sekunden in Wallung, ehe es still wurde. Auch der Motor des LKW schwieg jetzt und ein schläfriger Mittagsfriede senkte sich auf das immer heißer werdende Zentrum Neapels. Der angenehme Duft des frischen und feuchten Betons kroch wie eine unsichtbare Wolke über die Baustelle. Carlo gab seinem Bruder ein kaum merkliches Zeichen den Tatort zu verlassen. Unten im Bauwagen würden die offiziellen Bauarbeiter jetzt beim Mittagessen sitzen. Solche Männer stellen keine Fragen, keinem Pasquale jedenfalls. Und Antworten würden sie auch keinem geben, niemandem, auch nicht der Polizei. Dafür hatten schon im Vorfeld einige Geldscheine gesorgt. *Discrezione* war Ehrensache.

Carlo entdeckte das Auto des Ermordeten in der nächstgelegenen Tiefgarage. Er brach es schnell und routiniert auf. Im Handschuhfach lag ein zweites Kouvert mit den brillantbesetzten Manschettenknöpfen. Zum unweit gelegenen Bahnhof Central de Nápoles ging er zu Fuß. Der nummerierte Schlüssel, den Giulio ihm gegeben hatte, glitt in das zu ihm passende Schließfach. Es war – leer! „Der Mistkerl hat mich reingelegt!", fluchte er mit zusammengebissenen Zähnen.

Ein seriös gekleideter Mann ging langsam auf Carlo zu. Schon umschloss dessen Hand in der Jackentasche den Griff der Pistole. „Bleiben Sie ganz ruhig, Herr Pasquale", sprach der Mann besänftigend und mit beruhigender Handbewegung. „Darf ich mich vorstellen: Stefano Vitale, Signor Giulio Lombardis Anwalt. Warum ist mein Mandant denn nicht bei Ihnen? Er wollte hier doch die Übergabe der Ware an Sie vornehmen." Carlos Blick versteinerte. „Giulio hat mir den Schlüssel übergeben und musste dann aber gleich weg", log er eiskalt und sein Gehirn arbeitete fieberhaft.

„È molto insolito – das ist aber ganz ungewöhnlich," setze Stefano Vitale hinzu, „denn ich hatte mit ihm vereinbart, dass er Sie unbedingt hierher begleiten solle, damit ich die ordnungsgemäße Übergabe dokumentieren kann."

„Von wegen Übergabe", raunte Carlo, dessen blasse Stirn jetzt leicht befeuchtet wirkte, „er hat mich schon wieder reingelegt, denn das Schließfach ist leer."

„Das weiß ich auch", entgegnete der Anwalt, „denn mein Mandant hatte die Ware bei sich im Jackett einnähen lassen. Sicherheitshalber. Wer traut schon einem Bahnhofsschließfach. Signor Lombardi jedenfalls nicht. Außerdem fand er das sicherer so, falls etwas Außerplanmäßiges geschehen würde. Sie verstehen? Und Sie wissen nicht, wohin er nach dem Treffen mit Ihnen gegangen ist?"

Die geheimnisvolle Tänzerin

Der froschgrüne Polo steht alleine auf der Aussichtsterrasse einer steilen Passstraße. Seine Türen sind geschlossen. Hinter dem Steuer sitzt eine in sich zusammengesunkene Person. Als ich mich nähere, erkenne ich die Züge von Sandra, meiner Exfreundin. Ihr Gesicht ist bleich und eingesunken, ihre starr geöffneten Augen blicken ins Leere. Sie ist tot. „Nicht losfahren!", flüstert mir eine innere Stimme ein. Die Terrasse ist ein ebener Parkplatz. Hinter ihm erkenne ich ein tiefes Tal, ein unermesslicher Abgrund, die Ewigkeit, das Nichts. Das Geländer davor ist simpel konstruiert und ganz fragil aus Holz gebaut. Es gibt nur einige dünne Stäbe, darüber ist ein wackliger Holm angebracht. „Nicht berühren!", warnt mich wieder diese Stimme. Doch es zieht mich zu ihm hin, ohne dass ich mich wehren kann. Ich schaue in den schwindelnden Abgrund, beuge mich hinunter, nur geschützt durch den dürren Querbalken. Dieser bricht, als wäre er aus Glas. Ich stürze ins Bodenlose, versinke in der endlosen Tiefe. Nichts hält meinen Fall auf, der mich zum Mittelpunkt der Erde reißt. Entsetzliche Höllenglut erwartet mich dort.

In diesem Moment heftigster Erschütterung erwache ich schweißgebadet. Noch eine halbe Stunde später finde ich keinen Schlaf, so sehr hat mich das Erlebnis durchgeschüttelt. Das Traumgesicht hat ganz offensichtlich einen realen Hintergrund. Sandra hat mich vor zwei Monaten verlassen. Ich hatte ihr nicht mehr genügen können. Ihr Lieblingssport ist Bergsteigen, während ich Schwimmen bevorzuge. So sehr ich mich auch bemüht hatte mitzuziehen, meine Höhenangst bremste mich immer wieder aus, anstatt ihr an den Wochenenden oder im Urlaub Gesellschaft zu leis-

ten. Und so war es schließlich Thomas, ein kerniger Typ, der sie mir weg-
schnappte. Der fürchtete keine steilen Bergpfade.

Seitdem hänge ich ziemlich antriebslos herum und war sehr froh, als
mich meine Freunde Charly und Belinda zu ihrer Sommerparty einluden.
Ihre besten Freunde und Bekannte seien auch da. „Darunter sind auch
einige supertolle Single-Frauen!", raunt mir Charly mit einem kumpelhaf-
ten Rippenstoß und Augenzwinkern bei unserer Begrüßung zu.

Ein fröhlicher, heiterer Menschenpulk in bester Partylaune hat sich im
Garten, im Haus und auf der Veranda der modernen Hangvilla mit
Talblick versammelt. Sie liegt hoch über der Stadt. Von der Terrasse öffnet
sich ein herrlicher Blick ins Tal. Es ist eine architektonische Toplage, die
sich nur Reiche leisten können. Und Charly Gruber ist reich. Im Gegensatz zu mir hat *er* es zu etwas gebracht. Und wer reich ist, hat es bei gutaussehenden Frauen leicht. So kam er zu Belinda. Früher war sie Model
und international unterwegs. Jetzt ist sie die Gattin des erfolgreichen
Start-up-Unternehmers namens Karl Gruber. „Fühl dich wohl und komme
wieder auf andere Gedanken!", ermuntert mich Belinda und schiebt mich
ins Gewühl der bereits angekommenen Gäste hinein. Es sind überwiegend
arriviert erscheinende Leute im besten Alter zwischen dreißig und vierzig.
Man redet, lacht, trinkt, einige tanzen zur Musik, die aus dem komplett
verglasten, nach außen offenen, riesigen Wohnraum aus den Boxen
schallt. Lampions sind schon vorbereitet und sollen den allmählich herein-
brechenden Abend illuminieren.

Ich kenne außer meinen beiden Freunden niemanden und lasse mich
mit einem Glas Whisky on the rocks in der Hand durch die Menge treiben.
Ich liebe die Rolle des Beobachters. Als leitender Angestellter des hiesi-
gen Museums für Altertümer bin ich es gewohnt, Menschen und Dinge
genau zu beobachten und einzuschätzen. Was das wohl für Typen sind, die
sich hier versammelt haben? Was für Schicksale treiben sich heute Abend

auf dem Fest herum? In welcher Beziehung stehen sie zu Charly und Belinda? Und in welcher Beziehung werden sie untereinander stehen?

Schon bald fällt mir eine junge Frau auf, eher zierlich, mit schwarzen langen Haaren, die offen auf ihren Rücken fallen. In ihrem ebenmäßigen, fein geschnittenen Gesicht blitzen zwei große schwarze Augen. Ihr schlanker, drahtiger Körper bewegt sich elegant unter einem weißen antikisierenden Gewand. Um sie herum stehen andere jüngere Leute und werden, obwohl sie nicht mit ihr im Gespräch sind, von der Schwarzäugigen angezogen. Ihre ganze Erscheinung strahlt eine gewisse griechische Anmut und zugleich Energie aus, so wie sie in manchen antiken Statuen eingefangen ist. Die Frau wirkt unternehmungslustig, aber zugleich gelassen und heiter, wie sie da so keck und siegessicher in die Runde blickt, und – eine wichtige Beobachtung für mich – sie scheint nicht in männlicher Begleitung zu sein.

Langsam schlendernd gehe ich auf sie zu und spreche sie an. Sie lässt sich von mir in ein Gespräch über den Verlauf des Festes hineinziehen. Ihre freundliche und interessierte Reaktion ermutigt mich, meinen verloren geglaubten Charme wieder auszupacken. Auf meine Frage, wie es komme, dass eine so attraktive Frau nicht von einem Mann bewacht werde, sagt sie seufzend: „Oh, mit solchen Bewachern bin ich vorläufig fertig. Ich muss erst einmal meine neue Freiheit wieder leben lernen." Näher befragt erklärt sie, dass sie an einen übermäßig eifersüchtigen Südländer geraten sei, einen betuchten und gut vernetzten Typ, der ihr aber mit seinen Besitzansprüchen an sie das Leben zur Hölle gemacht habe. Sie habe sich endlich von dieser Vergangenheit gelöst und suche nun wieder selbstbestimmt nach ihren Entfaltungsmöglichkeiten. Dabei sieht sie mich auf eine Art und Weise an, dass ich daraus nur ableiten kann, eine durchaus für sie in Frage kommende *Entfaltungsmöglichkeit* zu sein.

Mein früherer Eroberungsinstinkt ist erwacht. Ich bleibe am Ball und lenke das Gespräch zunächst auf interessante Nebenschauplätze, wie die griechische Antike oder meine Abneigung vor großen Höhen, um keinesfalls den Eindruck von Aufdringlichkeit zu erzeugen. Nichts wäre ärgerlicher, als sich jetzt einen Korb einzuhandeln. Auch sie liebt die Kunst der Antike und zieht das Meer dem Gebirge vor. Befremdlich erscheint mir hingegen, dass sie schicke Autos liebt und einen roten Aston Martin Virage von 2011 fährt. Ob ich den nicht vor dem Haus hätte stehen sehen. Verneinend muss ich gestehen, dass er mir nicht aufgefallen ist. Dass ich mir aus Automarken nichts mache, behalte ich für mich.

Auf einmal, mitten im Gespräch, entfärbt sich ihr Gesicht. Ihr dunkler Blick verdüstert sich noch mehr, und sie schaut starr an mir vorbei. Ich folge ihrer Blickrichtung. Da steht, am Rande der Tanzfläche, ein Mann mit pechschwarzen, kurzen und gegelten Haaren und noch dunklerem Teint als der meiner Gesprächspartnerin. Sein finsteres, an der rechten Wange vernarbtes Gesicht wird von einem wildwüchsigen Bart eingerahmt. Von der Wurzel seiner hervorspringenden Adlernase ziehen zwei tief eingegrabene Zornesfalten in die niedrige Stirn. Der feine, weinrote Smoking passt nicht zu seinem verwegenen Gesicht. Dieser Mann starrt mein Gegenüber durchdringend und feindselig an. Drohung liegt in seinem abgründigen Augenpaar. Die Dunkeläugige wendet sich nach einigen Sekunden von dem durchbohrenden Blick des Mannes ab und mir wieder zu, und wir setzen das kaum unterbrochene Gespräch fort. Jetzt aber wirken ihre Gedanken fahrig, die Wortwahl unkonzentriert, und ihre vorhin noch so selbstsichere Körpersprache drückt Unsicherheit aus. Ihr Blick strahlt nicht mehr und ihre schwarzen Pupillen irren unstet in der Umgebung herum. Der Finsterling ist plötzlich von der Bildfläche verschwunden – ich kann ihn zumindest nicht mehr mit meinen Augen auffinden. Er scheint wie ein Raubtier im Geäst des Dschungels abgetaucht zu sein.

„Kennen Sie den Mann?", frage ich sie. „Ist es etwa der, der sie …""?

„Exakt!", unterbricht sie mich flüsternd und rückt ganz nahe an mich heran. „Wie hat er nur wissen können, dass ich hier bin? Hoffentlich macht er keinen Ärger."

„Keine Sorge, ich bin in Ihrer Nähe. Wenn er es wagen sollte …", entrüste ich mich theatralisch.

„Sie kennen ihn nicht!", fällt sie mir ängstlich ins Wort. „Wenn er wütend ist, ist er zu allem fähig!"

„Ich auch", bekräftige ich, „vor allem, wenn jemand eine so reizende junge Dame belästigt! Das kann ich gar nicht ausstehen." Und ich ziehe sie ganz behutsam auf die Tanzfläche und berge ihren feingliedrigen Körper beim Tanzen wie ein Beschützer sanft und ganz nahe an meiner starken Brust. „Übrigens, ich heiße Martin".

„Und ich bin Sofia", girrt sie mit ihrer überaus entzückenden Stimme.

„Oh, ein griechischer Name. Er bedeutet Weisheit."

Die Veranda ist zur Hälfte überdacht und bildet insgesamt eine offene Tanzfläche, auf der sich immer mehr Paare einfinden, manche im engen Körperkontakt, andere frei und heftig, je nach Art der Musik, des jeweiligen Temperaments und der Höhe des individuellen Alkoholspiegels. Meine Augen fangen immer wieder fasziniert Sofias geheimnisvollen dunklen Blick ein. Zunächst berühren sich unsere Finger. Ich spüre ihre weichen und warmen Hände und nehme ihren dezenten Duft nach Zitronen und Lavendel wahr. Ihr Körper wiegt sich leicht und geschmeidig hin und her und passt sich meinen Schritten an, als wären wir geübte Tanzpartner. Das weiße Kleid, das wie eine griechische Tunika um ihre Hüften schwingt, lässt ihre wohlproportionierten Körperformen angenehm erahnen. Als sich unsere Wangen kurz berühren, lässt sie es einen Moment lang zu, was mich in der Fortsetzung meiner Eroberungsstrategie ermuntert. Von wegen Strategie, ich ahne, dass ich dieser geheimnisvollen Frau zunehmend verfalle.

Auf einmal stößt sie mich mit gespielter Koketterie leicht von sich weg und beginnt, alleine zu tanzen. Ich empfinde das als eine provozierende Selbstdarstellung. Sie will mich beeindrucken. Fast scheint Sofia jetzt zu schweben, kaum dass ihre Füße in den eleganten Sandalen die Holzplanken der Terrasse berühren. Ihr Tanz wird leidenschaftlicher, als wollte sie sich von etwas losreißen und befreien. Was für ein Schauspiel! Meine Sinne beginnen zu vibrieren. Fast wie in einer Trance werden ihre Drehungen schneller und impulsiver. Immer heftiger dreht sich der Körper in wirbelnden Kreisen und nähert sich dabei dem Geländer, das die Veranda zur Talseite abgrenzt. Die schwarzen langen Haare fallen lose und ungebändigt in diesen magischen Tanz ein und werden zum Gegenpart der Frau, als wären sie der imaginäre Tanzpartner. Das Terrassengeländer scheint einfach und fragil aus Holz gebaut. Einige dünne Stäbe stützen einen verwitterten Holm. Hinter der Terrasse erstreckt sich, kaum dass ich es richtig erkennen kann, das tiefe Tal. Das ist mein Déjà-vu! Ganz deutlich sehe ich jetzt die Szenerie meines Traumes vor Augen. Ich muss die entrückte Tänzerin warnen. „Nicht ans Geländer!", schreie ich, und mache einen Schritt nach vorn, um die drohende Gefahr zu verhindern. Doch schon stößt sie in einem ekstatischen Wirbel an die Holzumrandung. Im letzten Moment reiße ich Sophia vom Abgrund weg. Sie schaut mich erstaunt und ungläubig an. Eine peinliche Stille entsteht, ein paar irritierte Lacher der Umstehenden, aber die Musik läuft weiter, und die kleine Affaire ist schnell überspielt. Ich greife nach dem Holm und rüttle an ihm. Er sitzt fest. „Entschuldige bitte, ich hatte gerade eine ungute Vorahnung", erkläre ich kleinlaut.

„Macht doch nichts. Im Gegenteil, ich bin es gar nicht mehr gewöhnt, dass sich ein Mann um mein Wohl sorgt", haucht sie lächelnd zurück und löst damit die Peinlichkeit mit ihrem wohltuenden Charme auf.

Inzwischen ist die Nacht hereingebrochen. Der rote Abendhimmel wurde vom Schwarz der Nacht geschluckt, und die Sterne glitzern hinter den Lampions und Lichterketten. Ich hole gerade zwei frische Cocktail-Gläser für uns und bahne meinen Weg durch die Partygäste zurück. Da sehe ich, dass der dunkle Typ, ihr Ex, an Sophias Tisch gekommen ist und erregt mit ihr spricht. Es ist ein heftiger Wortwechsel in einer Sprache, die ich nicht verstehe. Noch ehe ich eingreifen kann, raunt mir die erbleichte Sophia in Eile zu, dass sie mich für einen Moment allein lassen müsse, um etwas zu klären. Ich solle hier auf sie warten. Der Mann packt sie grob am Arm und zieht sie mit sich fort. Sie folgt ihm zwar ohne Gegenwehr, aber ungern, wie ich ihrem besorgten Blick entnehme, den sie mir nachschickt. Ich folge den beiden in gebührendem Abstand in den unbeleuchteten Garten und gehe ihren Stimmen nach. Ein lautstarker Streit ist jetzt zwischen beiden entbrannt. Auch wenn ich nichts von dem verstehe, erfasse ich die wilde Emotionalität. Sophias beschwörende Stimme mischt sich in brutal ausgestoßene harte Vorwürfe des Mannes. Dann höre ich auf einmal, wie die beiden miteinander kämpfen. Jetzt gehe ich sofort entschlossen dazwischen. Der Angreifer lässt augenblicklich von Sofia ab und flüchtet in die Tiefe des Gartens, wo er von der Dunkelheit verschluckt wird.

Sofia liegt auf dem Boden. Ich helfe ihr auf. „Er hat den Autoschlüssel an sich gerissen", stößt sie aufgebracht aus. „Es ist der rote Aston. Ist mir doch egal! Soll er ihn wiederhaben! Er hatte ihn mir zur Verlobung geschenkt. Ich brauche seine Geschenke nicht! Nicht mehr!"

Ich geleite Sofia ins Haus. Sie ist gottseidank unverletzt, nur ihr Kleid ist etwas eingerissen und hat erdige Flecken bekommen. Sie spielt den Vorfall herunter. „Keine Polizei!", bittet sie mich. Es gehe ihr schon wieder ganz gut. Eine Anzeige wegen Körperverletzung? Nein, nicht der Rede wert. Es sei ja letztlich eine rein private Angelegenheit und jetzt ja auch endgültig geregelt. Wie der Typ heiße, wo er wohne, versuche ich zu erfahren. Doch Sofia wiegelt ab, dass das jetzt keine Rolle mehr spiele, dass sie den Kerl final aus ihrem Leben gestrichen habe. Sie wolle aber jetzt lieber nach Hause gehen, denn die Feierlaune sei ihr dennoch ziemlich vergangen.

Ich biete ihr an, sie nach Hause zu bringen, was sie gerne annimmt. Der rote Aston steht inzwischen auch nicht mehr auf dem Parkplatz vor dem Haus. Der dunkle Kerl wird ihn an sich genommen haben. Die steil abschüssige Fahrt ins Tal erfordert meine ganze Aufmerksamkeit und tadellose Bremsen. Bei solchen Fahrten stehe ich immer unter besonderem Stress. Gut, dass ich außer dem Whisky nichts mehr getrunken habe. Der Cocktail war noch gefüllt auf dem Tisch stehengeblieben. Nach einer halben Stunde hat Sofia mir den Weg zu einer schönen Villengegend im Randbereich der Stadt gewiesen. Es bleibt nicht bei einer innigen Verabschiedung. Sie nimmt mich mit in ihr Apartment. Ich bin der Auserwählte, der sie nach diesen aufwühlenden Erlebnissen trösten darf.

Am nächsten Morgen steht Sofia vor mir auf. Sie ist unruhig und geschäftig. Sie habe einen Termin in der Autowerkstatt gleich um die Ecke, da ihr altes Auto schon ein halbes Jahr unbenutzt herumstehe. Sie kenne da einen fähigen Monteur, der das schnell und effektiv machen würde. „Der hat mir auch schon gezeigt, wie man einen kaputten Bremsschlauch in null Komma nichts austauscht, so dass ich das jetzt sogar selber kann", ruft sie mir im Gehen lachend zu. In zehn Minuten sei sie zurück, ob ich in der Zwischenzeit schon mal den Kaffee aufsetzen könne.

Die Tür fällt hinter ihr zu, als ich den Radio einschalte: „Und jetzt die aktuellen Nachrichten aus der Region: In den frühen Morgenstunden wurde ein roter Aston Martin entdeckt, der in der letzten Nacht von der Passstraße abgestürzt ist. Die Ursache ist mutmaßlich Bremsversagen in Folge eines defekten Bremsschlauches. Der getötete Fahrer ist der Polizei kein Unbekannter. Er wurde als führendes Mitglied einer terroristischen

Bande identifiziert und gilt als Hauptverantwortlicher für verschiedene Sprengstoffanschläge."

Ich sehe Sofia betroffen hinterher. Ob ich es ihr gleich mitteilen soll? Ich denke nach und schaue durchs Küchenfenster. Sie geht auf ihr Auto zu, das auf dem überdachten Parkplatz vor dem Haus steht, schließt auf und steigt hinein. Ein paar kleine kosmetische Korrekturen im Rückspiegel, die Handtasche neben sich verstaut, das erneute Ausrichten des Rückspiegels. Jetzt scheint sie starten zu wollen. In diesem Moment wird mir klar, dass sie in einem froschgrünen Polo sitzt. Das ist mein zweites Déjàvu! Ich stürze aus der Haustür hinaus und schreie: „Nicht losfahren!" Sofia reagiert nicht. Ich renne los, auch wenn es mein Leben kosten würde. Ich muss verhindern, dass sie startet. „Nicht losfahren!", schreie ich in äußerster Verzweiflung.

Sofia sieht mich durch die Autoscheibe verwundert an. „Hast du das öfter, diese Anwandlungen?", fragt sie mich verwundert.

„Raus aus dem Wagen", schreie ich, reiße die Fahrertür auf, zerre sie heraus und ziehe sie weg vom Auto. In sicherer Entfernung werfe ich sie auf den Boden und lege mich schützend über sie.

An diesem Tag ist keine Bombe explodiert. „Aber es hat nicht viel gefehlt und es hätte passieren können", klärte mich später der Chef der Spurensicherung mit ernster Miene auf. Die Bombe wäre im Moment der Betätigung des Zündschlosses ausgelöst worden. Es konnte nur ein professioneller Bombenspezialist gewesen sein, der diese mörderische Konstruktion in Sofias Auto angebracht hatte.

Was für ein Zirkus im Zirkus

Tschingderassabum! Mit Pauken und Trompeten tönt die Musikkapelle von der Balustrade über dem Eingang zur großen Manege. Was für eine brillante Vorstellung! Wandernde Lichtstrahlen erfüllen das Zirkusrund. Die steil ansteigenden Zuschauerreihen sind voll besetzt, und die begeisterte Menge klatscht und johlt bei jeder Nummer, ob es die Rad fahrenden Pudel sind, die mit hautengen Kostümen durch die Luft wirbelnden Artisten oder die Pferde, die, geschmückt mit bunten Federbüschen und glitzerndem Zaumzeug, ihre ballettartigen Kreise in der Manege drehen. Am meisten aber spielen sich der herrlich komische Clown Calibur und seine tramplige Gefährtin Calibura in die Herzen der Kleinen und Großen, die sich heute Nachmittag unter dem Zelt versammelt haben.

Seit Wochen warten wir ungeduldig auf diesen großen Tag: Zirkus Rondelli gibt seine Silvester-Gala! Die Karten hatten wir gleich zu Beginn des Vorverkaufes bestellt. Meine Arztpraxis bleibt heute geschlossen, damit ich mich ganz meinen beiden sechs- und achtjährigen Enkeln widmen kann. Franzi und Ben haben mich schon ungeduldig und voller Vorfreude in das riesige Zirkuszelt gezogen. Anschließend wollen wir zu Hause mit dem Rest der Familie den Jahreswechsel feiern.

Der Geruch nach Bodenstreu und Tierausdünstungen hat inzwischen die Luft gesättigt. Calibur ist unter gewaltigem Spaßgejohle des Publikums das weiß-nicht-wievielte-Mal über seine eigenen, viel zu großen Schuhe gestolpert und von der tollpatschigen Calibura wieder auf die Beine gestellt worden. Da reckt sich Ben zu mir empor und flüstert in mein Ohr: „Opa, schau mal, da vorne in der ersten Reihe sitzt einer, der guckt nie zu den Zirkusleuten."

„Wie? Was? Warum sollte er nicht hinschauen dürfen, wohin er will?", antworte ich gedämpft. „Du guckst doch auch in der Gegend herum und schaust mal hierhin und mal dorthin."

„Ja, aber", hakt Ben nach, „der Mann guckt gar nie zu den Zirkusleuten, gar nie nie! Immer nur nach den anderen Leuten um ihn rum, und zwischendurch benutzt er immer ein Fernglas. Also ich schaue immer zu den Zirkusleuten, nur zwischendurch auch mal zu den anderen Leuten!", stellt er klar.

Ich finde das jetzt nicht ganz so interessant wie Ben, doch suche ich den Mann, den er offensichtlich meint, mit den Augen und beobachte ihn eine Zeit lang. Tatsächlich, Ben hat völlig recht! So ein Verhalten ist auffällig – wenn es denn jemandem auffällt. Ben ist jedenfalls ein guter Beobachter.

Clown Calibur zieht gerade aus seiner Hosentasche eine winzige Geige, auf der er eine ganz wundervolle Melodie spielt, und Calibura singt dazu: „Oh, mein Papa war eine wunderbare …" Da rüttelt Franzi zu meiner Rechten am Kragen meines Jacketts, zieht mich zu ihrer Seite und flüstert: „Opi, was macht denn der Mann da?"

„Der Clown spielt ein berühmtes altes Lied, das …"

„Nein! Nicht Calibur, sondern der Mann da am Pfosten!", wispert sie.

Ich suche, was sie meinen könnte: „Welcher Pfosten? Da ist doch kein …"

„Doch! Da, die dicke Stange, die bis durchs Zirkusdach geht!", präzisiert Franzi und deutet in die Richtung. Sie meint einen von zwei riesigen Metallmasten direkt neben der Manegenbalustrade, dicke Röhren, die das gesamte Zelt von innen stützen. „Warum schraubt der da herum?"

Ich verstehe nicht genau, was Franzi meint, habe aber meine Vermutung und erkläre ihr: „Das ist wahrscheinlich ein Umbauarbeiter. Schau, er hat ja auch einen blauen Overall an. Weißt du, es muss ja immer wieder weggeräumt und umgebaut werden. Nachher kommen vielleicht die Löwen und da muss er schon jetzt Vorbereitungen treffen …"

„Ja, aber, der Löwenkäfig wird doch extra aufgebaut …", widerspricht sie mir lebhaft.

„Ruhe da vorne!" zischt uns die dicke Dame in der Reihe hinter uns an. „Hört doch mal zu!"

„Opa, jetzt guckt der mit dem Fernglas wieder, diesmal in die andere Richtung", fährt Ben aufgeregt von der linken Seite dazwischen.

„Jetzt passt doch beide lieber mal wieder genau auf, was in der Manege passiert! Die Leute fangen ja schon an sich zu beschweren!", wiegle ich leicht genervt ab. „Hört doch mal! *Oh, mein Papa!*, was für ein schönes Lied! Und jetzt fällt dem Calibur die Geige auseinander! Habt ihr das gesehen?", lache ich ins allgemeine, befreiende Gelächter hinein und versuche, die beiden wieder aufs Wesentliche auszurichten.

Plötzlich, mitten ins Gelache des Publikums, springt der Mann mit dem Fernglas in der ersten Reihe auf. Sein Gesicht ist von blankem Entsetzen gezeichnet. Er reißt etwas aus seiner Jacke, eine Pistole wohl, und zielt in Richtung des Mastschuhes. Als dann Sekunden später der Schuss knallt, fährt ein Aufschrei des Erschreckens aus hunderten Kehlen.

Wir zucken zusammen. Die beiden Clowns werfen sich reflexartig auf den Boden – oder wurde einer getroffen? Die Zirkuskapelle hört abrupt mit ihrem Humta-Marsch auf. Als hielten alle Zuschauer im gleichen Moment den Atem an, tritt eine plötzliche und unwirkliche Stille ein. War das eben ein inszenierter Zirkusgag? Einige Zuschauer lachen verlegen. Die Clowns würden bestimmt im nächsten Moment lachend aufstehen, denke ich mir, und die irritierende Situation zu einem Scherz umdeuten.

Aber nichts dergleichen geschieht. Statt dessen sackt der Mann im blauen Overall langsam und fast wie in Zeitlupe in sich zusammen. Ein Gerät – ähnlich einem großen Bohrer oder Akkuschrauber – entgleitet seinen Händen und wirbelt beim Aufprall das Sägemehl des Manegenbodens auf. Der Körper kippt über die Balustrade und bleibt, mit den Füßen in Richtung Zuschauerraum, mit dem Oberkörper in der Manege, reglos liegen. Während die beiden Clowns sich vom Boden aufraffen und rasch zum Artistenausgang eilen, steht der Gestürzte nicht mehr auf. Es folgt auch keine lustige Erklärung des Zirkusdirektors. Im Publikum macht sich unruhiges Raunen breit. Wenn nur keine Panik ausbricht!

„Opa, was sollen wir machen?", zischt mich Ben an und sucht ängstlich Schutz unter meiner Jacke.

„Da kommt einer her und guckt, was passiert ist", raunt Franzi. Erst jetzt nehme ich auch wieder den Schützen wahr, der keineswegs flüchtet. Er steckt seine Waffe weg, geht schnell in Richtung auf den reglos daliegenden Körper und wirft einen prüfenden Blick – nein, nicht auf den Hingestreckten, sondern auf die Verankerung des Zeltmastes. Erst dann wendet er sich dem Niedergeschossenen zu. „Einen Arzt!", ruft er. „Gibt es hier einen Arzt?", und spricht einige beruhigende Worte ins Publikum.

„Los, Opi, die brauchen dich!", ruft jetzt Franzi laut und packt mich am Ärmel und rüttelt daran.

„Ja! Das ist ein Fall für dich, Opa, schnell!", pflichtet ihr Ben bei und versucht, mich aus dem Sitz zu schieben. Ich löse mich aus der kollektiven Erstarrung und gehe raschen Schrittes, meine Enkel mit einer kurzen Anweisung auf den Plätzen zurücklassend, zur liegenden Person: ein Mann mittleren Alters, gekleidet und ausgerüstet wie ein Mechaniker.

Ich prüfe sogleich die Vitalfunktionen. Sein Puls ist deutlich zu ertasten, er geht noch regelmäßig, eine Wunde ist nicht zu erkennen, seine Atmung ist intakt, der Brustkorb hebt und senkt sich. Auch sonst ergibt meine schnelle und äußerliche Untersuchung, dass er keine schwerwiegende Verletzung hat, allerdings eine blau anschwellende Prellung im Brustbereich. Das Raunen im Publikum ist mittlerweise lauter geworden, die Leute bleiben eingeschüchtert, aber geordnet auf den Plätzen sitzen. Meine Intervention beruhigt offensichtlich die Gemüter.

Der Getroffene beginnt schon nach wenigen Sekunden, aus seiner Ohnmacht zurückzukehren. Er stöhnt mit gepresster Stimme, und seine Hand greift nach der Stelle, wo ihn die Wucht eines Aufpralles außer Gefecht gesetzt hat. Der andere Arm rudert Halt suchend in der Luft. Mit meiner Unterstützung kann er sich aufrichten und auf der Balustrade niedersetzen. Das Publikum quittiert diese glückliche Wendung mit Applaus. Viele Zuschauer, die nicht ahnen, was ich aus der Nähe wahrnehmen kann, glauben wahrscheinlich weiterhin an einen geplanten Scherz. Inzwischen hat auch der Zirkusdirektor seine Fassung wiedergewonnen und eilt zum Mikrophon, in das er mit seinem gewollt künstlichen Akzent spricht: „Meine Damän und Errän, bittä, bleibän sie ganz ru'isch auf ihrän Plätzän sitzän; die Vorrställung gäht gleisch weitärr!"

Seltsamerweise gibt es keine Person des herbeigeeilten Zirkuspersonals, die sich um den Schützen kümmert, ihn entwaffnet, zur Rede stellt oder festhält. Der bleibt an Ort und Stelle und verständigt selbst mit seinem Mobiltelefon die Polizei. Nachdem er den Mastschuh mit großer Aufmerksamkeit inspiziert hat, wendet er sich zum Direktor und flüstert ihm etwas ins Ohr, worauf jener zu erbleichen scheint und darauf mit gezwungener Heiterkeit ins Mikrophon stammelt: „Äh, haha, äh, wärtäs Publikum, ein kleinärr Zwischänfall … wir missän jetzt einä Pausä machän, haha, und isch bittä Sie, das Zält ru'isch abärr schnäll zu verlassän. Dankäschän! – Und äh … stärkän Sie sisch draußän mit Ässän und Trinkän bittäschän!"

Nach wenigen Minuten hat sich das Zelt geleert. Franzi und Ben bleiben natürlich bei mir, denn in Opas Nähe ist es schließlich viel interessanter. Und so werden sie auch Zeugen der nachfolgenden Ereignisse, die sie später noch oft und mit größter Begeisterung erzählen werden. Die Polizei kommt noch während der verordneten Pause herbeigeeilt und verhaftet den Täter. Welchen Täter? Der, der das Gummigeschoss abgefeuert hatte, ist ein professioneller Sicherheitswachmann. Der nur leicht Verletzte jedoch wird nach einigen protokollarischen Klarstellungen mit Handschellen abgeführt. Jetzt erst erfasse ich ganz den Ernst der Situation, in der sich alle Zeltinsassen befunden hatten. Vier Zirkusmechaniker eilen mit schweren Werkzeugen herbei und machen sich am Sockel des Zeltmastes zu schaffen. Nur noch eine von vier Eisenschrauben hält die riesige Stütze in seiner Verankerung. Während die Basis der dicken Aluminiumröhre wieder vierfach fest mit der Bodenplatte verbunden wird, glätten sich die besorgten Gesichter des Zirkusdirektors und des Wachmannes zusehends. Die Kapelle wird auf ihren Platz beordert, und ihr lustiges Tschingderassabum ruft das Publikum von den Getränke- und Imbissbuden draußen auf dem Platz zur Vorstellung zurück. Sie Show kann weitergehen.

Am nächsten Werktag wird man in der Regionalzeitung folgende Titelzeile lesen: Attentatsversuch auf Zirkus Rondelli – hunderte Menschen durch aufmerksamen Wachmann gerettet.

Ein todsicherer Tipp

Es war eine fast völlig dunkle Nacht. Nur die dünne Mondsichel, sofern die dichten Wolken sie ab und zu durchblitzen ließen, stand knapp über den Dächern der Nobelgegend von München-Bogenhausen, als zwei ungleiche Gestalten verdächtig geduckt und geschmeidig wie Katzen durch die Hausgärten nahe der Eisensteinstraße huschten. Genaugenommen bewegte sich nur der heringsdünne, langgewachsene Bursche katzenartig. Der andere tapste mehr wie ein trächtiges Opossum durch die Rabatten. *Pat und Patachon* hießen sie in eingeweihten Kreisen. Sie waren ein wenig stolz auf diesen Namen, waren sie doch ein durchaus erfolgreiches Duo – nun ja, wenigstens im Bereich kleiner Wohnungseinbrüche. Risiken gingen die beiden nämlich nie ein. Auch zu dicke Raubzüge vermieden sie ganz bewusst, denn solche würden in der Szene nur Aufsehen und Neid erregen und den Aufklärungseifer der Polizei anfachen.

Wie Schiffe vor Anker, so still und unauffällig lagen die Villen im nächtlichen Dunkel. Von den meisten ging Licht aus, doch das fragliche Haus war wie erwartet innen und außen unbeleuchtet. Der Tipp war gut, geradezu narrensicher! Marino höchstpersönlich, genannt *Der Knacker,* hatte ihnen das mehrfach gefaltete Zettelchen zugesteckt, auf das die Notiz gekritzelt war: *Exklusiv für Alois und Corbinian! Eisensteinstraße 18, Dr. Huber, verwitwet, Rentner. Besitzer einer großen privaten Münzsammlung. Ist am 24. / 25. dieses Monats verreist. Ware liegt in seinem Arbeitszimmer, alter Aktenschrank. Kein Spezialschloss.* So einen Tipp vom *Knacker* höchstpersönlich betrachteten die beiden geradezu als Auszeichnung. Salvatore Marino, der *große Salvatore*, hatte sich huldvoll zu ihnen herabgeneigt, um auch einmal treuen Freunden aus der Niederung einen Stein in den Garten zu werfen. Diese Vorlage durfte einfach nicht ungenutzt bleiben.

Heute war die Nacht zum 25. und die Adresse die richtige. Solche alten Häuser hatten meistens keinen guten Einbruchsschutz, vor allem, wenn die Bewohner betagte, arglose und vielleicht schon etwas vertrottelte Leute waren. Eine Art Jugendstilvilla lag hinter dem großen, unbeleuchteten Gartenstück. Die großen Terrassenfenster und -türen mieden die beiden wohlweislich. Deren gewaltsames Öffnen konnte Geräusche machen, oder man lief erhöhte Gefahr, von Nachbarn beobachtet zu werden. Nein, ihre Sache waren kleinere Seitenfenster in niedriger Höhe, sofern sie nicht gerade vergittert waren. Das ihnen geeignet erscheinende war dann auch alsbald erspäht und tatsächlich kinderleicht mit dem Geißfuß aufzuhebeln. Auch ein verschlossenes Fenster ist ein offenes Fenster, lautete ihre Devise. In so etwas rühmten sich die beiden als Spezialisten.

Es galt nun, möglichst leise und vor allem ungesehen ins Haus zu schlüpfen. Corbinian, der Lange, machte den Steigbügelgriff für den etwas zu kurz und pummelig geratenen Kumpel. Es musste die Speisekammer sein, denn es rasselte unangenehm, als Alois drüben zwischen Nudelpackungen und Tüten mit Knabbereien hinunterplumpste wie ein Sack Kartoffeln in den Keller. „Scht!", befahl Corbinian verärgert. Beide erstarrten und lauschten. – Stille!

„Alles in Ordnung! Weiter!", zischte Alois aus dem Fenster. Für den wendigeren Corbinian war der Einstieg dann kein Problem, allerdings knirschte es vernehmlich, als er auf die auf dem Boden liegende Salzbrezeltüte trat. Im Schein der Stablampe mussten sie sich erst einmal orientieren. Also – eine Speisekammer führt normalerweise in die Küche und diese in die Diele, und von dort musste eine der Türen ins Wohnzimmer oder ins Arbeitszimmer des Besitzers führen.

Außer dem leicht muffigen Geruch alter Holzpaneele roch es nach abgestandener Möbelpolitur und Bohnerwachs. Als wollte er in Deckung bleiben, hielt sich Alois dicht hinter dem Rücken seines Kumpans. Die Lampe hatte er ihm bereits nach vorne gereicht. Corbinian ergriff die Klinke der nächsten Tür und drückte sie ganz vorsichtig und langsam hinunter. Die Tür war unverschlossen und ließ sich mit einem leichten Knarren widerstandslos öffnen. Der Lichtkegel suchte den Raum ab. Es war ein geräumiger Salon mit schwerem, glänzendem Holztisch, Schnörkelstühlen, altmodischem Wohnzimmerschrank, Fernseher, Glasvitrine, Perserteppichen – kein Aktenschrank. Die nächste Tür würde es vielleicht sein. Nein, das war die Gästetoilette. Dann blieb hier im Erdgeschoss nur noch eine Tür, denn danach führte eine Holztreppe möglicherweise in die Privaträume mit Bad und Schlafgemach. Da bis jetzt alles ruhig geblieben war, fasste Alois Mut, und er drängte sich mit einem Rempler an Corbinian vorbei. *Er* wollte es diesmal sein, der die Tür mit professioneller Routine öffnete. Als die beiden hineinschleichen wollten, nur bewaffnet mit ihrer Stablampe, da passierte das Unerhörte, eine wahre Schande für die beiden Routiniers! Ein Schlag gegen die Berufsehre jedes ehrlichen Einbrechers.

Grelles Licht ging an. Dr. Huber saß in seinem Arbeitszimmer vor dem wuchtigen Schreibtisch und brüllte wie entfesselt: „Da sind sie! Da sind sie!" Er schien gar nicht sehr überrascht zu sein, als hätte er auf diesen Moment gewartet. Und zugleich schrillte die Alarmanlage auf. Jetzt gab es für die beiden überraschten Meisterdiebe nur eines: ab durch die Mitte und das so schnell wie möglich! Die Töpfe schetterten, als Alois in der Küche gegen den Tresen knallte. Und beim Bemühen Corbinians, den rundlichen Freund durchs Fenster der Speisekammer zu hieven, brach das ganze Regal rumpelnd zusammen. Corbinian folgte seinem Komplizen mit einem eleganten Hechtsprung Kopf voran durchs aufgestemmte Fenster. „Uff!", stöhnte Alois, als er kopflos davonrennen wollte. „Wenigstens sind wir wieder im Freien!"

„Aber nicht in Freiheit!" donnerte auf einmal vor ihnen die Stimme des Polizisten, und die Handschellen klickten. Sie waren ihm und seinen dienstlich ausgerückten Kollegen direkt in die Arme gelaufen.

"Den Blick nach links!", befiehlt der Beamte sachlich und routiniert und bedient den Fotoapparat. Zwei Typen mit Visagen wie zwei richtige Galgenvögel, ein großer Dünner und ein kleiner Dicker, stehen vor der Wand des Polizeipräsidiums, mit der die Körpergröße und das Gesicht im Profil und von vorne fotografisch festgehalten werden.

Da stehen sie nun, die berühmten *Pat und Patachon*, mit eingezogenen Schultern wie zwei begossene Pudel. Wie hatte es nur dazu kommen können?

"Reingelegt hat er uns, der Salvatore!", raunt Corbinian dem Alois zu.

"Eine Falle war's!", bestätigt der. "Warum wollte er uns hopsgehen lassen? Ich stand immer ganz gut mit Salvatore, hatte immer Respekt vor dem *Knacker.* Hattest Du mal was mit dem?"

"Jetzt nach rechts schauen!", befiehlt der Beamte mit dem Fotoapparat.

„Immer nur beste Beziehungen! Immer nur Lob und Ehre, wenn ich vor anderen über ihn sprach", flüstert Corbinian zurück.

„Wieso dann diese Pleite? Wieso gab er uns diesen faulen Tipp?", wimmert Alois jetzt fast weinend.

„Fertig. Danke! Wegtreten und warten!", unterbricht sie der Mann in Uniform.

„Verstehe es selber nicht, zumal ich beinahe Salvatores Schwager geworden wäre", fügt Corbinian hinzu.

„Was sagst Du? Ich hör wohl nicht recht!", entgegnet Alois völlig überrascht und mit kaum unterdrückter Lautstärke, dass der Beamte, der nach Beendigung der Fotoaufnahmen gerade das Protokoll in den Computer tippen will, ernst und vorwurfsvoll in ihre Richtung schaut.

"Na ja, hab mal was mit der Giulia gehabt, Salvatores Schwester", zischt der Lange zurück. „War ne durchgeknallte Mieze, die Schlampe. Hab sie aber bald wieder abdüsen lassen!"

"Was? Du hast Salvatores Schwester gevögelt? Und dann weggeschickt? Du hast sie quasi … entehrt!", schreit jetzt Alois kaum gezügelt los, und obwohl der Beamte energisch zur Ruhe mahnt, poltert er weiter: „Der Kerl ist Sizilianer, wusstest du das nicht? So was nimmt ein Spaghettifresser extrem krumm! Könnte vielleicht eine Rache für dich Blödmann gewesen sein. Und ich Oberdepp hänge mit drin! Jetzt sitzen wir mindestens zwei Jahre im Bau!"

„Schluss jetzt! Das Reden ist ab sofort verboten! Nachher kann jeder in seiner Zelle über die Sache nachdenken!", schneidet der Polizist ihre Auseinandersetzung ab und verdonnert sie, auf zwei getrennten schmucklosen Holzbänken Platz zu nehmen, bis der Haftbefehl gekommen sein würde.

Salvatores Bruder Gaspare spazierte in jener Nacht ungefährdet durch das aufgebrochene Fenster in die Villa von besagtem Dr. Huber in der Eisensteinstraße. Hocherfreut über den erfolgreich verlaufenen Doppelfang hatte die Polizei nämlich längst ihren Rückzug angetreten. Irgendwer hatte den braven Beamten den Tipp mit den zwei Einbrechern gegeben. So gesehen war das eine einfache und todsichere Sache für unsere *Freunde und Helfer.*

Gaspare machte mit geübtem Griff und einem Schuss Chloroform den Hausbesitzer Dr. Huber kampfunfähig. Der Schlüssel zum Schatz lag – wie originell – in der Schublade des Schreibtisches. Es war ein Leichtes für ihn, die Münzsammlung einzusacken, Gold- und Silbermünzen von kaum schätzbarem Wert. Die Familienehre verlangte selbstverständlich das brüderliche Teilen. Salvatore würde mit seinem Anteil die Hochzeit seiner Schwester Giulia mit Francesco Cosello prächtig ausstatten können, so, wie es sich eben für eine ehrbare Familie gehörte.

Emmas Taube

In letzter Sekunde gehe ich in die Vollbremsung. Es hätte nicht viel gefehlt, und ich hätte das weißgraue kleine Geschöpf unter die Räder bekommen. Nach dem langen Tag im Dienst ist meine Reaktion nicht mehr ganz taufrisch. Sitzt doch da eine Taube mitten auf dem Radweg und kauert eingeschüchtert auf seinen dürren Füßchen. „Bist du krank oder hast du etwas aufs Dach gekriegt?", spreche ich sie an und beuge mich zu dem Tierchen hinunter. Es macht keinen Fluchtversuch. Entweder ist es zu schwach dazu, oder es ist Menschen gewöhnt. Nun möchte ich ja gerne schnell nach Hause kommen und am liebsten das Problem dem nächsten vorbeikommenden Radfahrer überlassen, doch mein Tierliebe-Gewissen schlägt unweigerlich an. Schon als Kind habe ich versucht, Insekten, denen irgendein Wüstling ein Bein ausgerissen hatte, gesund zu pflegen. Ich kann nicht anders, als mich hilfsbedürftiger Tiere anzunehmen. Ich nähere also dem Vogel meine Hand, so dass ich ihn sogar vorsichtig aufnehmen und von der Seite betrachten kann. Da ist eine kleine blutige Stelle am Kopf oberhalb des Schnabels – also doch eine Verletzung! Vielleicht ist er nur benommen und fliegt von alleine wieder weiter, wenn er sich erholt hat, hoffe ich, mich selbst beschwichtigend.

Du wirst doch nicht dieses hilfsbedürftige Wesen seinem Schicksal überlassen wollen! ruft es mir aus der Tiefe meines Gewissens zu. Klar, der Abend ist gelaufen! Es wird wohl nichts mit meiner Skatrunde. Das Thema heißt ab jetzt *Taubenrettung*! Aber wie bringe ich das Federvieh nach Hause? Im Improvisieren war ich schon immer gut: Ich klemme den Inhalt meiner Diensttasche auf den Gepäckträger, schiebe das Wesen, das

sich immer noch nicht sträubt, in die jetzt leere und geräumige Lederta-
sche, schließe sie und setze meine Fahrt fort – etwas wackelig zwar, die
rechte Hand am Lenker, in der linken die Tasche mit dem empfindlichen
Inhalt.

Zu Hause angekommen, findet sich schnell ein größerer Karton, wo ich
die Hilfsbedürftige hineinsetze, die ich jetzt in Ruhe betrachten kann. Wie
sie so anrührend, mit fast klagendem Gesichtsausdruck auf ihren Beinchen
sitzt! Was mache ich denn jetzt? Gibt es eine Taubenpflegestation? Ob sie
etwas frisst? Was fressen Tauben eigentlich? Körner! Ich habe eine Tüte
mit Salatkörnern im Schrank. – Nein, sie scheint sie nicht zu mögen. Entweder hat sie keinen Hunger oder ist zu verstört, um fressen zu wollen.

Als das zerbrechliche Wesen die ersten kläglichen Trippelschritte auf
seinen dürren Beinchen unternimmt, entdecke ich die winzige Kapsel am
Fußgelenk des Tieres. Dergleichen habe ich zwar noch nie gesehen, doch
eine naheliegende Erklärung könnte sein, dass es eine Brieftaube ist, die
sich verletzt hat und ihren Flug vor dem Ziel abbrechen musste. Der
kleine Behälter lässt sich aus seiner Halterung herausnehmen und öffnen.
Daraus kann ich mit aller Vorsicht einen eingerollten Zettel aus dünnem
Papier herausziehen. In winziger, krakeliger Schrift steht da zu lesen:
Hilfe gefangen Keller Suedstadt Emma Meier Dammstraße 3... Die Worte
sind seltsamerweise mit kindlich anmutender, kleiner und angestrengt wir-
kender Bleistiftschrift und mit spürbarer Bemühung auf das Papierblätt-
chen gekritzelt. Von der Adresse in der Dammstraße ist nur die erste Zahl
erkennbar, die zweite geht in den Rand über. Wenn das kein Scherz ist,
dann ruft hier jemand um Hilfe! Und der geflügelte Bote setzte sich ausgerechnet mir vor die Nase. Die Situation erfordert augenblickliches Handeln! Das Schicksal nimmt mich in die Pflicht. Die Polizei muss her, und
ich greife zum Telefon.

„Hallo, ich habe vorhin eine Brieftaube ..."

„Da Nome?"

„Äh, Brunner, ich habe vorhin eine Brieftaube …"

„Gonza Nome un die Adress bidde!"

„Benjamin Brunner, Kantstraße 14. Ich habe vorhin eine Brieftaube gefunden …"

„Wieviel?"

„ … äh – eine."

„Wieviel drin war, moin i."

„Wie? Ich verstehe nicht …"

„Wieviel Geld in de Briefdasch war, will i wisse, weil Bagadellfunde bis zeh Euro sin net ozeigepflichtig. Drieber naus isch zunägschd net d'Bolizei, sondern des Fundbüro zuständich. Ich mach Sie druff ufmerksam, dass … "

„Entschuldigung, Brieftaube! Nicht Brieftasche! Ich habe eine Brief t a u b e gefunden!"

„Bei Tierfunde wende Sie sich bidde on die Tieruffangstation, Heilbronn, Wenzelstroß 46."

„Mir geht es nicht um die Taube an sich …"

„Also i han koi Zeit zum Verplempere! Was wellet Se denn?"

„Die Brieftaube trug eine Nachricht in …"

„Bleibet Se dro, do geht grad e Eilmeldung ei!"

„ …"Please hold the line", beschwichtigt mich die automatische Stimme, „please hold the line … im Moment sind alle unsere Mitarbeiterplätze belegt, bitte haben Sie noch etwas Geduld … der nächste freie Mitarbeiter meldet sich gleich …"

„So, i bin wieder do! Wie war des mit de Briefdasch?"

„Brieftaube!"

„Ah ja, Briefdaub – un? Was weida?"

„Die Brieftaube trug eine Nachricht. Darauf stand …" Und ich verklickere dem schwerfälligen Polizeibeamten meinen Fund. Er scheint endlich begreifen zu wollen. Dann fragt er nach: „Die Dommstroß liegt aber net in de Siedstadt, die liegt im Nordweschde."

„Ja, da wohnt ja auch Emma Meier. Sie ist aber in der Südstadt in einem Keller gefangen! Da muss man hin und nach ihr suchen und sie aus der Hand ihrer möglichen Kidnapper befreien!"

„Erschdens waiß d'Bolizei selbschd, was sie zum do hot! Wo kämet mer no hie, wenn do jeder sei Theorie entwickle dät, wie de Fall liegt! Und zweit'ns: Wisse Sie, wieviel Kellerverschläg es in der Siedstadt gibt? Do wohne zwaaiehalbdausend Lait in e paar Dutzend Hochhaiser, die iwwa ugfähr, na sage ma mol, vielleischd so um die …"

„Entschuldigung, aber sollte man nicht ganz schnell etwas unternehmen? Die Frau ist vielleicht in großer Gefahr!"

„Wisse Sie eigentlich, wieviel Fehlmeldunge hier däglich aigehe? Un wieviel Personal mir bloß zur Verfiegung hen? Die Hälft vun de Beomde vum Außedienschd isch zur Demo nach Stuagart abgeordn't und die onner Hälft isch wege de Verletzunge vun de letschd Demo kronk gschriwwe! Hen Sie den Zeddl iwwahaupt richtich g'läse?"

„Ich glaube schon."

„Glauben ischt *nicht* wissen! Wenn Sie den Zeddl no ä weiters Mol entziffert hen un immer no de Meinung send, dass eine gewisse Emma Peel gekidnappt worde isch, dann rufet Se oifach nomol o! Oder kommet se glei ufs Revier, und mir machet erschtmol en ausfihrliche Bericht vun da Ogelegenheit!"

Mit dem Kerl kam ich nicht weiter. Eigentlich hätte mir das weitere Schicksal der Emma Meier ab jetzt auch egal sein können, meine Bürgerpflicht hatte ich ja getan. Aber der Quadratschädel hatte insofern Recht: Ich sollte mir den schriftlichen Hilferuf genauer ansehen.

Ich entrolle die Miniaturbotschaft und lese sie noch einmal ganz aufmerksam. Die Schrift könnte auch von einer älteren Person stammen, eine die sich anstrengen muss, um mit dem kleinen Format zurechtzukommen. Und irgendwie wirkt die Schrift altmodisch. Besonders das kleine *s* wird ganz anders geschrieben, ähnlich wie das kleine *t*. Meine Mutter pflegt so zu schreiben.

Die Polizei hier kann ich vergessen. Kriminalistischer Scharfsinn ist bei dem Mann am Telefon nicht zu erwarten. Ich muss selbst handeln und überlegen: Es ist jetzt ungefähr eine halbe Stunde her, seit ich die Taube aufgegriffen habe. Ein Flug innerhalb der Stadt kann nur wenige Minuten gedauert haben. Folglich sollte sich die Absenderin noch an dem Ort befinden, an dem die Taube losgeschickt wurde. Was liegt näher, als selbst einmal nachzusehen? Die Südstadt ist ein durchaus überschaubares Areal, wenn man ein Fahrrad hat. Die Taube bekommt von mir noch ein paar Salatkörner hingestreut, und ihren Karton decke ich mit einem Tischtuch ab. Vögel verhalten sich in der Dunkelheit ruhig, das weiß ich von meinem Wellensittich aus der Kindheit.

In weniger als zehn Minuten bin ich vor Ort und beginne, das Gebiet mit den mehrgeschossigen Wohnungskomplexen, die man in den letzten Jahren hier hochgezogen hat, langsam zu durchradeln. Mir fällt auf, dass rings um die meisten Gebäude zu den Souterrains Oberlichtschächte angebracht sind, die wohl der Belüftung oder Erhellung der darunter liegenden Kellerverschläge dienen. Vielleicht ging von einem dieser Orte der Hilferuf aus. Aber wie sollte ich konkret fündig werden? Und zudem – die Eisenrostabdeckung würde den Ausflug einer Taube unmöglich gemacht haben. Ich suche einen Hinweis, irgend ein Indiz … Dort! Da fliegt doch

eine Taube! Blaugrau ist sie, etwas dunkler als *meine*. Und sie schlägt einen direkten Weg ein, nicht auf irgendein Dach oder einen Baum, um sich dort hinzusetzen, nein, sie fliegt nach einem kurzen Bogen in Richtung Norden, und ich verliere sie bald aus den Augen.

Natürlich! In Richtung Nordwesten liegt doch die Dammstraße! Warum ich nicht gleich darauf gekommen bin! Ich muss meine Suche nicht am Anfang, sondern am Ende beginnen, am Wohnort von Emma Meier in der Dammstraße 3…

Nach fünf Minuten bin ich dort und gehe an allen Häusern ab Nummer 30 vorbei. Auf die Klingelschilder schaue ich möglichst diskret, um keinen Argwohn zu erregen. Ich finde aber niemanden mit dem Namen Meier. Weiter geht es, die 40er Nummern, die 50er, die 60er. Bei Hausnummer 68 lese ich vorne am Tor zur Straßenseite *M. Meier*. Ich drücke die unverschlossene Straßenpforte auf und gehe den kleinen Pfad am Haus entlang zur seitlich liegenden Eingangstür. Im Garten, der sich dahinter befindet, steht ein Holzhäuschen mit Löchern, die durchaus zu einem Taubenschlag gehören könnten, obwohl ich so etwas eigentlich noch nie gesehen habe. Eine schmucklose Betontreppe führt mit drei Stufen zur schlichten Haustür. Daneben ist nochmals eine Klingel mit dem Namensschild *Martin Meier*. Ich fasse allen Mut zusammen und läute. Das Herz schlägt mir bis zum Hals, als sich schlurfende Schritte nähern. Die Tür geht auf, und ich blicke in das mürrische Gesicht eines Mannes um die Vierzig. „Hm, äh", stottere ich verlegen, „wohnt hier Emma Meier?"

„Noi, warum?"

„Äh … oder vermissen sie jemanden?"

„D'Kathrin isch scho long fort. Hot se ebbes ogschdelld?"

„Äh, ich weiß nicht, eigentlich nicht …"

„I sag immer zu dem Mädle: Her mit deim Bleedsinn uff! Un ihrn Oba, der stacheld se a noch oo! Mit dem isch se heit losgonge."

„Ich, äh, ich habe eine Taube gefunden ...“

„Jetzt fällt ma's widda oi, sie hot mit'em Oba Taube fliege losse welle, do hanne, beim ehemoliche Siedbohof. – Warum? Hod se widda ebbes oogschdelld? 'S ledschde Mol hod se oinere Daub in Dracheschwonz on d'Fieß gebunne und widda ä onneres Mol in Luftballo, des freche Mädle. Un da Oba hot se noch oogfeierd! – Isch widda ebbes bassierd?“

Das Blut schießt mir ins Gehirn. Bingo! Meine Spur scheint die richtige zu sein. Ein fehlendes Mädchen und eine Taube, das kann kein Zufall sein! „Äh, nein, ich wollte nur, ich dachte, wegen der Taube ...“, stottere ich zunächst, weil ich meine Gedanken sortieren muss.

„Binne se dä Daub des Ohengsel ab und losse se oifach widda fliege. Die find vun selwa hoim!“

„Ah, gut! Na dann ... vielen Dank – und nochmals Entschuldigung ... Wiedersehen“, stammle ich mich aus der Verlegenheit. Der Fall muss mir erst noch mehr plausibel werden.

Von wegen Verbrechen, Kidnapping, eingesperrt im Keller! Die junge Dame hat fantasievolle Botschaften mit ihren Tauben verschickt, unter dem Falschnamen Emma statt Kathrin. Wie gut, dass ich doch nicht die Polizei mobilisiert habe! Eigentlich müsste ich die Göre samt Opa in der Gegend finden, wo vorhin die graublaue Taube abschwirrte. So leicht sollte mir der Frechling nicht davonkommen. Und wenn ich meine kleine erzieherische Rache angebracht haben würde, wäre sogar noch Zeit für meine Skatrunde.

Richtig vermutet! Auf dem großen Spielplatz in der Südstadt treffe ich auf einen Ring begeisterter Kinder und in der Mitte den alten Herrn mit seiner Enkelin Emma – oder Kathrin –, wie sie gerade eine weitere Taube, es scheint die letzte zu sein, unter dem Gejohle der jungen Schar in die Luft entlassen. Und sie hat weder einen Drachenschwanz noch einen Luftballon im Schlepptau.

Nachdem sich die ausgelassene Freude beruhigt und die Zuschauerschar sich aufgelöst hat, trete ich an die beiden heran. „Hallo, Kathrin!", beginne ich, „oder soll ich Emma sagen?". Das Mädchen schaut erstaunt und etwas misstrauisch auf. „Schöne Tauben habt ihr da! Sind das deine?"

„Noi, die g'häret mei'm Oba." Mist! Den Hieb kann ich nicht direkt gegen Kathrin / Emma ansetzen, und ich muss es mit einem Umweg versuchen:

„Sind das Brieftauben?"

„Was denn sunscht, du Bachl!", pflaumt mich Emmas Opa an. „Moinsch, mir losset normale Taube oifach so fliege? Onsere Brieftaube findet immer hoim, des send koi so bleede Stroßedaube!"

„Wie schön! Also sind sie wertvoll?", versuche ich meine Strategie wieder aufzubauen – und das zieht!

„Wertvoll?" echot der Alte. „Des send die schenschde, beschde, indelligendeschde Daube uf de gonz Welt! Oifach ubezahlbar! Warum? Willschd oine han?"

„Nein, das nicht – im Gegenteil!" Jetzt will ich meine Strategie zum Sieg führen, das Netz ist ausgelegt: „Ich habe eine von deinen Tauben gefunden, Emma, äh Kathrin, sie trug eine Nachricht am Fuß!" Kathrin schaut mich verständnislos an. Wie die sich doch verstellen kann! „Eine aufregende Nachricht – von Emma!", lege ich mit leicht drohendem Unterton zu. Das Mädchen schaut noch immer wie ein einziges Fragezeichen. Verdammt, warum reagiert die Göre nicht und zeigt wenigstens einen Anflug von schlechtem Gewissen? Also gut, dann muss sie jetzt die volle Wucht meiner pädagogisch wertvollen Lektion ertragen: „Eine ganz schlimme Nachricht, Emma, die ich jetzt gleich der Polizei melden muss! Und ein mutwillig ausgelöster Polizeieinsatz ohne Grund, … oh, das wird teuer!" Noch mehr sorgenvolle Bedenklichkeit kann ich mit meinem Gesicht nicht zum Ausdruck bringen.

Kathrin rümpft ihre Nase und schaute ihren Opa an, dem der Mund offen bleibt. Und jetzt spiele meinen stärksten Trumpf aus: „Es sei denn, du willst die wunderschöne, weißgraue Brieftaube wiederhaben, das ist viel billiger, Emma! Für zwanzig Euro kriegst Du deinen Liebling wieder – und die Sache mit dem Brief ist vergessen!"

„I waiß ned was Sie wellet", schnattert Kathrin los, „aber mir hend koi weißgraue Taube, nur blaugraue! Un Nochrichde hen mer haid au ned verschickd. Des machd ma prakdisch gar nemmee. Und i hoiß ned Emma. Und jetzt ganget mer hoim, gell Oba?" Und mir nichts, dir nichts, packen die beiden ihre Utensilien in ihren Leiterwagen und ziehen ihrer Wege, ohne mich länger zu beachten.

Jetzt bin ich derjenige, der mit offenem Mund dasteht. War das jetzt einfach rotzfrech und obercool, oder bin ich der Blöde? Was für eine verdammte Taube habe ich da aufgegriffen und … und diese Nachricht? Mein Problem bleibt nicht nur ungelöst, sondern hat sich vergrößert.

Nachdem ich eine zeitlang perplex und alleine auf dem Platz herumgestanden bin, radle ich heim. Die Taube sitzt unter dem Tuch entspannt in ihrem Karton, und ich nehme mir das kleine Zettelchen mit der seltsamen Botschaft nochmals vor. Hatte ich etwas übersehen? Mir fällt erst jetzt auf, dass die Buchstaben *m* und *n* oben nicht mit Rundbögen, sondern mit Spitzbögen geschrieben sind, so dass sie wie *w* oder *u* aussehen. So gesehen konnte *Emma* auch *Emina* heißen. Tatsächlich, der i-Punkt ist keine zufällige Verfärbung, sondern bewusst hingesetzt worden. *Emina,* nicht *Emma* ist der Name. Und *Meier* kann man folglich durchaus als *Muer* oder *Mür* lesen, so wie auch *Suedstadt* ohne die Punkte geschrieben wurde. Ein i-Punkt findet sich hingegen bei *Meier* nicht, den hatte ich mir wohl hinzugedacht. Und *Dammstraße* konnte auch *Baumstraße* heißen, denn das *D* weist einen kleinen Innenschwung auf, der nur dem auffällt, der *B* lesen will. Die Hausnummer beginnt mit der 3. Auch diese Zahl ist komisch geschrieben: eine 3 mit *Flachdach* und Ecke. Eigentlich könnte es auch eine 5 sein, mit etwas verrutschtem Dachstrich. Martin Meiers Hausnummer 68 jedenfalls passt so gesehen gar nicht. Und die unleserliche zweite Ziffer, die nach einem missglückten Strich am äußersten Blattrand aussieht, kann eine 1 oder eine 7 sein, vielleicht auch eine verunglückte 9. Und der Ort der Gefangennahme? Das uneindeutigste Wort ist *Suedstadt*, zumindest hatte ich es so gelesen. – Irgendwo muss doch meine Lupe sein. Ich krame in den Küchenschubladen herum, bis ich sie finde. Mit dem Vergrößerungsglas schaue ich mir diese Adresse ganz genau an: Eigentlich steht da etwas wie *Suedstal3ı*. Könnte die Heilbronner *Südstraße* gemeint sein? Ich muss womöglich eine *Emina Muer / Mür* in der *Südstraße* 31, 37 oder 39 oder 51, 57 oder 59 suchen. Da sollte es doch eine Chance geben festzustellen, ob jemand im Keller gefangengehalten wird. Meine Überlegungen erscheinen mir zu kompliziert und vielleicht auch etwas zu gewagt, um nochmals damit zur Polizei zu gehen. Gefahr ist im Verzug. Es muss gehandelt werden, und ich radle umgehend los. Schon beginnt es zu dunkeln, und die ersten Straßenbeleuchtungen und Lichter hinter den Fenstern sind bereits eingeschaltet worden.

Ich erreiche die Südstraße. Beim Haus Nummer 29 stelle ich mein Rad ab und gehe zu Fuß weiter. Nummer 31 ist das Landratsamt, Nummer 37 ein inzwischen geschlossenes Ärztehaus, Nummer 39 eine Apotheke. Nur ein paar hundert Meter weiter beginnen die Fünferzahlen. Nummer 51 ist das Autohaus Popek, ebenfalls geschlossen und nur durch die Nachtreklame erhellt. Nummer 57 ist eine alte Villa, die beide Kriege überstanden hat. Zu ihr führt ein dunkler Pfad zwischen hohen, schwarzen Bäumen. Im Haus ist nur hinter einem einzigen Fenster Licht. Sollte ich dort nachforschen? Erst mal schauen, wie Nummer 59 beschaffen ist. Das ist ein kleines Einfamilienhaus gleich neben der parkartigen Umgebung der Villa. Ein kleiner Rasenring hinter einer niederen Hecke umgibt das zweistöckige Gebäude. Ein unversperrter, kurzer Weg führt zum dunklen Glaseingang. Ein kleines Fenster im Obergeschoss ist erhellt. Hier will ich mit meiner kriminologischen Untersuchung ansetzen. Entschlossen übersteige ich die Hecke und kauere mich im Schutz der Dunkelheit zwischen ihr und der Hausfassade. Niemand dürfte meinen kleinen Seitenschritt bemerkt haben. Tief atme ich durch, warte und lausche. Mein Herz pocht. Es ist so gar nicht meine Art, auf fremden Grundstücken herumzuschnüffeln.

Wie ein Dieb in der Nacht schleiche ich um das Haus herum. Auf der Rückseite dringt Licht aus dem Schacht über einem Souterrainfenster. Einen Schutzrost gibt es nicht, das Fenster darunter ist geöffnet. Stimmen dringen zu mir herauf, und ich hocke mich nieder, um zu lauschen. Nach einer Weile kann ich zwei Stimmen unterscheiden: die dunkle eines Mannes mit herrischem, befehlendem Ton und eine helle, zerbrechliche Stimme einer alten Dame. Was ich vernehme, bringt mein Blut noch mehr in Wallung. Die Männerstimme stößt in scharfem Ton hervor: „Natürlich wirst du unterschreiben und zwar genau hier! Meinst du, ich habe mich jahrelang um dich gekümmert, damit du mich jetzt enterbst? Dein Häuschen in der Baumstraße steht mir zu und nicht deinem verdammten Taubenzüchterverein!"

„Ich werde alles widerrufen! Ein Testament ist nur gültig, wenn man in seiner Entscheidung frei war!", wimmert die alte Stimme weinerlich und voller Angst.

„Unterschreibe jetzt! Dann werden wir ja sehen, ob du noch viel Gelegenheit hast, zu widerrufen!"

„Willst du mich vielleicht umbringen? Du, mein eigener Schwiegersohn!"

„Wo denkst du hin, ich bin doch kein Bösewicht! Dieses neue Testament wirst du vor zwei Jahren geschrieben haben. Da warst du noch klar im Kopf. Aber in der letzten Zeit bist du doch immer verwirrter. Es gibt da so harmlose Methoden, um diesen Prozess zu beschleunigen!"

„Hilfe, lass meine Hand los … !"

„Hier hört dich niemand und da bleibst du auch so lange, bis du es gemacht hast! Wenn du unterschreibst, wird es dir auf deine alten Tage an nichts fehlen. Dann kannst du dich ganz auf deine Taubenzucht konzentrieren, ein schönes Hobby im Alter."

Mehr brauche ich nicht zu wissen, um zu begreifen, dass ich die Absenderin der Taubenpost gefunden habe. Jetzt muss ich nur noch schnell und gezielt die Polizei hierher bekommen. Meine Beweisführung zu erklären erscheint mir zu diesem Zeitpunkt viel zu umständlich. Es muss schneller gehen. Am besten, man erwischte den Übeltäter inflagranti. Ich suche sicheren Abstand auf und fingere zitternd mein Smartphone aus der Hosentasche. Jetzt *muss* es einfach sein! Ein kühner Plan, der meine ganze Entschlossenheit erfordert. Ich wähle die Notrufnummer und verstelle meine Stimme: „Hier spricht jemand, der es gut meint. In zehn Minuten geht eine Bombe los in Heilbronn, Südstraße 59. Zwei Leute sind im Untergeschoss des Hauses eingeschlossen. Beeilen Sie sich, wenn Sie sie retten wollen! Übrigens, der Mann ist wahnsinnig und wird alles abstreiten!"

Uff, das war ein Hammer! Nie hätte ich gedacht, wozu ich in der Lage sein könnte! Aber Not macht erfinderisch – und entschlossen. Jetzt ziehe ich mich äußerst gespannt auf die gegenüberliegende Straßenseite zurück und brauche nur noch zu warten.

Es geht schneller als angenommen. Schon nach drei Minuten höre ich die Martinshörner, und ich muss meine Vorurteile über die Polizei revidieren. Es ist schön, aus eigener Erfahrung zu erleben, wie schnell und effektiv eine Evakuierung in diesem unserem Lande vonstatten geht. Das haben wir Deutschen drauf! Einfach bewundernswert! Und viel unterhaltsamer als ein gewöhnlicher Skatabend.

Das Geheimnis

Die weißen Kalksteine des Schotterweges knirschen unter meinen Sohlen so störend, dass die Zikaden für einen Moment ihren sirrenden Gesang unterbrechen. Der gekrümmte Zugangsweg wird von saftgrünen Weinfeldern und einem Olivenhain gesäumt, dessen blaugrün beblätterte, knorrige Bäumchen in der heißen Luft dieses mediterranen Sommertages flimmern. Jetzt sehe ich die verwitterte Eingangstür des herrschaftlichen Hauptgebäudes vor mir liegen, das Mittelpunkt eines alten Gehöftes ist. In dem einst verputzten, jetzt rissig-bröckeligen Steinhaus, das fast drohend vor mir in die Höhe ragt, haben wohl schon viele Generationen von Wein- und Olivenbauern gehaust. Einige weitere, kleinere Nebengebäude werden durch Bäumchen und Hecken eingehüllt, als wollten sie sich vor der Welt verbergen. Eine riesige Zypresse und eine uralte, ausladende Pinie überragen das ganze Ensemble und decken ihre Schatten wie einen Schutzmantel über den Ort. Mit angewidertem Blick stolziert ein schwarzgrau getigerter Kater katzbuckelnd und an mir vorbei. In einiger Entfernung schlägt ein Kettenhund an und meldet meinen Besuch. Auf diesen Hof kommt keiner unbemerkt.

Mein Auto hatte ich etwas entfernt am Straßenrand abgestellt, weil es mir zu aufdringlich schien, direkt in den Gutshof einzufahren. Die wenigen hundert Meter zu Fuß zu nehmen schien mir diskreter. Ich konnte als Wanderer auftreten, den es zufällig hierher verschlagen hatte. Der Besitzer oder der, der als Besitzer gilt, Monsieur Boulanger, sei ein alter, rätselhafter Mann. Niemand in der Umgebung kennt ihn richtig, und es geht das Gerücht, der alte Sonderling betreibe die Landwirtschaft nur als Alibi und gehe nebenher dunklen Geschäften nach. Man munkelt, er sei einmal ein *Patron* gewesen, eine wichtige Figur im weitverzweigten Netz der südfranzösischen Mafia. Der Vorwurf *Waffenhandel* steht im Raum. Beweise gibt es bislang keine. Ich meine, im Auftrag der Departement-Polizei zu handeln, indem ich diesen Gerüchten auf den Grund gehen will. In einem harmlosen Gespräch und durch heimliche Lauschmaßnahmen will ich auskundschaften, ob an den Verdächtigungen irgend etwas dran ist, das zu weiteren Nachforschungen Anlass geben würde.

Ich atme tief durch und bediene den verrosteten Türklopfer. Der Hofhund bellt kurz nochmals auf. Dann Stille. Ich klopfe erneut. Jetzt schweigt sogar der Köter. Als ich schon nicht mehr damit rechne, nähern sich hinter der Tür schlurfende Schritte. Der Schlüssel dreht sich im Schloss, und die schwere Holztür öffnet sich einen Spalt weit. Dahinter erscheint das verrunzelte Gesicht eines zerzausten, unrasierten, grauhaarigen alten Mannes. „Was gibts?", raunt er aus dem Spalt.

„Entschuldigung", beginne ich, „ich habe mich verlaufen, wo bitte geht es nach Hyères?"

„Hinter ihnen, geradeaus!" Und schon ist das Gespräch beendet, und die Tür fällt wieder ins Schloss. Ich klopfe zum dritten Mal. „Was noch?", knurrt es von innen.

„Ich, ich bin etwas ausgetrocknet und nur zu Fuß unterwegs, ob Sie mir wohl einen Schluck Wasser anbieten könnten?"

„Hinter dem Haus ist ein Brunnen, servez-vous!", kommt die Antwort durch die Tür hindurch. Da stehe ich nun ziemlich sprachlos. Nichts ist es geworden mit dem harmlosen Gespräch. Aber das Angebot gibt mir Gelegenheit, weiter in den Innenbereich des Anwesens vorzudringen und es mir näher anzusehen. Am Brunnen muss ich erst einen alten Eisenschwengel pumpend bedienen, bis ein Schuss frischen Wassers aus dem gusseisernen Brunnenrohr kommt. Es schmeckt gut und erfrischt mich, auch wenn mein Durst nur vorgetäuscht war.

Ich sehe mich um. Alles liegt still da. Es scheint kein weiterer Mensch in der Nähe zu sein. Der Hund hat aufgehört zu kläffen. Er liegt wieder ruhend im Schatten an seiner Kette und hat mich inzwischen als geduldete Person eingeordnet.

Nachdem ich mich vergewissert habe, dass mich der Alte nicht aus einem Fenster heimlich beobachtet, trete ich in eine Scheune gegenüber, deren Tor nur angelehnt ist. Meine Augen müssen sich nach dem gleißenden Sonnenlicht erst an das schattige Dunkel gewöhnen, ehe ich verschiedenes landwirtschaftliches Gerät erkennen kann, unter anderem einen Heuwagen und allerlei Saumzeug an der Wand. Alles ist ziemlich eingestaubt und wohl schon lange nicht mehr in Gebrauch. Vom rückwärtigen Teil der Scheune öffnet sich eine windschiefe Holzpforte in einen verwahrlosten Garten. Früher mögen da Artischocken, Tomaten und allerlei Gartenkräuter angebaut worden sein. Inzwischen ist das Ganze weitgehend von der Natur zurückerobert worden. Wildblumen und Sträucher wuchern zwischen alten Steinmäuerchen, und die Insekten summen zwischen ihnen herum.

Als ich mich umdrehe, steht er direkt vor mir. Fast drohend füllt er die Scheunentür aus. So alt, wie es zunächst den Anschein hatte, ist der Mann gar nicht, vielleicht nur etwa Mitte sechzig. Der Menschenschlag hier im Süden scheint früher zu altern, gegerbt von Sonne und Wind und der Arbeit im Freien. Und kräftig wirkt er, geradezu muskulös gebaut, obwohl sein schäbiger Schlabberpullover seinen Oberkörper verbirgt. Seine Stimme klingt jetzt klar: „Que cherchez-vous donc? Was suchen Sie noch?" Ich entschuldige mich in aller Form, in diesen Teil seines Besitzes vorgedrungen zu sein und erkläre mein aufdringliches Handeln als Suche nach alten landwirtschaftlichen Geräten für den Aufbau eines Heimatmuseums in Hyères. Das hatte ich mir als Alibigeschichte zurechtgelegt.

„Hier gibt es nichts von Wert!", raunzt der Mann.

„Ein schöner Hof! Er war sicher einmal gut bewirtschaftet und ertragreich", versuche ich das Gespräch in Gang zu bringen. „Sind Sie der Besitzer?"

„Gewesen!" bellt der Mann, dreht sich um, gibt die Tür frei und geht durch die Scheune zurück in den Hof, wobei er mir ein Zeichen gibt, ihm zu folgen. „On boît un coup? Trinken wir einen Schluck? Aber kein Wasser!" brummt er mit immer noch versteinertem Gesicht. Überrascht über den Gesinnungswandel meines Gegenübers stimme ich zu. Er führt mich zu einem überschatteten, verwitterten Steintisch, neben dem zwei wettergeprüfte Holzbänke ihr Gnadenbrot fristen. Als er für einen kurzen Moment ins Haus geht, nutze ich den Augenblick, um ein kleines Funkmikrofon unter dem Tisch zu platzieren. Man klebt solche *Wanzen* einfach mit einer Kunststoffmasse unauffällig irgendwo hin. Der Mann kommt mit einem glasierten Tonkrug und zwei altersblinden Trinkgläsern zurück und schenkt uns einen fast schwarzen Rotwein ein. Dann gebietet er mich niederzulassen, setzt sich mir gegenüber und beginnt zu sprechen, als hätte er nur darauf gewartet, das Folgende endlich einmal loszuwerden:

„Meine Kinder führen jetzt den Weinbau. Drunten in der Ebene vor Hyères haben sie alles neu aufgebaut. Das Alte ist ihnen ja nicht gut genug! Heute muss es moderne Technik sein! Der Traubensaft wird in keimfreie Edelstahltanks abgefüllt und mit allerhand chemischen Tricks ausgebaut. Für mich ist das der Tod des Weines! Was da herauskommt, schmeckt mir jedenfalls nicht. Der hier!", und damit erhebt er sein Glas mit dem schwarzroten Getränk, „der stammt noch aus den alten Fässern aus Eichenholz. Die Trauben wurden damals noch von Hand verlesen. Das waren noch Zeiten! Aber die jungen Leute von heute, meine eigenen Kinder, die haben keinen Sinn für die wahren Werte! Und mich haben sie ins Altenteil gesetzt. Ich wollte nicht mitkommen auf die neuen großen Ländereien. Bin lieber hier geblieben. Da kriegen die mich nur mit den Füßen voran heraus!"

„Santé!", prostet er mir zu, packt das Glas mit seinen behaarten Pranken und setzt es an seine rissigen Lippen. Ich koste von dem Traubenblut, das kein Sonnenstrahl durchdringt. Der Wein schmeckt ausgezeichnet, ist aber ein schwerer Tropfen und nur in kleinen Mengen bekömmlich. „Seit dem Tod meiner Frau lebe ich hier allein", fährt mein Gegenüber fort. „Ich habe hier alles: Gemüse, Wein, Wasser. Frische Baguettes liefert der Bäckerwagen jeden zweiten Morgen. Und trockenen Schinken und Käse bringt mir die Nachbarin von Zeit zu Zeit aus der Stadt mit. – A la vôtre!" prostet er mir erneut zu und kippt sein Glas zwischen die großen, gelben Zähne seiner mächtigen Kiefer.

„Ben oui – les jeunes! Die Jungen lassen sich selten blicken", fährt er mit unmutig gerunzelter Stirn fort, „haben nur das Geschäft im Kopf. Ja, ja, Weinbau fordert seinen Mann, das war schon immer so. Die Enkel gehen in Hyères zur Schule. Von ihrem Opa wollen sie nicht viel wissen. Die kommen nur an Ostern und Weihnacht kurz vorbei und wollen dann ihr Geldgeschenk einsacken!" Die Augen des Mannes werden feucht. Einen Moment lang stockt sein Redefluss, und er wischt sich kurz mit dem Ärmel über das Gesicht. Dann wird seine Stimme wieder munter und er fährt grinsend fort: „Mais la voisine, die Nachbarin – oh la la! Hat ihren Mann vor drei Jahren verloren. Der ist vom Dach gefallen beim Austausch einiger zerbröselter Ziegel, der Arme. Sie ist erst fünfzig und noch gut in Schuss. Sie … kümmert sich um mich!", fügt er mit vielsagender Miene hinzu und macht dabei eine schüttelnde Handbewegung, die weitere Erklärungen entbehrlich macht.

Aber jetzt müsse er das Gespräch beenden, sagt er auf einmal brüsk. Er habe noch etwas vor. „Wie, hier und heute?" fragte ich ihn mit provozierender Neugier. Ja, seine Siesta stehe noch an, meint er schmunzelnd. Ach, und mein Auto hätte ich ruhig hier hereinstellen können, sagt er dann gespielt beiläufig. Verdammt! Woher weiß er, dass ich mein Auto abseits hatte stehen lassen? Auf einmal wird mir bewusst, dass der Kerl raffinierter sein könnte, als er den Anschein zu geben sucht. Man musste vor ihm auf der Hut sein.

Leicht verunsichert danke ich für den Wein und das Gespräch und verabschiede mich. Die *Wanze* muss ich ihrem Schicksal überlassen. Als ich mich außer einsehbarer Reichweite wähne, ersteige ich einen kleinen Pfad, der zur gegenüberliegenden Höhe des kleinen Tales führt. Verdeckt von Rebstöcken habe ich von hier guten Einblick in das Gehöft und ziehe mein Fernglas aus dem Rucksack.

Ich beobachte meinen zwielichtigen Gesprächspartner, wie er vor dem Haus mit einem Mobiltelefon hantiert. Er trägt jetzt einen schwarzen Hut und ein schwarzes Jackett. Um den Hals hat er ein rotes Tuch geschlungen. Auf einmal sieht er gar nicht mehr so heruntergekommen aus. Plötzlich biegt ein schwarzer Citroën auf den Weg ein und hält im Innenhof. Zwei Männer mittleren Alters steigen aus und verneigen sich vor dem älteren. Zu dritt betreten sie die Scheune und kommen mit einer großen Kiste heraus. Schwer muss sie sein, gemessen daran, wie sich die zwei jüngeren abmühen. *Er* packt nicht mit an, sondern scheint die Kommandos zu geben. Mein unter dem Steintisch angebrachtes Lauschmikrofon ist zu weit von ihnen weg und verrät leider nicht, was gesprochen wird. Die Männer setzen die Kiste hinter ihrem Auto ab. Einer öffnet ihren Deckel. Leider kann ich nicht erkennen, was darin ist. Ein kurzes allgemeines Kopfnicken, heitere Mienen, dann hieven die zwei mit großer Kraftanstrengung die Truhe in den Kofferraum ihres Autos. Man schüttelt sich die Hände. Ein Kouvert wird dem Alten übergeben. Die Männer steigen ins Auto und fahren weg. Der Alte schaut ihnen noch eine Weile nach. Dann geht er ins Haus. Hinter der Tür erwartet ihn eine junge, weibliche Gestalt. Sie empfängt den Mann ganz offensichtlich liebevoll.

Irritiert und nachdenklich eile ich vom Beobachtungsposten zu meinem Auto. Was habe ich in Erfahrung gebracht und gesehen? Da passt manches nicht zusammen. Noch habe ich keine Beweise krimineller Vorgänge in der Hand. Aber meine Beobachtungen sind ohne Frage höchst verdächtig. Vielleicht kann ich den schwarzen Citroën noch einholen. Ich fahre, so schnell mein Auto auf diesen buckligen Landstraßen es zulässt, in die Richtung, die der schwarze Wagen genommen hat. Kurz hinter der Abzweigung nach Pierrefeu sehe ich ihn. Ich schließe auf und gebe, nachdem ich – um keinen Argwohn zu erregen – in eine andere Richtung abgebogen bin, die Autonummer telefonisch an meine Dienststelle durch.

Eine Stunde später – ich sitze längst wieder zufrieden in meinem Dienstzimmer – kommt der Anruf meines Vorgesetzten, den ich schon ungeduldig erwartete. „Das verdächtige Auto, der schwarze Citroën, konnte kurz vor Gonfaron abgefangen werden", beginnt er mit merkwürdig kühlem Ton. Die geheimnisvolle Ladung wurde von meinen Beamten kontrolliert."

„Und?", dränge ich ungeduldig. „In der Kiste waren Waffen, nicht wahr?"

„In der Kiste waren feine Sächelchen!", säuselt mein Chef jetzt mit seltsam heller Stimme. „Alte Produkte aus der Region", setzt er seltsam gekünstelt fort.

„Wa-Waffen?", stottere ich irritiert.

„Manche nennen es Waffen, andere Medizin, wieder andere Gift", höre ich ihn übertrieben flöten.

„Gift? Chemische Waffen?"

„Ja, fast! Sie sind aber auch ein Schnellmerker!" Das klang jetzt allerdings ironisch in meinen Ohren. „Biochemische Waffen! Jahrgang 2012! Gut gelagert und gereift", fährt er jetzt wieder sachlich kühl fort.

„Ich, ich verstehe nicht ganz."

„Nein, sie verstehen nicht. Sie verstehen nichts!" Und jetzt gewinnt seine Sprache an unerwarteter Schärfe. „In dem Auto fanden wir eine Kiste voller – Weinflaschen! Alles feine, alte Tropfen aus der Region, gut gelagert und für die hiesige gehobene Gastronomie gedacht."

„Was? Wie? Aber warum …"

„Können sie sich denken, was für dumme Gesichter meine braven Beamten machten?"

„Ich, ich wusste nicht …"

„Natürlich wussten Sie auch nicht, dass der Fahrer des schwarzen Citroën der Schwager des Neffen des Bürgermeisters von Hyères ist? Eben des Bürgermeisters, der alljährlich über die Budgets der regionalen Polizeidienststellen entscheidet?"

„Bü-Bürgermeister …"

„Was haben Sie sich dabei nur gedacht!" bellt er jetzt am anderen Ende der Leitung wie der leibhaftige Zerberus los. „Hatten Sie konkrete Hinweise? Nein! Haben Sie die Verdächtigen vorher vernommen? Nein! Hatten Sie einen Durchsuchungsbefehl? Nein! Hatten sie überhaupt einen Dienstauftrag? Nein! Alles nur unbegründete Verdachtsmomente! Sie sollten eigentlich wissen, dass man die sich an den Hut stecken kann, solange man keine Beweise hat!"

„Aber meine Beobachtungen …"

„Was sie gesehen haben … was Sie gesehen zu haben glauben, interessiert den Richter nicht die Bohne! Stattdessen mussten meine braven

Beamten unbescholtene Bürger zur Rede stellen. Und dann diese Blamage! Wenn das der Bürgermeister erfährt – und Sie können sicher sein, dass er das inzwischen längst weiß – dann wird er stinksauer über die Qualität der Arbeit seiner Polizei sein! Haben Sie unseren Monsieur Le Maire schon einmal stinksauer gesehen? Was? Nein? Wenn ich Glück habe, dann wird er sich nur totlachen über uns! Über Sie! Über mich! Dann kann ich es vergessen, demnächst zum Polizeipräfekten ernannt zu werden!"

„Ich glaube aber nicht, dass ..."

„Ich glaube, dass Sie jetzt mal die Schnauze halten sollten! Wenn sie noch einmal so einen unausgegorenen Bockmist verzapfen, dann kommandiere ich Sie zur Verkehrspolizei ab! Sie ... Sie ... Möchtegern-Detektiv, Sie Besserwisser, Sie Klugscheißer, Sie Versager! Jawohl, Sie sind ein erbärmlicher Ver-sa-ger!" Und damit beendete er das Gespräch abrupt. Gut, dass er mein knallrotes und dummes Gesicht nicht sehen konnte.

Uff! So eine Demütigung musste ich noch nie über mich ergehen lassen. Hatte ich meine Beobachtungen tatsächlich so falsch gedeutet? Über meinen kriminalistischen Instinkt war ich bislang immer so stolz. Trotz meiner Zweifel und dem lähmenden Knockout-Gefühl in der Magengrube kehre ich noch am Nachmittag desselben Tages zum geheimnisvollen Gehöft zurück. Diesmal schleiche ich mich aber vorsichtig durch die umgebenden Hecken an. Der Hund hält gottseidank still. Ich will wenigstens das kleine Funkmikrofon wieder an mich nehmen und nicht morgen auch noch dessen Verlust melden müssen. Immerhin kosten diese Dinger eine Menge Geld, und der Etat unserer kleinen Polizeistelle ist nicht besonders groß.

Ich habe es bereits wieder in meiner Jackentasche verstaut und bin schon auf dem Rückzug, als der schwarze Citroën von heute Mittag auf den Hof rollt. Ich werfe mich zwischen den Büschen in Deckung. Die zwei besagten Männer steigen aus und betreten das Haus. Das rückwärtige

Fenster steht offen. Ich liege fast unter diesem und lausche. Zuerst wird gelacht. Ein Flaschenkork ploppt. „Das war'n Ding heute!", höre ich einen heiter sprechen. „Die Flics hatten gedacht, da wären Waffen drin!" Dann erkenne ich die Stimme des Alten, des Patrons:

„Und während die hinter euch her waren, holte Jean-Pierre das eigentliche Paket ab! Santé, les gars!"

Ich schleiche mich ungesehen davon. Eine Meldung machen? Wozu auch. Ich hatte nichts Konkretes in der Hand. Das *eigentliche Paket* konnte alles Mögliche bedeuten. Nur wegen Vermutungen macht man keinen Wirbel.

Ungesundes Misstrauen

Zunächst lief alles glatt. In Rekordzeit waren wir durch die Scheibe und sackten in Minutenschnelle die Auslagen ein. Auch der Rückzug gelang. Eigentlich hätte alles bestens klappen können, damals, im März, beim Einbruch ins Juweliergeschäft in einer Seitenstraße der Innenstadt. Nur ein dummer Wachmann meinte, uns nachballern zu müssen, und traf Jan, kurz bevor er ins Auto hechtete. Er starb in meinen Armen an Blutverlust. Wir legten ihn am Waldrand im Gebüsch ab. Das war ein Fehler, denn man fand ihn gleich am andern Tag. Das verursachte erst richtig großen Wirbel in der Presse und bei der Polizei.

Sieben Monate ist das jetzt her. Eine ganze Sporttasche voll Gold, Schmuck und Steine hatten wir abgeräumt. Wir, das waren Jan, er hatte Lagekenntnis, dann Sebastian, mein bester Freund, den wir nur Seba nannten, er fuhr den Fluchtwagen, und ich, der Kopf des Unternehmens. Ich weiß aus Erfahrung, wie man durch dicke Glasscheiben kommt.

Nachdem wir Jan am Wald abgelegt hatten, flüchteten Seba und ich in dieser Nacht, so wie es ausgemacht war, weit weg in ein abgelegenes, verschwiegenes Schwarzwaldtal, das Seba bei seinem letzten Urlaub in der Gegend kennengelernt und durchforscht hatte. Es war am frühen Morgen des folgenden Tages, als wir dort ankamen. Die Landschaft wirkte auf mich wie ein verzauberter Garten. Noch hatten die Tausenden Buschwindröschen ihre Blüten nicht geöffnet, doch die Vögel ahnten bereits den Sonnenaufgang und begannen nach und nach mit ihrem Morgenkonzert. Der feuchte Waldboden duftete erdig und fast schon frühlingshaft.

Wir suchten, ein gutes Stück vom Wanderparkplatz entfernt, eine möglichst unauffällige Stelle oberhalb der markanten Schleife, die der tief unten liegende Bergbach ausgefräst hatte, hinter einem vor Blicken schützenden Astgewirr. Ganz genau zählten wir die dicken und dünnen Bäume ab, die zwischen der bröseligen Felsengruppe am Rand des Hanges und dieser Dickung wuchsen. Direkt an Bäumen erschweren die Wurzeln das Graben, also wählten wir eine Stelle auf freiem Boden. Dort stemmten und kratzten wir mit unseren Klappspaten ein ausreichend tiefes und weites Loch und stopften unsere Beutetasche hinein. Es sollte erst mal Gras über die ganze Sache wachsen. Mit dem Aushub schütteten wir alles wieder zu und verstreuten den Überschuss an Erde drum herum. Etwas Laub vom letzten Herbst darüber gekickt und verteilt – ein perfektes Versteck. Bevor wir den Platz verließen, vermaßen wir natürlich klugerweise die Schrittentfernungen zu den umstehenden Bäumen ganz genau, denn wir wollten die Stelle ja wiederfinden. Sie war quasi trianguliert. Seba verstand was von Geometrie, alle Achtung! Noch vor Ort hielten wir alles in einer genauen Skizze fest, mit Schrittangaben und allem Pipapo.

Doch wer sollte die Zeichnung aufbewahren? Eine Kopie machen, so dass jeder von uns eine hatte? Da ging das Problem schon los. Was, wenn einer seinem Kumpel in betrügerischer Weise zuvor käme? Da hatte ich eine raffinierte Idee: Wir zerschnitten zu Hause den *Schatzplan* in 32 durchnummerierte Teile. Jeder bekam nach dem Zufallsprinzip die Hälfte. So sollten wir nur gemeinsam in der Lage sein, den Schatz wiederzufinden. Jeder war damit vom anderen abhängig. Außerdem verabredeten wir eine Art Vertrag: Bei Verhaftung des einen durfte der andere die Beute nicht an sich nehmen. Zuwiderhandlung oder Geheimnisverrat wären Todsünden. Sollte einer vorzeitig sterben, dann, und erst dann, wäre der andere berechtigt, das ganze Diebesgut an sich zu nehmen – unter Zuhilfenahme der fehlenden Lageplanschnipsel. Diese sollten für den jeweiligen Vertragspartner kouvertiert und mit Empfängerangaben den Nachlasspapieren beigelegt werden. Klingt kompliziert, schien uns aber zielführend und sollte ja auch nur für eine kurze Zeitspanne gelten.

Das war die Theorie. Doch die ist bekanntlich immer grau. In Wirklichkeit geschah dies: Ab sofort beargwöhnten wir uns gegenseitig. Würde sich Seba tatsächlich bei Nacht und Nebel aufmachen, um mich zu hintergehen? Auch ohne Lageplan hielt ich das für möglich, zumindest solange die Erinnerung noch frisch war und die Grabungsspuren wegen der Bodenauflockerung noch auffindbar sein sollten. Würde Seba es gar wagen, mich kaltzustellen, um in den Besitz des Ganzen zu kommen? Wäre ihm ein Mord tatsächlich zuzutrauen? Es schien mir, als schaute er mich in der letzten Zeit immer so merkwürdig an. Und ich ertappte mich dabei, dass ich hoffte, Seba würde bald irgendein tödliches Unglück ereilen.

Ursprünglich hatten wir eine Wartezeit von einem Vierteljahr vereinbart. Doch wegen des ungeplanten Riesenwirbels nach dem Auffinden von Jans Leiche hielten wir es für angebracht, damit noch zu warten. Kaum ein Tag verging, ohne dass ich Seba nicht misstrauisch beobachtete, seine Worte und sein Verhalten aufmerksam verfolgte und abwog. Aus Freundschaft war Misstrauen geworden, und daraus wuchs allmählich Furcht. Und dann kam der Hass.

Fast jedesmal, wenn wir das Ausgraben und Teilen der Beute planen wollten, gab es Streit um den Zeitpunkt. Mal fand ich es zu früh, mal hielt Seba es noch für zu gefährlich, mal drängte *ich*, mal Seba darauf, um endlich den Lohn für das eingegangene Risiko einzustreichen. Gestern konnten wir uns einigen, wie gesagt, nach sieben Monaten. Wir entschlossen uns einvernehmlich, die Beute auszugraben und zu teilen. Dann könnte jeder mit seinem Anteil machen, was er wolle, und wir wären diese zerstörerische Anspannung zwischen uns los. Dann wäre wieder Ruhe im Karton. „Es sei denn, du plauderst aus, wenn sie dich doch noch schnappen!", drohte ich Seba sicherheitshalber. „Dann bitte den Richter lieber um lebenslänglich, denn wenn du rauskommst, kriege ich dich beim Wickel!"

Diesmal bin ich der Fahrer. Wir erreichen das verschwiegene Tal am späten Nachmittag. Schon der Wanderparkplatz liegt reichlich abgelegen und ist gottseidank auch heute verwaist. „Hast Du deinen Teil des Lageplans auch gewiss dabei, für den Fall dass … ?", frage ich.

„Klar!", unterbricht mich Seba. „Aber ersparen wir uns die lästige Puzzelei, das Versteck finden wir doch auch so, oder? Ich habe es noch im Kopf!" Wir beginnen mit der Suche. Wenn jemand unseren Weg kreuzen würde, wären wir eben Pilzsucher.

„Es war doch genau hier oberhalb der Biegung des Bergbaches", raunt mir Seba zu, der einen Schritt vorausgeht. Sein Atem dampft, denn es ist schon recht kühl. Wir sprechen leise, obwohl garantiert kein Mensch in der Nähe ist. „Damals gingen wir dann ein Stück an der Kante entlang."

„Du meinst die Kante über dem Steilhang zum Bach?", erinnere ich mich jetzt wieder.

„Wenn wir nur nicht den Bach runter gehen!", witzelt Seba. Ich finde das gar nicht komisch. Meine Nerven sind äußerst angespannt, und der Schweiß rinnt mir schon jetzt unter der Mütze hervor, obwohl es kühl ist. „Da schau, hier ist wieder diese bröselige Felsengruppe! Erinnerst du dich?"

„Genau!", kann ich aufgeregt bestätigen. „Jetzt ein Stück nach rechts, oder?"

„Nein, etwa 45 Grad nach links, weißt du nicht mehr?" In diesem Moment rutscht mein Kumpel ab und rumpelt auf dem Hinterteil den steil abfallenden, schmierigen Hang hinunter bis in den Bach, dass es kracht und poltert. „Scheiße!" höre ich ihn aus der Tiefe mit zusammengebissenen Zähnen fluchen.

„Hey, alles okay?", rufe ich besorgt ins Halbdunkel der Schlucht hinunter. Seba scheint sich aufzurappeln und antwortet mit gequälter Stimme.

„Ja, soweit ich fühlen kann – nichts wirklich passiert. Mein Hintern wird ein paar blaue Flecken haben. Hilf mir, ich komm da alleine nicht mehr rauf! Zu steil, zu rutschig!" Ich stehe wenige Meter genau über ihm. Wenn sich jetzt einige der verwitterten Steine aus den morschen Felsen lösen würden? Genau über seinem Kopf? Hier ist ja schon alles verwittert und locker geschichtet. Auf einmal schießt mir ein ungeheurer Gedanke in den Kopf. Mein Raubtierinstinkt meldet sich: Ich will die Beute nicht teilen! Ein dummer Unfall eines Pilzsuchers. Absturz. Steinschlag. Tod am Bach. Es gilt jetzt schnell zu handeln. Ganz spontan trete ich mit dem Fuß zwei, drei schwere Wacker los. Die Brocken reißen andere mit und sausen rumpelnd den Abhang hinunter. Und tatsächlich! Einer trifft Seba am Kopf. Der sackt wie vom Blitz getroffen zusammen und platscht mit dem Gesicht nach unten in den Bach. Eigentlich kann ich kaum etwas dafür. Es ging ja so schnell. Das hätte bestimmt auch genau so passieren können, wenn ich nicht nachgeholfen hätte.

Ich rufe hinunter. Keine Antwort. Der Körper liegt reglos ausgestreckt halb im Bachbett. Wenn ich es bedenke, komme ich gar nicht zu ihm hinunter, ohne mich selbst zu gefährden. Ich habe streng genommen überhaupt keine Möglichkeit zur Hilfeleistung. Wie viele Menschen sterben jahraus, jahrein in den Bergen! Ungeübte Sonntagswanderer. Ein Fehltritt – und aus ist's! Sein Pech! Mein – Glück! Spontan muss man sein können. Den Zufall bei den Hörnern packen. Denn Teil drei der Abmachung lautet, nach dem Tod des einen …

Jetzt gehört die ganze Beute mir. Mir allein! Doch wo zum Teufel ist die Stelle? Wo ist die Erinnerung geblieben? Die Umgebung sieht ganz anders aus, als ich sie im Gedächtnis habe. Ist ja auch eine andere Jahreszeit. Damals war es zeitiges Frühjahr und am frühen Morgen. Jetzt ist es Herbst und die Vegetation ist über den Sommer noch filziger und un-

durchdringlicher eingewachsen. An Büschen und Bäumen hängt immer noch viel dichtes Laub. Ich suche angestrengt im Kreis herum. Die Stelle, das Versteck – ich finde es nicht. Jetzt muss der Lageplan her! Das Kouvert mit meinen sechzehn Schnipseln steckt in meiner inneren Manteltasche. Richtig, die andere Hälfte muss Seba bei sich haben. Verdammt! Ich muss da runter zu ihm. Irgendwo wird es doch einen Abstieg geben. Ich sehe mich um. Ein Stück bachabwärts flacht sich die Uferböschung ab. Da rutsche und krieche ich, mit verdreckten Schuhen zwar, ganz gut bis zum Bach hinunter. Vor dort aus arbeite ich mich halb am Ufer, halb ins Wasser tretend, den Bach hinauf.

Seba liegt mit dem Kopf voran halb im sanft gurgelnden Wasser. Was für eine unwirkliche Situation. Die intensiven Düfte dieses frühen Herbstabends steigen in meine Nase. Das verfärbte Laub, das feuchte Moos, der Pilzgeruch. Über meinem Kopf brechen sich die letzten Sonnenstrahlen dieses Tages in den höchsten Zweigen der Bäume. Ist das wirklich wahr? Ein Zaubergarten mit Leiche. Blut sickert immer noch aus einer schweren Kopfwunde und färbt die kreisenden Wasserwirbel rötlich. Um sicherzugehen, taste ich die Halsschlagader ab. Kein Puls. Seba ist tatsächlich tot. Wenn er den Steinschlag überlebt haben sollte, dann ist er in der Zwischenzeit ertrunken.

Wo hat er nur seine Teile des Schatzplanes? Ich suche die nasse Leiche ab. In der Manteltasche spüre ich etwas Kantiges. Es ist ein Revolver. Er ist geladen. Aha! Das miese Stück! Hatte er kein Vertrauen zu mir? Oder hatte er vielleicht selber etwas Böses mit mir vor? Haha! Die Suppe habe ich dir versalzen, mein Guter, denke ich still für mich. Die Papierschnipsel stecken bestimmt in seiner inneren Jackentasche. Dort greife ich in eine schwammig aufgeweichte Masse. Die Fetzen kleben aneinander und die Filzstiftschrift löst sich auf. Völlig unleserlich. Unbrauchbar. Verdammter Mist!

Ich arbeite mich beunruhigt wieder zurück und nach oben, versuche mich zu erinnern. Mein Kopf dröhnt. Der Puls hämmert. Wo war dieses vermaledeite Versteck nochmal?! Jetzt, am Abend, wird die Suche von Minute zu Minute schwieriger. Noch einmal zum Ansatzpunkt zurück und alles von vorne. Die Kante, die Felsen ... Wo ist denn nun dieser verdammte Baum? Da war doch ein dicker Baum, danach drei dünnere, oder? Habe ich mir das falsch eingeprägt? War es anders herum? Meine mir verbliebenen Papierfragmente ergeben keinen Sinn. Das hatte ich zu Hause schon oft genug ausprobiert. Ich muss es aber jetzt schaffen! Ich muss den Schmuck finden! Wenn sie erst die Leiche des *verunglückten Wanderers* gefunden haben werden, ist die Stelle bestimmt auf weitere Monate hin *verbrannt*. Jeder, der sich da herumtreibt, würde auffallen und sich verdächtig machen. Und die Natur verändert sich stetig weiter. Ich stochere wild mit dem Stiel meines Spatens herum. Nichts. Keine Auflockerung des Erdreichs. Ich krieche, wühle mit bloßen Händen. Der Schweiß tropft mir von der Nasenspitze. Ich höre mich wie einen Irren lachen. Dann vernehme ich meine gequetschte Stimme, die wie im Wahnsinn krächzt: „Wo bist du? Mein Schatz! Komm her zu mir! Hörst du nicht! Ich befehle dir! Wo hast du dich versteckt? Ich kriege dich!" Und ich haue in äußerster Wut und Verzweiflung mit dem Eisen des Spatens auf den Boden und an die Stämme der Bäume, so dass Rindenstücke in Fetzen abfliegen – bis der Stiel bricht ...

Überraschung

Wie angenehm der Cognac meinen Gaumen benetzt. Sein Duft durchzieht meine Nase bis in ihre hintersten Winkel. Was für eine Ruhe ist das hier in der Vorstadtvilla! Bis in mein Wohnzimmer zieht sie sich. Nur die Kuckucksuhr tickt leise. Niemand nörgelt herum, niemand keift.

Sie bleibt mal wieder lange aus – gottseidank! Von mir aus kann sie bleiben, wo der Pfeffer wächst. Gewiss wird sie bald anrufen, darin ist sie extrem gewissenhaft. Sie meldet sich immer, wenn sie sich bei ihren Einkäufen in Münchens Modeboutiquen verspätet oder beim Kaffeekränzchen mit ihren Freundinnen vertratscht.

Das Telefon schrillt – wie erwartet. Das ist sie, mein Hausdrachen, pardon, meine Gattin.

„Herr Kulitschek?", zischt die gepresste und offenkundig verstellte Stimme eines Mannes aus dem Telefonhörer.

„Am Apparat", antworte ich verblüfft.

„Wir haben ihre Frau in unserer Gewalt. Wenn Sie bis morgen Abend eine Million Euro in Hundertern bereit halten, bekommen Sie sie wieder. Es sollte für einen Bankdirektor kein Problem sein, diese Summe zu organisieren. Aber keine Polizei! Sonst sehen Sie ihre Frau nie wieder! Morgen um 18 Uhr bekommen Sie Anweisungen, wo Sie das Geld deponieren sollen!"

Ehe ich etwas antworten kann, hat der Entführer eingehängt. Ich brauche ein paar Sekunden, bis ich die ganze Tragweite dieser Nachricht überblicke. Eine Million! Nicht übel für meine Schreckschraube. Ich könnte das Geld leicht locker machen. Ein paar Hunderttausend habe ich auf mehreren privaten Giro- und Tagesgeldkonten verteilt, ein paar weitere lagern in meinem privaten Haustresor. Den Rest würde ich mir ohne große Erklärungen von der Bank, der ich vorstehe, als Kredit auszahlen lassen können. Die Polizei einschalten? Ich werde doch meine Gerda nicht in Gefahr bringen. Nein, ich werde erst einmal genau nachdenken – und abwarten. Alles will jetzt äußerst gut überlegt sein.

Am nächsten Tag bin ich wie gewohnt in der Bank und erledige meine üblichen Direktorengeschäfte, ohne jemandem irgend etwas von der Entführung zu erzählen. Pünktlich um 18 Uhr – ich bin erst wenige Minuten zu Hause – kommt der erwartete Anruf: „Haben Sie das Geld?"

„So einfach ist das nicht", schwindle ich, „auch ein Bankdirektor hat keine große Handlungsvollmacht. Bei solchen Summen geht automatisch eine Meldung an die Polizei und an das Finanzamt sowieso. Kann es nicht etwas weniger sein?" Eine Weile scheint der Gauner am anderen Ende der Leitung nach Luft zu schnappen, dann krächzt er:

„Du hast wohl eine Meise, Kulitschek! Eine Million oder deine Alte geht über die Isar!"

„Fünfhunderttausend wären o. k.", wende ich ziemlich frech und fantasievoll ein, „das ist die Obergrenze, bis zu der meine Bank einen Notkredit vergeben darf, ohne dass automatisch die Polizei eingeschaltet wird." Am Ende der Leitung tritt eine kleine Pause ein, doch ich höre, dass irgend etwas hinter vorgehaltener Hand getuschelt wird.

„O. k., ausnahmsweise, weil du's bist. Morgen um 18 Uhr rückst du die Kohle raus. Wie gesagt, kleine Scheine, alles in einer Tasche. Aber wenn die Polizei eingeschaltet wird, dann …"

„Keine Sorge", beschwichtige ich insgeheim belustigt, „ich werde doch meine liebste Gattin nicht gefährden. Bitte tun Sie ihr nichts, und –

abends vor dem Schlafengehen nimmt sie gerne eine Tasse Tee! Wenn sie den getrunken hat, wird sie bald müde und geht zu Bett und quasselt einem nicht mehr die Ohren voll."

„Wie bitte?", grunzt der Kerl, „Tee? Sonst noch was?"

„Ja, am liebsten trinkt sie Hagebutte, ganz leicht gesüßt – mit einem Tropfen Cointreau."

„Krks." Das Gespräch wird jäh und grußlos beendet.

Am nächsten Abend kommt der Anruf fünf Minuten vor der Zeit: „Hast du die fünfhundert Mille?"

„Im Prinzip ja", heuchle ich, „aber ..."

„Was aber? Hast du sie oder hast du sie nicht? Du, ich mach deine Alte auf der Stelle kalt, wenn du nicht sofort ..."

„Was bitte wollen Sie meiner lieben Gerda antun?", jammere ich mit gespielter Sorge. „Übrigens, hat ihr der Tee gestern gemundet?"

„Lass das Gesülze! Ich drehe ihr den Hals zu, gleich hier am Telefon, wenn du nicht gleich ..."

„Oh, davon würde ich dringend abraten", gehe ich dazwischen, „denn Gerda ist sehr wehrhaft. Ehe sie sich den Hals umdrehen lässt, müssten sie vorher mindestens vier Mann überwältigen und fesseln, falls euch das überhaupt gelingen sollte. Am sichersten wäre die Kugel. Ihr habt doch wenigstens eine Schusswaffe?"

„Halt die Klappe, was ist jetzt mit dem Geld? Fünfhunderttausend waren ausgemacht!"

„Also heute ging es wirklich nicht. Termine, Kundenbesprechungen, Auslandsanfragen, Zertifikate erstellen! Ihr habt ja keine Ahnung, was in einer Bank heutzutage so alles los ist. Da hat auch ein Bankdirektor nicht ohne weiteres Zeit, sich schnell mal fünfhunderttausend Euro einpacken zu lassen. Aber ich versuchs morgen, ehrlich. Bis dannilein!", sage ich und lege auf, ohne eine weitere Antwort oder Anweisung abzuwarten.

Den Tag verbringe ich in einer angenehmen Beschwingtheit. Ich bin den dritten Tag alleine und fühle mich prächtig. Daher verlasse ich mein Büro auch zwei Stunden früher als gewöhnlich, um diese Situation einfach nur zu genießen. Ich darf zu Hause wieder unordentlich herumhängen, ohne Vorwürfe zu bekommen. Ich kann die Fernsehsender durchzappen und ansehen, was ich will, sogar Horrorthriller. Und ich will wieder, wie gestern schon, einige alte Bekannte anrufen. Sibylle beispielsweise, eine alte Freundin aus meiner Studienzeit. Sie hat sich gerade von ihrem Mann getrennt, und wir plauderten gestern Abend ziemlich tiefschürfend längere Zeit miteinander. Natürlich behalte ich weiterhin mein Geheimnis für mich.

Am Freitagabend teile ich dem sehr ungeduldigen Anrufer mit, dass es Probleme gegeben habe: „Der stellvertretende Direktor, Kollege Krasnitschek, ist den ganzen Tag nicht von meiner Seite gewichen", schwindle ich, „als hätte er geahnt, dass ich eine halbe Million in bar locker machen wollte." Außerdem habe es in einigen Filialen Probleme mit dem Internet gegeben, damit hätte ich viel Zeit zubringen müssen.

„Du spinnst wohl!", tobt der Entführer und schnauft wie eine Bulldogge mit Schnupfen. „Ich mache das jetzt nicht mehr lange mit! Deine Alte nervt, die quasselt uns den Kopf voll und will uns dauernd Vorschriften machen, wie man sich benimmt. Knete her, oder sie wird ruhig gestellt – aber für immer!"

„Das werden Sie nicht tun, denn dann kriegen sie niemals Geld von mir!", spiele ich meinen Verhandlungsvorteil genüsslich aus. „Aber ich habe einen Vorschlag. Zweihundertfünfzigtausend habe ich hier im Haus, in bar. Es ist immer gut, ein bisschen Reserve daheim zu haben. Das könnte ich Ihnen morgen vorbeibringen. Kriege ich eine Quittung? Wenn

Sie's als Spendenbescheinigung ausweisen könnten, wäre die Summe von der Steuer absetzbar."

„Schnauze! Jetzt rede ich!" herrscht mich der Unbekannte an. „Aber – was hast du gesagt? Zweihundertfünfzig Mille? Warum nicht gleich so. Hol die Kohle aus deinem Safe und bringe sie heute um 20 Uhr ..."

„Entschuldigung", unterbreche ich, „aber das geht erst morgen, denn ein Zeitmechanismus lässt nur *eine* Öffnung meines privaten Safes am Tag zu, und ich war vorhin dummerweise schon mal dran", fabuliere ich munter drauflos und staune über mein Improvisationstalent.

„O. k., verdammt! Dann morgen, aber es ist deine allerletzte Chance!"

„Sie meinen die letzte Chance von Gerda, nicht wahr?", entgegne ich und kann mein Lachen kaum unterdrücken.

Ich lege auf, bevor mein Gegenüber antworten kann und nutze den ansonsten ruhigen Abend für einige Vorbereitungen.

Der nächste Tag, es ist der Samstag, vergeht wie im Fluge, und ich warte ungeduldig auf den erneuten Anruf des Unbekannten.

„Hast du jetzt endlich den Zaster? Zweihundertfünfzigtausend in kleinen Scheinen!", zischt der Mann fast schon beschwörend ins Telefon.

„Klar, versprochen ist versprochen!"

„Wehe, wenn du mich vergeigst", dann ist die Frau Bankdirektorin hinüber, verstanden?"

„Was ich einmal versprochen habe, halte ich auch. Ehrensache!"

„Dann bring das Geld heute um exakt 20 Uhr in einer geschlossenen Tasche auf den Busparkplatz hinter dem Hauptbahnhof. Da steht neben der ersten Sitzbank ein Mülleimer. Unter den stellst du die Tasche und verziehst dich sofort!"

„Und was wird aus meiner Gerda?"

„Die wird, wenn alles korrekt gelaufen ist, freigelassen, andernfalls ..."

„Andernfalls was?", frage ich ungeduldig.

„Andernfalls bist du für ihr verfrühtes Ableben verantwortlich!"

„Wie bringt ihr, äh, ich meine, wie würdet ihr Gerda um die Ecke bringen?"

„Mit ner Kugel! Blödmann!"

„Wo – wohin? Also ins Herz oder in den ..."

„Sa ma, spinnst Du? Das ist doch wohl unsre Sache!"

„Sorry, meine Neugier. Aber ihr lasst sie frei, wenn ihr das Geld ..., also falls ich ... Und wenn nicht, dann ..."

„Kein Zaster, dann bumm!"

„O. k., ich bringe das Lösegeld. Und, und ihr haltet euch an euer Versprechen!", rede ich vieldeutig in den Hörer.

Ich halte mich auch genau an die Anweisung. Nur, dass ich bereits gestern Abend in die Tasche kein Geld, sondern einige Stapel grob zusammengeschnittenen Zeitungspapieres gepackt habe. Obenauf legte ich, quasi zur Tarnung, jeweils einen Hunderter. Bei den zehn Stapeln, die ich vorbereitete, waren das immerhin tausend Euro. Das aber ist mir die Sache schon wert. Man muss etwas in seine Zukunft investieren, meine ich. Ich finde auch gleich den besagten Papierkorb und stelle die präparierte Tasche unter ihm ab. Sofort fahre ich wieder nach Hause und warte gespannt auf die Reaktion der Kidnapper. Die lässt auch nicht lange auf sich warten.

Der Gangster schreit mit sich fast überschlagender, hysterischer Stimme ins Telefon: „Du ausgemachter Halunke! Du Schwein! Du verlogener Drecksack!" Und jetzt klingt seine Stimme fast weinerlich: „Ist dir das Schicksal deiner Frau denn nicht mal zweihundertfünfzigtausend wert? Wir werden sie jetzt grausam foltern! Wir werden sie langsam in Scheiben schneiden! Hör nur mal zu!" Im Hintergrund vernehme ich die wütenden Schreie meiner Gerda. Sie hören sich an, als gäbe es einen wilden Kampf. Ja, so ähnlich klang es immer, wenn sie wieder einmal unzufrieden mit mir war, wenn ich beispielsweise Soße auf die Tischdecke gekleckert hatte oder etwas vom Frühstücksei auf meiner Krawatte klebte. „Was sagst du dazu?", herrscht mich der Kerl jetzt wieder an.

„O. k., ich gebe zu, geschummelt zu haben, aber in meinem Tresor war doch nicht so viel Geld, wie ich gedacht hatte. Da hatte ich die Hoffnung, ihr lasst Gerda frei, bevor ihr den Schwindel mit den Zeitungsschnitzeln bemerkt."

„Hast du einen Hau? Das hätte ja ein Blinder mit Krückstock bemerkt, dass da fast nur Papierschnipsel drin sind. Jetzt pass mal auf! Hör genau zu! Deine Frau ist so gut wie tot!"

„Fünfzigtausend!", biete ich prompt an. „Auf die Kralle, jetzt und sofort!"

„He?" ist die verdutzte Antwort.

„Fünfzigtausend habe ich wirklich hier. Die biete ich für das Leben meiner Frau. Keine Polizei, garantiert! Unter einer Bedingung!"

„Was? Bedingung? Die Bedingungen stellen wir!", jammert der Gangster jetzt fast flehend.

„Ich will ein weiteres Lebenszeichen von meiner Gattin haben", fordere ich, ohne auf die Bemerkung einzugehen. Ich höre im Hintergrund wieder einen wütenden Brüller meiner Gerda, dann wird ihr das Telefon übergeben, und sie legt in einem atemlosen Wortschwall los: „Du Unmensch! Du Wüstling! Du Pfennigfuchser! Du zahlst jetzt sofort das Geld, damit ich endlich freikomme. Meinst du, es macht Spaß, eine Woche lang nur Ravioli aus der Dose zu essen? Und außerdem, die Gang-

ster sind so ungewaschen und bestimmt gefährlich, die meinen es ernst! Willst du denn, dass ich …"

„Danke, das reicht", breche ich die Tirade ab, „ich bringe das Geld. Aber heute passt es mir nicht so gut, ich habe eine Verabredung. Es ist schließlich Wochenende. Und morgen spiele ich Golf. Wie wärs übermorgen um 19.30 Uhr? Montagsabends ist mehr los im Bahnhofsbereich, da fällt die Geldübergabe nicht so sehr auf. Da würde ich garantiert und versprochen fünftausend Euro erstmal als Anzahlung mitbringen, gegen Spendenquittung versteht sich …" Mehr kann ich nicht ausführen, denn in der Leitung werde ich von einem – diesmal männlichen – Wutgebrüll übertönt, und dann wird einfach aufgelegt. Wie unhöflich.

Ich gieße mir vergnügt einen Cognac ein. Einen *Ansbach urkalt*: *Wenn einem etwas Besonderes widerfährt*, heißt es verlockend in der Ansbach-Werbung. Dazu stecke ich mir eine Zigarre an, eine dicke *Bahia do Brasil*. Davon habe ich ein kleines Geheimdepot, das ich nur in besonderen Momenten öffne, denn Gerda hasst es, wenn ich rauche, noch dazu in der Wohnung. Jetzt ist ein passender Moment dafür.

Keine zehn Minuten später klingelt erneut das Telefon. Es ist meine Frau. Verdammt! Nicht mal auf Gangster kann man sich mehr verlassen. Sie schimpft in ihr Mobiltelefon: „Ich stehe hier am Hauptbahnhof. Die Kidnapper haben mich bedingungslos freigelassen. Du holst mich jetzt sofort ab! Du Lump! Du Geizkragen! Warte nur! Ich werde es dir heimzahlen!"

„Ja, Schatz, … natürlich Schatz, … aber immer, Schatz … ganz wie du willst, Schatz!", heuchle ich in ihre Atempausen hinein, während ich fieberhaft überlege, wie es jetzt weitergehen soll. „Natürlich hole ich dich ab. Setze dich erst einmal in die Bahnhofshalle, und trinke einen Tee zur Beruhigung. Ich brauche nur eine dreiviertel Stunde. Du verstehst, ein dringender geschäftlicher Anruf wartet noch auf mich."

Also doch Plan B. Es muss sein. Jetzt oder nie. Ich fahre sofort zu meiner Bank, die längst geschlossen hat, und hole aus dem Bargeldtresor eine Million heraus – in kleinen Scheinen, originalverpackt. Das darf ich als Direktor, das geht schnell. Ich werfe die hundert kleinen Päckchen rasch in meine Golftasche. Die würde ich morgen quasi als Kredit für mich selbst deklarieren. Die Polizei würde später meine Notlage erkennen und mit Bedauern feststellen, dass meine Frau trotz meiner verzweifelten Bemühungen, das Lösegeld zusammenzubringen, ermordet wurde.

Dann fahre ich zum verabredeten Treffpunkt am Hauptbahnhof, und meine tobende Gerda steigt ein. Eine Zeit lang muss ich die Tiraden meiner wilden Furie ertragen, dann gelangen wir zur Brücke und an den Waldrand. Meine Frau bemerkte in ihrer wütenden Erregung gar nicht, dass ich eine andere Strecke genommen habe. Erst als ich aussteige, um das Auto herumgehe, und sie bitte auszusteigen, merkt sie, dass irgend etwas nicht stimmt. Ehe sie protestieren kann, drücke ich ab. Ich ziele in ihr Herz. Im trockenen Knall meiner Pistole sackt sie wie ein leerer Ballon in sich zusammen. Die Waffe ist ein Erbstück und nicht angemeldet. Gerda kippt aus dem Beifahrersitz und rutscht bei ihrem Gewicht wie von alleine den grasigen Fahrdamm hinunter ins Gebüsch des angrenzenden Auwaldes, das sich hinter ihr wie ein Vorhang schließt. Man würde ihre Leiche nicht gleich finden. Die Pistole werfe ich bei der Heimfahrt über die Brücke in den Fluss. Das perfekte Verbrechen! Ich habe einen oder mehrere Täter, es gibt ein Motiv, und in meiner Tasche steckt eine Million, die man jetzt bei den unauffindbaren Tätern suchen wird. Und die werden sich hüten, aus der Deckung zu kommen. Alles würde gegen sie sprechen.

Nachdem ich mich zu Hause bei einem Glas Champagner Marke *Veuve Clicquot* erholt habe, rufe ich Sibylle an – wie es ihr gehe, ob sie ihren Mann noch vermisse, dass ich in der nächsten Zeit etwas abkömmlicher wäre –, als die Türglocke klingelt. Nanu, so schnell? Die Leiche konnte doch unmöglich jetzt schon gefunden worden sein. Ich hatte eigentlich vor, erst morgen früh eine Vermisstenanzeige aufzugeben.

Vor der Tür stehen zwei Polizisten in Uniform. „Sind Sie Herr Kulitschek?", fragt mich einer der Beamten reserviert.

„Ja, der bin ich, womit kann ich dienen?"

„Ist Ihre Frau zu Hause?", hakt er mit geschärftem Tonfall nach.

„Meine Frau? Äh, nein", stottere ich jetzt etwas verunsichert. „Sie ist nicht da …, ich meine, sie ist …, sie wurde entführt, ich habe – ich gestehe es – ohne die Bankaufsicht und die Polizei einzuschalten, eine Million Lösegeld organisiert und den Kidnappern übergeben, doch bis jetzt hat sich meine Frau noch nicht gemeldet. Ich weiß, das war dumm von mir, aber ich tat es aus Angst um sie. Warum? Ist etwas mit ihr passiert? Sie wird doch nicht …?"

„Wann und wo war die Geldübergabe?"

„Vor etwa einer Stunde. Am Bahnhof. Warum?"

„Weil uns ihre Frau angerufen hat und zwar vor …", er schaut auf seine Uhr, „vor genau 70 Minuten. Sie sagte, sie sei entführt worden. Die Entführer hätten sie freigelassen und sie werde demnächst von ihrem Mann, also von ihnen, abgeholt. Sie traue Ihnen aber nicht und habe Angst, dass Sie ihr etwas …, nun, dass Sie vielleicht unangemessen handeln könnten. Wir sollten demnächst bei ihr zu Hause nachsehen."

Ich setze das halbleere Champagnerglas an meine Lippen. Einen letzten Schluck. Der sonst so prickelnde Rebensaft schmeckt auf einmal schal. So etwas Feines würde ich jetzt sehr lange Zeit nicht mehr genießen können. Die Verabredung mit Sibylle werde ich auch absagen müssen. Wirklich sehr schade.

Schatzsuche unter dem Totenkopf

„Papi, Papi, stell dir vor, Alexanders Papa ist ein Pirat!", plappert mein Söhnchen Noah sofort drauflos, noch ehe ich Gelegenheit finde, mich nach Büroschluss zu Hause gemütlich in einen Sessel zu setzen.

„So? Wirklich? Ein Pirat?", antworte ich geistesabwesend und von der Lebhaftigkeit des Kindes im Moment etwas überfordert. Etwas Ruhe hätte mir nach dem langen Arbeitstag gut getan.

„Ja, und einer mit einem richtigen Schatz!", legt Noah nach.

„Ein Pirat mit einem Schatz", wiederhole ich in wohlmeinendem Ton angesichts der blühenden Fantasie meines Sprösslings. „Und das hat dir Alexanders Papa erzählt?", spiele ich mein Interesse vor, in der Annahme, dass Alexanders Vater die Geschichte erfunden hat, um Noah zu imponieren.

„Nein, das hat mir Alexander erzählt, ich war heute bei ihm, und da hat er mir das von seinem Papa gesagt, und das ist ganz geheim, hat Alexander gesagt, ich darf es niemand sagen, hat er gesagt, aber du bist ja mein Papa, du bist ja auch ein Geheimer."

„Also hat ihm das sein Papa erzählt."

„Nein", meint Noah und fährt geheimnisvoll flüsternd fort: „Alexander hat seinem Papa ganz geheim gelauscht."

„Aber man belauscht doch seinen Papa nicht!", belehre ich meinen Filius.

„Nein, nicht so richtig gelauscht", beschwichtigt Noah, „Alexander hat nur zufällig gehört, was sein Papa und der Mann miteinander gesprochen haben, die Tür war nämlich nicht ganz zu, das war die Tür zu Alexanders Papa seinem Zimmer."

„Wie jetzt? Zwei Männer? Ich dachte Alexanders Papa hätte …"

„Da war ein Mann zu Besuch, hat Alexander mir ganz geheim gesagt, ein böser Mann mit Bartstoppeln und Strubbelhaar, der war ziemlich gemein und hat mit Alexanders Papa geschimpft."

„ … und gesagt, dass Alexanders Vater ein Pirat sei und einen Piratenschatz habe?", bohre ich nach, nachdem ich gemerkt habe, dass Noahs Geschichte nicht so schnell abzuschütteln ist.

„Ja, aber eigentlich ist der böse Mann ein Pirat und Alexanders Papa so eine Art Unterpirat, aber genau *Pirat* haben sie eigentlich nicht gesagt, das hat dann Alexander zu mir gesagt, denn Piraten vergraben doch immer ihre Schätze und haben Fahnen mit Totenköpfen."

Noahs Geschichte verwirrt mich immer mehr, doch irgendwie zieht mich die Sache an, so dass ich jetzt gezielter nachfrage: „Erinnerst du dich genauer, was Alexander gehört hat? Hat sein Papa das wirklich mit dem bösen Mann so besprochen?"

„Ganz genau so, Alexander hat gesagt, sein Papa hat gesagt, dass er den Schatz unter dem Totenkopf über den Schädeln vergraben hat, und da hat der böse Mann mit Alexanders Papa geschimpft."

„Huch!", sage ich jetzt doch recht erstaunt. „Das hört sich ja ziemlich abenteuerlich an. Und das soll Alexanders Papa wirklich gesagt haben?"

„Ja, und dass der Schatz genau bei der Kreuzung der Knochen beim Bein liegt oder so ähnlich."

„Bei der Kreuzung der Knochen beim Bein?" wiederhole ich mit gerümpfter Nase. „Kommt mir ziemlich piratenmäßig vor. Hast du das in deinem Piratenbuch gelesen?"

„Nein, das hat mir Alexander alles genau so erzählt."

„Na, dann wird es auch so gewesen sein."

„Du, Papi, suchen wir morgen den Piratenschatz von Alexanders Papa? Wir wollen ihm ja nichts wegnehmen, nur gucken, was im Schatz alles drin ist."

„Klar suchen wir den", gebe ich allzu leichtfertig mein Versprechen, „wir müssen nur unter dem Totenkopf über den Schädeln bei der Kreuzung der Knochen beim Bein suchen und graben."

„Au fein, Papi!", jauchzt Noah und hüpft aufgeregt in der Wohnung herum.

„Jetzt geh aber mal schnell schlafen! Es ist schon spät, und du gehörst ins Bett!", mahne ich und meine Frau übernimmt diese Aktion mit mildem Lächeln. „Träum etwas Schönes von Piraten heute Nacht!"

„Piratenträume sind aber nicht schön, sondern gefährlich", meint Noah noch, als ich ihm meinen Gutenachtkuss auf die Wange drücke.

Am nächsten Morgen, wir sitzen noch am Frühstückstisch, ist Noah auch schon munter mit dabei. Er hat das Gespräch von gestern Abend keineswegs vergessen und fragt bohrend nach, wann es denn mit der Schatzsuche losginge. Ich bereue meine vorschnelle Zusage, als Noah schon nachlegt: „Alexander hat noch gesagt, dass sein Papa gesagt hat, dass es auf der Schneekuppel gewesen wäre." Das bringt auch nicht viel mehr Klarheit in die Sache, seufze ich innerlich. „So, jetzt bringt dich Papi erst mal zum Kindergarten, und dann geht er ins Geschäft."

„Und morgen suchen wir den Schatz, du hast es versprochen!" Mit diesen Worten verabschiedet sich Noah von mir vor dem Kindergarten. Ich ermahne ihn noch, vorerst Alexander nichts von unserem Vorhaben zu erzählen. „Natürlich nicht, wir sind doch ganz geheime Geheimschatzgräber."

Die Geschichte lässt mich seltsamerweise den ganzen Tag nicht mehr richtig los. Ich ertappe mich dabei, dass ich in den wenigen Ruhemomenten, die ich im Laufe eines Tages in meinem Bürojob als Mitarbeiter in einem Freiburger Architekturbüro habe, im Internet google – und zwar diesmal nicht nach berufsrelevanten Themen. Ich gebe *Schneekuppel* ein, ohne sinnvolles Ergebnis, dann *Schneekoppel*. Als mir Google stattdessen das Wort *Schneekoppe* anbietet, schießt plötzlich wie ein Blitz der Erleuchtung in meine Erinnerung, dass dieses Wort vor einigen Tagen in den Medien eine Rolle gespielt hatte. Richtig, es gab einen Erpressungsfall, der einige Tage lang die Menschen der Region in Atem hielt. Es gab sogar Meldungen in den Fernsehnachrichten.

Ich recherchiere: Ein Mann hatte eine Aldifiliale in Freiburg erpresst, indem er vorgab, einige Packungen des *Piratenmüsli*, ein Bioprodukt des Herstellers *Schneekoppe*, vergiftet zu haben. Er wollte eine Million Euro Lösegeld dafür, dass er keine weiteren vergifteten Produkte von Schneekoppe heimlich in die Regale schmuggeln werde. Natürlich holte man sofort in allen Filialen von Aldi Süd jedes vorhandene *Piratenmüsli* aus den Regalen. Aber das mediale Aufsehen hatte den ohnehin schwächelnden Nahrungsmittelkonzern Schneekoppe schnell in Generalverdacht gebracht, so dass auch die anderen Produkte aus seinem Sortiment vom Markt geholt wurden. Einige Packungen des *Piratenmüsli* hatten tatsächlich ein schwach toxisches Düngemittel enthalten – für Erwachsene kaum gefährlich, für Kinder aber nicht unbedenklich, wenn sie eine größere Portion davon gegessen hätten. Das Unternehmen Schneekoppe hatte die geforderte Million Lösegeld bezahlt, um eine weitere Eskalation des Themas zu verhindern. Trotz Polizeieinsatzes konnten der oder die Täter damals nicht gefasst werden. Das war das Ergebnis meiner Recherchen. Ich fand ihre Zusammenhänge mit der Geschichte meines Sohnes auffällig. Aber jetzt musste ich erst wieder das Bauvorhaben der Firma Mayer & Söhne weiterentwickeln. Die *Piraten* mussten warten.

Natürlich war am Nachmittag das Thema für Noah nicht erledigt. „Papa, wann suchen wir den Piratenschatz?"

„Wenn wir wüssten, wo der Totenkopf über den Schädeln liegt, könnten wir ja morgen, am Samstag, mal nachsehen", sage ich scherzend zu ihm, füge dann aber ernster hinzu: „Hat Alexanders Vater sonst nichts weiter erzählt? Versuche dich zu erinnern."

„Kaiser!" ruft Noah sofort triumphierend. „Der Kaiser hat die Piraten belohnt!"

Nachdem an diesem Abend Ruhe ins Haus eingekehrt ist, gebe ich den Begriff *Totenkopf* als Suchbegriff ein. Einige *Totenköpfe* werden zur Auswahl angezeigt und darunter ist … Natürlich! Warum war ich nicht gleich draufgekommen! Er liegt ja fast vor meiner Freiburger Haustür! Der *Totenkopf-Gipfel* im Kaiserstuhl. Ich klicke ihn in *Google Earth* an, und die Suchlandung bleibt genau über dem Berggipfel *Totenkopf* im *Kaiserstuhl* bei Freiburg stehen. Bingo! Bleiben die *Schädel*. Diese Worteingabe in Google Earth führt zu keinem Ergebnis. Ich suche digital die Umgebung des Totenkopfes ab. Da gibt es einen kleinen Ort namens *Schelingen*, der einzige im Kaiserstuhlgebiet, der mit einem *Sch* wie *Schädel* beginnt. Alexanders blühende Fantasie könnte *Schelingen* zu *Schädeln* verwandelt haben. Als ich die abgebildete Landschaft auf dem Computerbildschirm so drehe, dass der Totenkopfgipfel oben und Schelingen unten steht, gibt es dazwischen einen Bergrücken, den *Badberg*. Er ist nicht in die sonst fast überall vorhandenen Weinbergterrassen gegliedert, sondern scheint ein fast kahler Grasbuckel zu sein. In der Gegend gibt es natürlich viele Wegkreuzungen. *Kreuzung der Knochen beim Bein*? Was könnte Alexander da wirklich durch die offene Tür gehört haben? Wein? Stein? Google Earth zeigt mir keine besonders auffälligen Weg- oder Straßenkreuzungen, an der vielleicht Steine liegen könnten.

Ich muss analytisch denken, wenn ich weiterkommen will. Wo zwischen dem Totenkopfgipfel und Schelingen hätte jemand eine Million, vielleicht in einer Tüte, einem Koffer oder in einer Tasche, verstecken oder vergraben wollen? Der Badberg scheidet für mich aus, da ist das Gelände offensichtlich zu einsichtig und ohne Deckung. Im Wald direkt unterhalb des Totenkopf-Berges gäbe es jede Menge Möglichkeiten. Doch würde jemand die Nerven haben, seine Beute eine längere Strecke über Waldwege mit sich zu tragen? Das Versteck muss in der Nähe einer Zufahrt oder eines Parkplatzes liegen und Sichtdeckung bieten. Mir fällt in dem fraglichen Gebiet eine Stelle neben der L 115 auf. Da gibt es sogar eine Art Kreuzung oder mehr ein Verbindungsstück zwischen der Landstraße und einem parallel neben ihr laufenden, befestigten Weg. Hier würde man gut abfahren und halten oder parken können. Und genau da gab es nach Norden eine kleine Schlucht mit einer Art Steinbruch und eingewachsenen Bäumen und auf der Südseite der Landstraße eine Mulde mit Strukturen, die vielleicht ebenfalls Verstecke bieten könnten. Wenn *ich* etwas zu verbergen hätte, ich hätte die Schlucht gewählt. Genau da will ich morgen mit Noah die Suche ansetzen, um ihm wenigstens ein Schatzsuche-Angebot zu machen. Dass an der ganzen Geschichte überhaupt etwas Wahres dran sein könnte, daran glaube ich nämlich immer weniger, je länger sie mir durch den Kopf geht. Zu weit hergeholt scheinen mir inzwischen die Zusammenhänge. Wer weiß, was Alexanders Vater wirklich gesagt hatte und was Alexander und Noah in ihrer Kinderfantasie daraus machten.

Der nächste Tag ist ein sonniger Samstag, an dem wir uns aufmachen, nur wir zwei *Männer.* Meine holde Gattin hat für Schatzsuchen keinen rechten

Sinn. Noah ist am Ziel etwas enttäuscht, dass er keinen Schädel sieht und der *Totenkopf* ein Berggipfel mit einem markanten Fernmeldeturm sein soll. Ich kläre ihn über meine Überlegungen auf. Jetzt ist er der Skeptische. „Papa", sagt er kritisch, „ohne richtigen Totenkopf sind Piraten ja gar keine richtigen Piraten."

„Wer weiß, vielleicht liegt ja beim Schatz ein Totenkopf", versuche ich ihn zu motivieren.

Wir haben Rucksäcke mit Verpflegung, Trinken und einem Klappspaten dabei. Wir umwandern erst die kleine Senke, die mir aufgefallen war, und steigen zur Orientierung einige Zeit in den Weinbergterrassen herum. Weinberge scheiden als Räuberversteck definitiv aus. Viel zu kultiviert und ordentlich ist hier die Landschaft. Alles erscheint so aufgeräumt und übersichtlich. Nein, wir brauchen ein Stück Wildnis. Jetzt nehmen wir uns den Steinbruch vor, vor dem wir ja bereits geparkt hatten. *Badloch Oberbergen* steht in unserer Wanderkarte. An einer Art Kneippbecken vorbei führt der Weg in ein eingewachsenes Tälchen hinein. Hier könnte man durchaus etwas unbeobachtet verschwinden lassen.

„Papi, Alexanders Papa ist gar kein Pirat", sagt Noah auf einmal mit traurig gesenkter Stimme.

„Jetzt hör aber auf", entgegne ich mit gespielter Verärgerung, „wir stiefeln hier schon eine ganze Weile auf Schatzsuche herum, und jetzt sagst du mir, dass es gar keinen Piratenschatz gibt!"

„Piraten fahren doch mit einem Schiff, und hier gibt es gar kein Wasser!", meint Noah mit entwaffnender Logik.

„Ach so, *das* meinst du! Aber vielleicht ist Alexanders Papa ja ein Landpirat! Das soll es ja auch geben." Das sage ich, um Noah bei Laune zu halten, denn er scheint müde zu werden und die Lust am Abenteuer zu verlieren.

„Meinst du wirklich? Ein Landpirat?"

„Ja, und Schatztruhen verstecken die Meerespiraten ja auch immer nur an Land in Höhlen. Und Höhlen *gibt* es doch hier, oder?" Ich weise auf die Steinbrocken und Aushöhlungen dieses ehemaligen Steinbruchs. Noahs Miene hellt sich auf. „Lass uns hier hinter dem Stein etwas rasten und uns stärken, dann sehen wir uns die Gegend genauer an." Wenn es schon keinen Piratenschatz mit Schädeln gibt, denke ich mir, sollte der Ausflugstag wenigstens fantasievoll und anregend sein.

Zwischen Wurstbrot, Gurkenstück und hartgekochtem Ei bemerken wir, wie sich auf einmal zwei Männer von der Straßenseite her nähern. Sie haben ebenfalls einen Spaten bei sich, aber einen richtigen, einen großen. Einer der beiden sieht reichlich verwegen aus mit seinem verwilderten Haar. Sie konnten uns noch nicht gesehen haben und entdecken uns auch nicht beim Vorübergehen, weil wir hinter der abgewandten Seite eines Felsbrockens sitzen. Noch ganz im Piratenspiel versunken, gehen Noah und ich in geduckte Haltung. Da flüstert er mir ins Ohr: „Papi, das ist Alexanders Papa!" Mich trifft das wie ein Donnerschlag. Plötzlich befinden wir uns mitten in einem wirklichen Kriminalfall, denn dass *das* kein Zufall ist, spürt selbst Noah. Ich lege den Finger auf den Mund und wir lauschen. Was die beiden Männer miteinander reden, können wir nicht verstehen. Ihnen wie zwei Indianer auf Kriegsfuß nachzuschleichen scheint mir in der engen Schlucht viel zu gefährlich. So bleibt uns nichts übrig, als den beiden, so gut es geht, mit den Augen zu folgen. Weit können sie nicht gegangen sein, weil sie nach wenigen Minuten schon wieder zurückkehren – ohne Beute, also muss diese noch im Versteck liegen, falls es das überhaupt gibt. Vielleicht wollte sich der *böse Mann* an der Seite von Alexanders Vater nur vergewissern, ob die Beute auch wirklich an dem Platz lag, den sein Komplize angegeben hatte.

Jetzt müssen Beweise her. Ich gebe Noah die Anweisung, genau hier auf mich zu warten und keinen Meter wegzugehen. Ich gehe möglichst unauffällig den beiden Männern mit großem Abstand auf ihrem Rückweg

nach. Auf dem Parkplatz steigen sie in einen blauen Golf, der unweit von dem unseren abgestellt war. Alexanders Vater sitzt am Steuer.

Ich eile zurück zu Noah, und jetzt folgen wir den Spuren *unserer Piraten* und spähen und suchen den Bereich ab, wo die beiden sich in den wenigen Minuten ihres Aufenthaltes befunden haben müssen. Es kann nicht sehr weit sein. Wir lassen unsere Augen schweifen. Ich bemühe wieder meinen Instinkt. Wo würde ich etwas verstecken? Dort hinter dem abgerutschten Steinbrocken vielleicht?

Da ist eine Stelle im schottrigen Untergrund, wo der Boden vor kurzem aufgegraben gewesen sein muss. Er ist noch feucht und etwas dunkler als die Umgebung. Noah zappelt vor Ungeduld. Ich hole den Klappspaten aus meinem Rucksack, forme ihn zur Hacke und schürfe die Stelle auf. Es geht gar nicht schwer. Hier muss wirklich vor kurzem gegraben worden sein, denn das Substrat ist ganz locker geschichtet. Natürlich darf auch Noah beim Schürfen mithelfen, denn er ist ja der Oberschatzsucher. In etwa ein-, zwei Handspannen Tiefe stoßen wir auf grünes Plastikmaterial. Es ist ein derber Kunststoffsack, wie man ihn für Gartenabfälle benutzt. Ich ziehe die Öffnung auseinander. Darinnen ist ein zweiter Behälter, ein blauer Müllsack. Ich löse dessen Verschnürung. Noah darf als erster hineinsehen und stößt einen gedämpften Schrei der Begeisterung aus: „Geld, Papi! Lauter Geld!" Viele Geldbündel liegen da dicht beisammen. Alles an diesem Versteck wirkt improvisiert und ist bestimmt nicht als Langzeitdepot gedacht. Jetzt muss schnell gehandelt werden. Ich mache rasch einige Fotos als Beweise, dann stellen wir die Fundsituation wieder her, wie sie ursprünglich war, und scharren den Aushub zurück. Noah hüpft auf dem Weg zum Auto vor Begeisterung.

Von dort informiere ich die Freiburger Polizei, erkläre die Situation und unseren Standort. Nach dreißig Minuten sind die Beamten da. Wir geben unsere Zeugenaussage zu Protokoll, führen sie zum Fundort und werden mit dem Dank der Sonderkommission *Schneekoppe* als registrierte Zeugen entlassen.

Wie diese Geschichte zu Ende ging? Alexanders Vater erwies sich als Mitläufer in diesem Erpressungsdelikt. Kopf des Verbrecherduos war der *böse Mann*, ein einschlägig aktenkundiger Betrüger. Er wurde zu einer mehrjährigen Haftstrafe, Alexanders Vater gottseidank nur zu einer Bewährungsstrafe verurteilt. Noah erzählte seine Piratenjagd allen mit Begeisterung und immer unter der Auflage *größter Geheimhaltung*. Die nicht unbeträchtliche Belohnung für die Aufklärung des Falles teilte er mit Alexander, dessen Freundschaft durch diese seltsame Geschichte noch fester wurde. Und ich konnte Alexanders Vater in der Bewährungszeit helfen, beruflich und wirtschaftlich wieder Fuß zu fassen.

Der flotte Freddy

Frederic Fitzner setzte die lange und dicke Eisenstange routiniert und ganz vorsichtig an. Nur ja keinen Lärm verursachen! Die Terrassentüren dieser alten Villen waren meistens ganz leicht auszutricksen. Wenn erst einmal der Aluminiumhebel nach unten geklappt war, stand das Wohnzimmer quasi offen und er konnte, ohne Geräusche gemacht zu haben, ganz bequem die Orte seiner Begierde betreten. Trotzdem ließ er immer äußerste Vorsicht walten. Nur der aufmerksame Dieb kann eine nachhaltige Karriere machen, wusste Frederic.

Die Perserteppiche auf dem Boden und Rembrandts an den Wänden interessierten ihn nicht. Er hatte sich auf den Schmuck älterer Damen der High-Society spezialisiert. Die Münzsammlung des Herrn Gemahls war ihm auch recht. Was da alles in Schrankschubladen, Nachttischen und unter Wäschestapeln herumlag, würde ein Außenstehender kaum glauben. Die Herrschaften besaßen oft nicht einmal einen Tresor, um die Brillanten, Ohrringe, Armreife und Ketten vor fremdem Zugriff zu schützen. So hatte er über die Jahre gelernt, sich mit professioneller Präzision und ohne allzu großes Risiko ein luxuriöses Leben zu finanzieren. Die Hehlerkette war eingespielt, und dank seines mondänen Lifestyles lagen ihm die schönsten Frauen zu Füßen. Daher nannte man ihn auch den *flotten Freddy*. Er sah mit seinen achtundvierzig Jahren besser aus denn je. Er war sportlich gebaut, hatte eine sonnengebräunte, glatte Gesichtshaut, schwarze, modisch gegelte Haare, bevorzugte dunkle Lederklamotten und verfügte zwischen seinen Raubzügen über ausreichend Zeit, um das Leben zu genießen. *Wenig Arbeit, viel dolce vita* war sein Leitspruch, und dieses

Leben gefiel ihm, und er gefiel *sich*. Für den Fall, dass ihn eine Seniorin oder ein Senior bei seinen Raubzügen inflagranti überraschen sollte, hatte er immer eine ziemlich echt aussehende Spielzeugpistole bei sich, mit der er genug Eindruck schinden konnte, um mit gewissem psychologischem Nachdruck zu seinem Ziel zu gelangen.

Freddy ging im schwachen Schein seiner Taschenlampe gezielt auf den Wohnzimmerschrank zu. Meistens wurde er in einer der untersten Schubladen fündig. Raffinierte Verstecke gab es selten. Als er ganz behutsam begann, sie nach irgendwelchen Schmuckkassetten abzutasten, ging auf einmal die Tür auf und das Licht an. Eine bezaubernde, jung wirkende Frau von vielleicht Mitte dreißig stand im Türrahmen und stieß einen spitzen Schrei der Überraschung aus. „Huch, haben Sie mich erschreckt!", fügte die schlanke, aber an den richtigen Stellen üppige Blondine hinzu und schien sich augenblicklich gefasst zu haben. Freddy hatte sofort seine Plastikpistole zur Hand und drohte: „Keine Bewegung!" Die blonde Lady antwortete erstaunlich beherrscht:

„Ist ja schon gut, keine Panik! Man trifft ja nicht jeden Abend einen gutaussehenden, fremden Mann in seinem Wohnzimmer an. Sie erlauben, dass ich mich vorstelle: Mein Name ist Samantha, Samantha Sandheimer".

„Angenehm, Frederick mein Name." Gleich biss er sich auf die Lippen, dass er so einfach seinen Vornamen preisgegeben hatte und verschwieg wenigstens seinen Nachnamen. Und mit einem Seitenblick auf die gezückte Pistole fügte er hinzu: „Sie erlauben die Frage: Wo ist der Schmuck? Wenn ich darum bitten dürfte!"

„Meinen Sie den alten Plunder meiner Mama?", entgegnete die junge Frau, „die altmodischen Erbstücke der Ururgroßtante? Den können Sie haben. Ich bin froh, wenn der Familienschmuck wegkommt. Ich hätte den sowieso nie getragen, und meine Mutti geht praktisch nicht mehr mit ihm aus. Sie würde ihn höchstwahrscheinlich gar nicht vermissen." Und

Samantha ging zur untersten Schublade – natürlich! – und zog von dort eine hölzerne Schatulle hervor, eine Art Mini-Schatztruhe, und klappte den Deckel auf, der nicht einmal verschlossen war. Ein Schloss hätte auch nichts genützt, denn die kleine Kiste hätte jeder Räuber in einer weiten Manteltasche wegtragen können. Drinnen waren einige goldene Ketten aufbewahrt, solche mit einzelnen Edelsteinen, andere mit brillantbesetzten Kettengliedern, wieder andere mit Perlen. Sie waren schon recht patiniert und stammten offensichtlich aus früheren Generationen – typischer Familien-Erbschmuck. „Nehmen sie den Kram mit", sagte Samantha ohne spürbare innere Regung, „wie gesagt, er interessiert mich nicht. Was mich interessiert, ist allerdings …", jetzt schaute Samantha Freddy fest in die Augen, „ein Mann mit Stil, einer mit Geld in der Tasche, einer, der zu leben weiß."

„Soso?" presste Freddy mit einem Räuspern hervor und steckte seine Spielzeugpistole wieder in die Seitentasche seiner Lederjacke.

„Ich sitze hier als *höhere Tochter* seit meiner Kindheit im Elfenbeinturm", setze Samantha ihre Rede mit ihrer dunklen und sanften Stimme fort. „Früher wurde ich von meinen Eltern vor dem Leben behütet, heute behüte ich meine pflegebedürftigen Eltern. Da habe ich wieder keine Zeit, einen Mann kennenzulernen." Und sie stülpte betrübt ihre vollen roten Lippen wie ein trauriges Kind nach vorne und schaute den Gentlemandieb von unten mit ihren lang bewimperten Rehaugen an. Freddy warf sich bei diesen Worten unbewusst etwas in Positur und setzte sein berühmtes Lächeln auf, bei dem die Frauen normalerweise reihenweise in Schreikrämpfe fielen vor Begeisterung. „Sie sind doch ein Mann von Format, haben Sie es eigentlich nötig, anderen Leuten ihre Sachen zu klauen?", säuselte sie jetzt, und der Vorwurf klang in dieser ironisch abgemilderten Form fast humorvoll.

„Gnädigste", begann Freddy mit seinem erlesensten Wortschatz, „Sie haben ja keine Ahnung, wie es sich außerhalb ihrer behüteten Komfortzone lebt! Autos? Villa? Fernreisen? Das alles will sauer verdient sein. Ich hatte keine Nobeleltern, die mich freigehalten haben! Ich musste mir immer alles selbst erarbeiten! Die einen haben es und brauchen es nicht mehr. Ich habe es nicht und brauche es, den Schmuck beispielsweise, vielmehr das Geld, das er einbringt."

„Ist so ein Leben als Dieb nicht sehr gefährlich?", fragte sie mit gespielt naiver Unschuld und näherte sich Freddy einen Schritt. „Haben Sie keine Angst vor der Polizei? Oder – was wäre, wenn ein Einbruchsopfer eine Waffe hätte?"

„Schöne Frau, ich bin nicht irgendein Dieb, ich bin ein Meister meines Fachs. Ich bin ein Fuchs, leise und diskret. Gewalt verabscheue ich. Die Polizei grüßt mich freundlich und hält mich für einen Ehrenmann. Mit meinen sensiblen Händen erspüre ich jedes Karat im Wäscheschrank." Bei diesen Worten reckte er seine schlanken Finger mit einer eleganten Drehung in die Höhe wie ein telegener Pianist vor dem Einsatz.

„Wirklich, Sie haben schöne Hände, ganz geschmeidig und fein", hauchte Samantha. Und sie ergriff seine Hand, legte sie in die ihre und schaute ihm dabei ganz tief in die Augen. „Trotzdem", ich könnte bei so einem aufregenden Leben nicht mehr ruhig schlafen. Mein Herz klopft schon jetzt ganz heftig, spüren Sie es?" Und sie legte seine Hand dicht neben ihrer linken Brust auf ihr Herz. Freddy ließ sich viel Zeit mit der Prüfung ihrer Pulsfrequenz.

„Ja, jetzt spüre ich es auch, Ihr Herz klopft ja ganz wild! Bleiben Sie nur ruhig! So lange Sie kooperieren, droht Ihnen in meiner Nähe keine Gefahr. Das ist alles nur eine Frage der Übung. Bis ich meinen ersten Porsche beisammen hatte, war ich auch oft nervös. Aber jetzt, seit meine Zweitvilla am See finanziert ist, habe ich so viel professionelle Routine erworben, dass mich so ein Arbeitseinsatz völlig entspannt lässt."

Samantha nahm seine Hand wieder von ihrer Brust weg und legte sie in ihre linke Hand, während ihre freie rechte seinen Unterarm bis zum Bizeps des Oberarmes hinauf ertastete. „Und wie stark Sie sind! Ein so … charmanter Mann ist doch sicher verheiratet oder wenigstens in festen Händen?" fragte sie mit einem gewissen besorgten Beben in ihrer Stimme.

„Oh, eigentlich, im Moment jedenfalls, gar nicht so sehr", log Freddy. „Was nützt Wohlstand, wenn man niemanden an der Seite hat, der mit einem die Freuden des Lebens teilt?"

„Wirklich?", säuselte Samantha mit ihrem verlockendsten Augenaufschlag, den sie im Repertoire hatte. „Vielleicht … könnten wir … ob wir uns vielleicht einmal treffen könnten, am nächsten Wochenende zum Beispiel? Da bekomme ich normalerweise von meinen Eltern Ausgang und eine externe Pflegekraft kommt ins Haus."

„Ja, schon, warum nicht, aber jetzt muss ich gehen, bedaure sehr. Wenn Sie mir die Schatulle geben würden!"

„Oh, natürlich. Und – da ist noch etwas, das ich nur aus Rücksicht auf meine Mutter trage und was ihnen vielleicht gefällt." Und sie reckte sich auf ihren Zehen empor, um in die Nähe seines Gesichtes zu kommen, und begann langsam aus dem verlockenden Tal ihres Ausschnitts einen kostbaren Schmuckstein an einer goldenen Kette hervorzuziehen. Freddy bekam Stielaugen, weniger wegen des Steines, sondern mehr wegen des ansehnlichen Umfeldes, das diesen bisher verborgen hatte. „Aber Sie müssen ihn schon selber wegmachen, denn ich komme nicht an den Verschluss". Und sie drehte sich mit einer koketten Bewegung um und bot ihm ihren zierlichen schlanken Hals dar. Aus ihrem Haaransatz entströmte ein wunderbarer, dezenter Duft nach einem kostbaren Parfum. Freddys Zauberhände kamen tatsächlich etwas ins Zittern, als er die goldene Öse löste und den Brillanten in seine Hand gleiten ließ. „Frederick, was für ein schöner Name", wisperte Samantha. Ich würde alles für einen Mann wie Sie hergeben, sogar das andere Schmuckdepot, Mamas Sonderversteck in der Küche."

„Ach ja?", merkte Freddy auf. Es sei in einem Topf untergebracht, erklärte sein verführerisches Gegenüber. Sie würde ihm das ja nur offenbaren, weil er ihr so sympathisch sei, quasi als Anzahlung für ... na ja, kurzum, er sei ihr Typ. Nach so einem starken Arm habe sie schon lange gesucht, einen Kerl mit Courage, einen Charakter mit Stil, einen ganzen Mann. Er solle es als Anzahlung für weitere, gemeinsame Unternehmungen behalten. Sie beide zusammen, das wäre doch ein tolles Team, entwickelte Samantha ihren *Geschäftsplan* blumig weiter. Sie hätte viele Beziehungen zu einer Reihe stinkreicher Familien und könnte eine Art Türöffner für Freddy sein – sie der Kopf, er der ausführende Arm. Und mit dem Erlös könnte er sie aus diesem Gefängnis herausholen, in ein Leben in Freiheit. Oder? Freddy nickte fast mechanisch auf dieses großherzige Angebot, hatte aber im Grunde nur noch Augen für Samanthas Brüste, die sich auch ohne Brillantschmuck sehr anziehend unter dem dünnen Seidenkleid wölbten.

Samantha führte ihn in die Küche. In dem Eckschrank mit Drehregalen, ganz unten, da stünde ein großer, runder Topf, mehr eine Art Kessel, da würde ihre Mutter weiteres Brillantgeschmeide aufbewahren. Großtante Idas Erbschmuck. Sie bekäme aber den sperrigen Topf nicht heraus, das müsste schon Freddy machen – mit seinen starken Armen. Samantha drehte das Regal in Position. Freddy ging in die Hocke. Irgendwo da hinten sah er im Halbdunkel einen größeren Topf, eingekeilt zwischen anderen Eisenwaren. Es war das letzte was er sah. In dem Moment, als er nach ihm greifen wollte, traf ihn ein Schlag auf den Hinterkopf, so dass bei ihm die Lichter vorübergehend ausgingen.

„Lieber Herr Kommissar", hauchte Samantha nach einem Notruf bei der Polizei kurze Zeit später mit gespielter Sorge, „er ist immer noch bewusstlos. Hoffentlich ist er nicht zu sehr verletzt. Ich habe ziemlich fest mit der Pfanne zugeschlagen, gerade in dem Moment, als der Kerl da unten nach Diebesgut suchen wollte. – Übrigens, ist so ein Leben als Kriminalkommissar nicht sehr gefährlich?", fragte sie mit gespielt naiver Unschuld und näherte sich ihm einen Schritt. „Haben Sie keine Angst vor den Verbrechern?"

Auf dem Weihnachtsmarkt

Der Himmel wäre längst nachtschwarz, wenn sein Dunst nicht die Lichter der Stadt auffangen und zurückstreuen würde. Was für ein dichter Rummel das wieder mal ist, ein Gedränge und Geschiebe, als gäbe es morgen keinen Lebkuchen und keine Kerzen mehr, keine Holzfigürchen aus dem Erzgebirge und keinen Glühwein. Der Heilbronner Weihnachtsmarkt auf Hochtouren. Wo es sich am dicksten ballt, da will man auch dabei sein. So sind sie eben, die Leut – gottseidank!

Mir ist ziemlich kalt an diesem nassgrauen Dezemberabend. Obwohl ich normalerweise gut ausgerüstet zur Arbeit gehe, frieren einem irgendwann die Zehen ab vom langen Herumstehen und Lauern. Für mich ist das kein Vergnügen, sondern harte Arbeit. Dieses elende LED-Licht-Geflimmer, die kitschigen Lichterketten, das weihnachtliche, seichte Popgesülze aus den Lautsprecherboxen – wie ich das alles hasse, mitsamt den Glühweindunst-Schwaden und dem Mief kalter Pommes und abgestandener Currywurstreste! Und erst der süßliche Geruch heißer Backwaffeln, von dem mir fast übel wird. Aber was will man machen, jeder hat den Arbeitsplatz, den er verdient.

Es ist ein guter Markt hier. Garantierter allabendlicher Menschenauflauf, eine große Zahl an Buden, winklige Ecken im Halbdunkel, viele schmale Seitengassen wie ein Labyrinth darum herum – der ideale Tummelplatz für einen wie mich. Die Leute haben ihre Mäntel und Jacken um diese Zeit zwar meist zugezogen, doch die Geldbeutel sitzen locker, und auf meine geschmeidigen Finger kann ich mich verlassen. Die pirschen flugs ihren Weg in Handtaschen, Manteltaschen, manchmal sogar in die

Innentaschen der Mäntel und Anoraks, und finden, was sie suchen, wie der Kormoran den Neckarfisch.

Ein kleiner beabsichtigter Rempler. Ein scheinheiliges „Oh, Verzeihung!" meinerseits. Ein ahnungsloses „Nichts passiert!" Und schon habe ich die Geldbörse in der Hand, und sie verschwindet schnell wie die Maus im Loch in den Tiefen meiner Manteltaschen. Ich arbeite nämlich alleine, quasi als Solist. Höheres Risiko – aber ich muss nicht teilen. Wenns brenzlig wird, dann kannst du ganz easy in diesem Menschengewirr abtauchen, gerade so wie der Hering im Schwarm. Hat bis jetzt immer alles bestens geklappt. Bin inzwischen zum Profi aufgestiegen. Den *Meister des Taschendiebstahls*, den *Großen Lafi* nennt man mich in der Branche, den *Langfinger.* Ist als Auszeichnung zu verstehen. So ein, zwei Dutzend gute Griffe am Abend, und die Woche ist geritzt. Reicht zwar meistens noch nicht ganz für die Monatsmiete, aber Essen und Trinken sind gesichert. Und etwas für deine Altersversicherung kannst du bei entsprechendem Fleiß auch beiseite legen.

Schau, schau! Da hinten, die kleine, alte Frau! Mein scharfes Adlerauge nimmt die graue Maus ins Visier. Sie kramt immer wieder in ihrer Handtasche herum. Sucht sie ihr Schnupftuch? Ihr Riechfläschchen? Oder – natürlich, den Geldbeutel! Konzentriert wie der Jaguar an die Beute pirsche ich mich heran. Ein kleiner Schubser. „Oh, Verzeihung!" „Nichts passiert!" Und schon ist ihr Geldbeutel in meine Manteltasche gewandert. Rasch verschwindet der Jaguar wieder im Unterholz. Hinter einer Glühweinbude sichte ich meinen Fang: einen schmierigen, alten, abgegriffenen Ledergeldbeutel. Ein lumpiger Fünfzig-Euro-Schein und ein paar Münzen sind drin. Peanuts für mich! Da ein paar Karten, Ausweise. Gibt es dabei etwas von Interesse? Ein Behindertenausweis: *Hilde Hausmann, Rentnerin, 80% gehbehindert, bezieht freie Nutzung des ÖPNV.*

Fünfzig Euro! Die unvorsichtige Oma! Warum war sie nur so leichtsinnig und klappte mitten im Getümmel ihre Tasche auf? Ein Kardinalfehler!

Der Schein wird ihr fehlen. Vielleicht der Rest der mageren Rente für diesen Monat? Wollte sie ihren Enkeln etwas auf dem Weihnachtsmarkt kaufen? Ja, das ist nun futsch! Wäre sie nur nicht so naiv gewesen! Fünfzig Euro – für mich eine Kleinigkeit, ein Taschengeld quasi, etwas *für die Portokasse,* wie man so sagt. Fünfhundert Euro, das wäre schon etwas anderes gewesen! – Ob sie's schon gemerkt hat? Mal sehen ...

Ich schiebe mich zurück zu der Stelle, wo ich gerade zugegriffen hatte. Nur dicke Menschentrauben, kaum zu überschauen. Aber ich verfüge über einen geschärften Blick! Meine Lady ist dennoch nirgendwo mehr zu sehen. Irgendwie wurmt mich das Ganze schon etwas. Wenn ich einem reichen Bonzen seine Scheine aus dem Mantel ziehe, o. k., dann fühle ich mich mehr so als Robin Hood, und ich bin zugleich das arme Volk, das etwas von dem Segen abbekommt. Aber so ne alte, gehbehinderte Rentnerin? Einfältig war sie und naiv! Selbst schuld! Andererseits – alte Leute sind auch meist so wehrlos, so verletzlich.

Meine Mutter kommt mir in den Sinn. Was hätte sie dazu gesagt, zu ihrem Sohn, dem Hoffnungsträger der Familie? „Lerne etwas Ordentliches! Werde ein rechtschaffener Mensch!", predigte sie immer wieder, die Gute. Pah! Die Welt dankt dir deine Gewissenhaftigkeit nicht! Überall schwimmen Haie, die dich auffressen wollen! Spekulanten, Großkonzerne, die Banken, das Finanzamt! Rechnungen wollen bezahlt sein, oder du wanderst in den Knast! Nein, liebe Mama, die Welt tickt heute anders als zu deiner Zeit! Heute musst du selber schauen, wo du bleibst. Der Aufrechte liegt schnell flach. *Hilf dir selbst, dann hilft dir Gott,* wie es so schön heißt.

Meine Beute erfreut mich auf einmal nicht mehr. Natürlich! Wenn ich den Herrn Bankdirektor erleichtert hätte oder die Gattin des Generalkonsuls. Die laufen aber nicht in Scharen einfach so herum! Auch ein professioneller Taschendieb muss sehen, wo er bleibt. Aber musste es ausge-

rechnet eine hilflose, alte Dame sein? Auch sie ist bestimmt Mutter und setzte einst Hoffnungen in ihr Leben und das ihrer Kinder. Jetzt ist sie eine gehbehinderte Rentnerin mit wenig Geld in der Tasche. Hätte sie sich so bestimmt auch nicht gewünscht.

Ich fühle mich schlecht. Wie weit ist es mit mir gekommen! Verhält sich so ein Robin Hood? Ein Rächer der Enterbten? Vorsichtig spähend schleiche ich wieder umher und gerate dabei in die Randbereiche des Weihnachtsrummels, dort, wo sich das Gedränge mehr und mehr verdünnt. Da! Auf einem Mauerrand hockt eine kleine, graue Gestalt. Ich erkenne sie sofort wieder. Sie wühlt verzweifelt in ihrer Handtasche und Tränen kullern über ihre Wangen. Ich nähere mich ihr wie zufällig, und als sie Notiz von mir nimmt, grüße ich freundlich wie Judas und beuge mich zu ihr hinunter. „Gibts'n Problem?", frage ich sie pharisäerhaft.

„Mein Geldbeutel … vorhin war er doch noch da … jetzt ist er weg! Ich verstehe das nicht …", stammelt sie weinerlich. „Dabei wollte ich doch meinem Erwin etwas zu Weihnachten kaufen … Erwin, mein Mann, er ist bettlägrig. Der Weihnachts-Früchtetee tut ihm immer so gut … und die Zimtsterne liebt er über alles."

Ich fühle mich wahrlich wie ein gemeiner Schuft! Kann ich das so auf mir sitzen lassen? Entschlossen deute ich auf einen leuchtend roten, aufgeblasenen, alten Mann mit Zipfelmütze und weißem Bart. „Sehen sie den da?", frage ich sie.

„Wen? Wo?" stammelt die Gute und lässt sich schon wieder so leicht ablenken, dass ich ihren gesamten Tascheninhalt samt Kamm, Spiegel und Fenchelbonbons hätte mitgehen lassen können.

„Das ist doch der Weihnachtsmann! Vielleicht bringt der Ihren Geldbeutel wieder!" Und ich lasse, als sie mit den Augen meinem ausgestreckten Finger folgt, ihre angeschabte Börse in die halb geöffnete Handtasche gleiten. „Tschüss dann! Viel Glück Ihnen und alles Gute! Muss leider gehen! Übrigens, bitte nie die Tasche im Gedränge öffnen! Es gibt so viele schlechte Menschen!", verabschiede ich mich rasch und schlüpfe wieder in die Menschenmenge hinein.

Teil 3

Schicksalsmomente

Wohin dich der Zufall führt

„Nein, zu plüschig!", murmle ich mir selbst zu. Den Rest denke ich mir: Zu brav! Zu dünn! Oh nein, die Farbe! Ja, die da, die wäre super ... aber – wie immer, wenn mir Klamotten gefallen – zu teuer! Nichtmal in der Heidelberger Galeria Kaufhof am Bismarckplatz haben sie etwas Passendes für Auge *und* Geldbeutel. Ich suche nach einer neuen Jacke für den Herbst. Die alte ist inzwischen zum Davonlaufen. Jetzt, im späten August, ist es abends manchmal schon recht kühl, und ich muss vorausblicken. In den kleinen Boutiquen zu beiden Seiten der Hauptstraße probiere ich es wegen der noch höheren Preise gar nicht erst. *„Alt Heidelberg du Feine –* aber nichts für meine ...", hatte ich noch ironisch vor mich hin gedichtet. Hier war ich vor einigen Jahren ein munterer Student, und wenn es sich ergibt, fahre ich immer gerne mal wieder dort hin. Heidelberg ist mir ans Herz gewachsen und als Ausgangsbasis in die Region optimal gelegen. In zwanzig Minuten ist man mit der Bahn in Mannheim. Entlang der berühmten Mannheimer Planken sollte ich doch etwas für mich und meine schmale Börse finden. Dunkel darf die Jacke sein, fast schwarz, passend zu meiner dunkelbraunen Haarmähne, die ich als Relikt aus der wilden Studentenzeit immer noch fast schulterlang trage. Soll ich es zuerst bei Woolworth versuchen oder lieber doch gleich bei C&A?

Was, wer ist das da oben? Eine Werbefigur? Nein! Sie bewegt sich leicht. Hoch über meinem Kopf, am grauen Rand des Flachdaches eines der großen Kaufhäuser, nehme ich eine Gestalt wahr. Was will sie? Was tut sie da? Wie ungewöhnlich! Das kann kein Handwerker sein! Sie hat die Figur einer Frau, steht ungeschützt ganz am Rand des Daches. Oh

Gott! Sie starrt in die Tiefe! Bin ich im Film? Oder ist es wahr, was ich sehe? Fast im gleichen Augenblick haben auch weitere und bald immer mehr Passanten die Person entdeckt und schauen gestikulierend zu dem entrückten Punkt empor. Ich täusche mich also nicht. Das ist real! Ein Wahrnehmungsprozess wie in Zeitlupe, der aber rasend schnell durch mein Gehirn schießt. In Sekunden löse ich mich aus meiner verblüfften Erstarrung und erfasse den Ernst der Situation: Da will sich jemand vom Dach stürzen! Warum muss ich hierbei Zeuge sein? Warum konnte ich nicht in Heidelberg fündig geworden sein? Warum bin ich hier nicht eine Straße früher abgebogen und habe es zuerst bei Woolworth probiert? Warum muss ich Zeuge eines Dramas werden, das man nur aus Filmen kennt, das zu erleben aber eine grausame Zumutung des Schicksals ist. Ich will das nicht durchmachen müssen! Meine Nerven sind für so etwas nicht gemacht!

Um mich gerät die anschwellende Menge in zunehmende Erregung: „Holt die Polizei – ein Sprungtuch – einen Arzt!", hört man es rufen. Handys werden herausgezogen, aber nicht nur, um Rettung zu holen, sondern auch um spektakuläre Fotos zu schießen. Diese schreckliche Sensationsgier! Zwischen Rufe des Entsetzens mischen sich auch hämische Kommentare wie: "Nun spring schon!" Sie rufen empörte Einsprüche anderer hervor.

Die schlanke, fast zarte Gestalt oben am Dachrand starrt immer noch wie hypnotisiert in den Abgrund. Sie scheint von dem wachsenden Getümmel tief unter ihr keinerlei Notiz zu nehmen. Was mag diese junge Frau dazu bewogen haben, ihr Leben wegwerfen zu wollen? Welches grausame Geschick ist es wert, sich in den Tod zu stürzen?

Warum tut denn niemand etwas? Warum dauert alles so lange? Doch schon rasen Feuerwehr, Polizei und Krankenwagen herbei. Ich frage mich, was der Krankenwagen noch soll, wenn die junge Frau springen würde. Zwanzig, dreißig Meter in die Tiefe – das überlebt keiner. Die Feuerwehr spannt in Windeseile ein Sprungtuch aus. Ein Sprung auf diese kleine Rettungsinsel? Damit das gut geht, braucht die Verzweifelte eine Riesenportion Glück! Einfach nur warten, ob sie springt? Nein! Ich will kein Voyeur sein. Weg hier! Nicht wie die vielen anderen um mich herum, die sensationsgeil in die Höhe gaffen. Aber einfach weggehen? Sich drücken? Doch was könnte ich tun? Jemand muss hinauf, mit der Frau reden. Ein Psychologe müsste her. Sie wird verzweifelt sein. Liebeskummer vielleicht?

In meinem Schockzustand vergeht die Zeit wie in Zeitlupe. Ich sehe mir die schmale, zerbrechliche Gestalt genauer an. Ihr braunes, schulterlanges Haar weht leicht im Wind. Die ausgeprägte Taille erinnert an eine Schaufensterpuppe. Das starre Gesicht, der leere Blick, das in krassem Gegensatz zur schrecklichen Situation stehende bunte Sommerkleid … Das ist ja … kann es wirklich sein? … Silvia! Ja, es muss Silvia sein! Ich kenne dieses melancholische Gesicht mit der Neigung zu Ernst und Schwermut nur zu gut. Silvia, die gute Freundin aus der Studienzeit! Um Gottes willen! Was tut sie nur!

Wir waren einige Monate zusammen. Nichts Ernstes, platonisch, wie man so sagt – also, fast platonisch. Ich liebte die tiefgehenden Gespräche mit ihr, diese dunklen Augen, die unter schweren Brauen in einem hellen Kindergesicht glühten. Wie oft hatten mich Silvias abgründige Deutungen in Erstaunen versetzt, ihre strenge Unerbittlichkeit, mit der sie die Welt sah. Aber fürs Leben wäre sie damals nichts für mich gewesen. Zu düster war oft ihr Gemüt, hatte ich jedenfalls gemeint. Ich konnte sie immerhin ab und zu zum Lachen bringen. Dann war sie wie verwandelt, und ihre sonst so schwarzen Augen konnten glänzen wie ein Teich im Sonnenlicht. Das Blitzen ihrer kleinen weißen Zähne zauberte in solchen Momenten Anmut und Liebreiz in ihr ebenmäßiges und feines Gesicht. Verdammt! Warum nur steht sie da oben? Und warum muss ich im gleichen Moment am gleichen Ort sein, nur schreckliche dreißig Meter tiefer?

Ein Mensch, wohl ein Einsatzleiter, ruft mit Lautsprecher in die Menge: „Kennt jemand die Frau?" Ich melde mich sofort und schiebe mich durch die Menge zu ihm hin. „Sind Sie bereit und in der Lage, mit der Frau da oben zu reden?", spricht er mich ernst an. Natürlich bin ich das! Die Ereignisse halten mich in ihrem Sog. Abtauchen und Verdrängen sind jetzt gänzlich ausgeschlossen.

„Ich kenne sie, äh ... kannte sie mal ganz gut", stammle ich aufgeregt.

„Name der Frau?"

„Silvia – Silvia Neudeck, aus, äh, Schifferstadt, glaube ich."

„Folgen Sie mir bitte schnell!", weist er mich an und geleitet mich durch die Menschen zum Geschäftshaus und mit dem Hauslift und über einige Treppenstufen direkt auf das Dach, auf dem sich die Tragödie anbahnt. Weiteres Rettungspersonal sichert mich mit einem Seil. Ich werde eilig angewiesen, die mutmaßliche Selbstmörderin aus respektvollem Abstand behutsam anzusprechen, abzulenken und Zeit zu gewinnen, bis ein Psychologe, der Erfahrung in solchen Dingen hätte, eingetroffen sei.

Die Frau steht mit dem Rücken zu mir und immer noch gefährlich nahe an der Dachkante. „Silvia", beginne ich und versuche, meine Stimme ruhig und gefasst wirken zu lassen. „Ich bin Timo, erinnerst du dich?" Die Gestalt bewegt sich nicht. „Damals in Heidelberg, viertes Semester ... die Zwischenprüfung! Wir haben zusammen gelernt. War ne coole Zeit, nicht?" Immer noch keine Reaktion der Frau. Sie starrt weiterhin wie geistesabwesend in die Tiefe unter ihr.

„Gut so! Weitermachen!", zischt mir jemand, der dicht hinter mir Aufstellung genommen hat, ermutigend zu.

„Weißt du noch, als bei der Feier der bestandenen Prüfung der rote Sekt beim Öffnen der Flasche bis an die Decke gespritzt ist?", rede ich mit scheinbar harmlosem Tonfall weiter und versuche sogar zu lachen. Silvia

200

hebt den Kopf. „Das war eine Wahnsinnsgaudi, und alle halfen später mit, die Sauerei wieder mit Farbe zuzupinseln, bevor die Vermieterin es merken konnte." Silvias Blick wendet sich ein klein wenig zur Seite.

„Oder die Pizzafete. Kannst du dich daran erinnern? Wir hatten das ganze Stockwerk eingeladen, aber vergessen, die Hefe für den Teig einzukaufen. Danach kochten wir aus den Zutaten eine Ratatouille. Dabei improvisierten alle zusammen ein Lied mit dem Text *Ratata, Ratatuille, alles klar, Pizza pfui!*" Ich bin selbst erstaunt, was mir alles im Moment wieder einfällt und plappere mich geradezu in Hochform. Silvia wendet ihr Gesicht noch ein wenig weiter zur Seite, dass ich einen ihrer kleinen, blitzenden Ohrringe sehen kann. Sie trägt sie also immer noch. Ich hatte sie ihr damals geschenkt. Keine echten natürlich, aber sie hatten sehr gut zu ihr gepasst.

„Super! Auf die Art weiter so!" raunt mir mein Hintermann zu.

„Ich suche gerade eine dunkle Jacke für mich", fasle ich weiter. „Du hattest doch immer einen guten Geschmack. Könntest du mir mal helfen, was Ordentliches zu finden? Weißt du noch, als wir zusammen eine Badehose für mich kaufen wollten und dann mit einem schicken Strohhut für dich aus dem Geschäft kamen? Silvia, hör mal! Tust du mir einen Gefallen und machst einen Schritt zu mir und weg vom Dachrand?", sage ich jetzt leise und fast flüsternd, als wollte ich sie nicht erschrecken und zu einer unbedachten Bewegung verleiten. Doch nichts geschieht.

„Weißt du noch?", fahre ich wieder im vorigen heiteren Plauderton fort. „Ich wollte mal so berühmt werden wie Che. Da hast du mich immer ausgelacht. Und du, du wolltest die ganze Welt aufrütteln, wolltest die Verlogenheit der Großindustriellen bloßstellen!"

Auf einmal scheint Silvia mir wie in Trance zu gehorchen. Sie setzt einen Fuß einen kleinen Schritt nach hinten. Dann verharrt sie wieder. „Wolltest du nicht in Afrika Hunger und Elend bekämpfen?" Sie macht einen weiteren Schritt weg von der Gefahr. Ich kann es kaum glauben, dass ich tatsächlich Einfluss auf sie gewinnen kann! „Ich habe Angst um dich!", flehe ich sie jetzt fast an. „Komm noch etwas näher, bitte! Wir hatten so tolle Gespräche. Würde ich gerne wieder haben!"

Silvia macht einen dritten Schritt weg vom Abgrund und beginnt, sich ganz langsam umzudrehen. Ein verzweifeltes, junges Frauengesicht wendet sich mir zu. Die Wimperntusche ist mit den Tränen in dunklen Strähnen über ihre Wangen gelaufen. Es trifft mich wie ein Hammer. Es ist nicht Silvia! Die Frau geht weitere Schritte auf mich zu. Die Einsatzhelfer, die sich hinter mir gehalten hatten, gehen ihr behutsam entgegen und führen sie in Sicherheit. „Ent … schuldigung … eine, eine Verwechslung …", stottere ich, als die Frau starren Blickes an mir vorübergeht!

Die Beamten notieren meine Adresse für Rückfragen und bedanken sich bei mir. Ob ich Psychologie studiert hätte, fragt einer. Meine Bitte, die gerettete Selbstmörderin besuchen zu dürfen, wird aus prinzipiellen Gründen abgelehnt. Noch stundenlang irre ich wie hypnotisiert durch Mannheims Straßen und Gassen. Eine Jacke habe ich an diesem Tag nicht mehr gekauft.

Am Abend suche ich das kleine Büchlein heraus, das mit den Adressen und Telefonnummern aus der Studienzeit. Ich verwahre es sorgfältig und zuunterst in meinem Schreibtisch. Der Ledereinband ist abgegriffen und die Papierblätter schon leicht vergilbt. Ich schlage die etwas abgewetzten Seiten auf und suche. Klugmann, Marianne … Loderer, Sabine … Maurer, Gabriele … Neudeck, Silvia. Da ist sie ja! Ich sollte sie einmal anrufen.

Der sechste Sinn

Bekanntlich verfügen wir über fünf Sinne: Riechen, Hören, Sehen, Fühlen, Schmecken, Tasten. Das sind ja schon sechs! Sind Fühlen und Tasten etwa dasselbe? Was ist mit Heiß-Kalt-Spüren? Was mit der Oben-Unten-Unterscheidung, also mit dem Schweresinn? Gibt es auch einen Wirbelsinn, wenn mir auf dem Karussell schwindelig wird? Wieviel Sinne habe ich tatsächlich? So einfach ist die Sache gar nicht! Mich beschäftigt aber eine andere Frage: Gibt es diesen sprichwörtlichen *sechsten Sinn*? Ich meine das, was man landläufig darunter meint: Die *Nase*, den richtigen *Riecher*, das *Gespür* für etwas, was man eigentlich gar nicht spüren kann? Manche nennen es Intuition oder Ahnung. Häufig spricht man auch vom *Bauchgefühl*. Es gibt Menschen, die zu wissen glauben, dass eine bestimmte Sache nicht funktionieren wird oder dass eine andere Sache ein Riesenerfolg werden muss! Hinterher heißt es dann: „Habe ich es nicht immer gesagt?" Wann investiere ich in *Novo-Systema* und kaufe Aktien? Wann verkaufe ich sie? Den richtigen Zeitpunkt erwischen, ist das ein Sinn, der Sinn für den richtigen Moment? Die Ahnung, eine Handlung oder eine Reise lieber nicht zu machen? Ich glaube inzwischen ganz fest daran, dass es ihn gibt, diesen berühmten *sechsten Sinn*. Beweisen kann ich ihn nicht, noch kann ich sein Funktionieren erzwingen. Aber ich habe gelernt, ihn zuzulassen und zu spüren, was er mir mitteilen will.

Ich möchte eine Geschichte erzählen, die mir passiert ist, so wahr ich hier sitze. Ich beschönige nichts. Ich berichte so sachlich und objektiv, wie ich dieses merkwürdige Erlebnis in Erinnerung habe. Es spielte sich vor vielen Jahren ab. Ich war damals noch Student und auf Urlaubsreise mit meiner damaligen Flamme. Wir waren erst kurz zusammen, und es war nicht sicher, ob unsere Beziehung diesen Urlaub überhaupt überleben würde, denn Katja war eine ziemlich anspruchsvolle Kommilitonin. Es war schon ein Wunder, dass ich sie überhaupt zu diesem Zelturlaub überreden konnte. Sie hätte eine Pauschalreise im Hotel und mit mehr Komfort vorgezogen, doch als Studenten, denen schon das BAföG kaum reichte, hatte man keine große Wahl.

Wir waren mit Katjas Auto unterwegs, einem uralten, klappernden Fiat, und hatten einen hübschen, kleinen Campingplatz irgendwo an der italienischen Adria gefunden. Unser Zelt durften wir in einem Bereich vereinzelt stehender alter Pinien aufbauen, die das Terrain wie riesige Sonnenschirme überdachten. Schattenlage war nötig in diesen späten, aber immer noch brütend heißen Augusttagen. Katja suchte unter den freien Parzellen die vermeintlich beste aus und entschied sich, spontan und selbstsicher wie sie war, für einen Standort mit Meeresblick. Hier würden wir morgens aus dem Zelt kriechen und den Sonnenaufgang über dem Meer beobachten können.

Schon als wir zusammen den Boden des Zeltes auslegten, überkamen mich Zweifel an der Platzwahl. Es war nur ein Gefühl, das ich nicht erklären konnte. Katja lachte mich aus und meinte ironisch, dass man von einem Studenten im vierten Semester durchaus rationale Weltsicht erwarten könne. Der Bauch sei zum Füllen da, nicht zum Denken! Meine Abneigung gegen diesen Ort aber verließ mich nicht, und ich versuchte, meine Einwände zu begründen: „Katja, sieh mal, da ragen einige spitze Steine aus dem festgetretenen Untergrund. Die könnten den Zeltboden aufschlitzen. Der etwas landeinwärts gelegene Platz gleich daneben scheint viel ebenmäßiger zu sein!"

„Damit morgen jemand anderes kommt und uns die Aussicht aufs Meer zubaut?", konterte Katja energisch. „Die paar scharfen Steinchen lassen sich leicht aus dem Untergrund herausschaben." Und sofort nahm sie unseren Campingspaten zur Hand und kratzte mit wenig Mühe die möglichen Störenfriede aus dem Erdboden.

Noch ehe ich die beiden Zeltstangen in Stellung bringen konnte, kamen mir weitere diffuse Bedenken. „Katja, hier am Platz mit dem Meerblick dauert es vermutlich viel länger, bis der Baumschatten die brennende Mittagssonne abdecken wird. Direkt nebenan sind wir besser vor ihr geschützt."

„Aber Süden liegt hier wie dort in der gleichen Richtung!", argumentierte sie meine Sorgen weg und wies in die entsprechende Himmelsrichtung. „Das macht folglich keinen Unterschied. Und außerdem haben wir das Vorzelt, das Schatten wirft. Am Strand gibt es außerdem mehrere Liegebereiche mit Strohdächern. Darunter sollten wir die heißen Tageszeiten eigentlich überleben."

Ich wusste nicht warum, doch immer noch lehnte sich mein Inneres gegen den Standort auf, den Katja gewählt hatte. Es gab keinen objektiven Grund dafür. Oder doch? „Autsch!", musste ich beim Auslegen der Zeltschnüre aufschreien. „Verdammte Stacheldinger!" Barfüßig wie ich umherging, war ich auf einen der vielen schuppenstarrenden Pinienzapfen getreten. Die Dinger sind nicht groß, aber alt und ausgetrocknet stellen sich ihre Samenfächer wie die Stacheln eines mittelalterlichen Morgensternes aus Eisen auf. „Wollen wir uns umbringen? Die stechen wie …"

„Sag mal", unterbrach mich Katja, „was für einen wehleidigen Typen habe ich mir da an Land gezogen! Schau halt etwas besser hin – und zieh wenigstens deine Slippers an. Die harten Knorren liegen hier überall herum, und außerdem können wir sie ja vor dem Zelteingang aufsammeln und wegräumen."

Auch nachdem unser Zelt schon fast ganz aufgebaut war und nur noch das Vorzelt fehlte, behagte mir der Platz immer noch nicht. Eigentlich war er perfekt. Es gab wohl an der ganzen adriatischen Küste Italiens keinen idyllischeren Platz für zwei Wochen Erholung, Strand, Meer und Liebe als diesen. Exclusivlage mit Sonnenaufgang und Meeresblick. Und doch! Ich konnte es weder mir und schon gar nicht meiner sachlichen Katja erklären, warum sich mein Innerstes immer mehr gegen die ausgesuchte Lage sträubte. Ob es vielleicht Erdstrahlen seien, dachte ich mir. So etwas soll es ja geben. Irgendwelche schädlichen mineralischen Knotenpunkte im Untergrund? Wasseradern vielleicht, die meine bioenergetische Aura durchkreuzten? Doch kannte ich mich damals noch nicht sehr mit solchen Sachen aus, um irgendein plausibles Argument hervorzubringen, das Katja dazu veranlassen könnte, ihre Entscheidung zu revidieren. Am Ende würde sie mich noch für einen esoterischen Spinner halten, und ich befürchtete schon, sie würde sich in ihr Auto schwingen und mich sitzen lassen.

Bevor wir ans Einräumen unserer Behausung gingen, musste Katja das Toilettenhäuschen aufsuchen. Ich hatte jetzt einige Minuten Zeit für mich allein, um die Situation auf mich wirken zu lassen. Es war eindeutig. Unmittelbar beim Zelt zog sich mein Innerstes krampfhaft zusammen. Nur ein paar Meter nebenan, inmitten des Nachbarplatzes, atmete meine Seele deutlich entspannter. Jener Platz war, abgesehen von der weniger privilegierten Aussicht, nicht besser und schlechter als die Stelle, wo inzwischen unser Zelt fertig stand, aber ich fühlte mich dort wie von einer seltsamen Bedrückung befreit.

Jetzt musste ich schnell handeln, auch wenn ich zu einer List greifen musste. Die Idee kam mir ganz spontan, und ich setzte sie mit Entschlossenheit um.

Bereits beim Erkunden des Zeltplatzes hatte ich hier und da an Randbereichen Ameisennester wahrgenommen. Dort, ein paar Schritte weiter neben den Steinbegrenzungen bei den Büschen, war beispielsweise eines. Ich nahm eine Papiertüte zur Hand, die einige Gebäckreste enthielt, füllte den Inhalt in die nächste Plastikbox, die ich aus unserem Gepäck greifen konnte, und rannte zum Ameisenhaufen. Nachdem ich mit einem Stöckchen ein wenig darin herumgegraben hatte, schossen Tausende kleiner Krabbeltierchen aus ihren Röhren und Kammern, um sich auf den Eindringling zu stürzen. Mit dem Holzgerät schubste ich so viele von ihnen, wie ich in der gebotenen Eile vermochte, samt Erdkrümeln und Kiefernnadeln in die Tüte. Die schüttete ich auf der Matte direkt vor dem Zelteingang aus.

Als ich Katja kommen sah, begann ich mit einem wahren Veitstanz. Wild hüpfend spielte ich ihr kopflose Panik vor, schlug wild um mich und schrie: „Ameisen! Igitt! Tausende Ameisen! Sie sind überall! Wir zelten mitten in einem Ameisenhaufen!" Zwar wusste ich, dass Katja im Prinzip eine unerschrockene Frau war, doch hoffte ich auf die überlieferte Erfahrung, dass Frauen Krabbeltiere im Allgemeinen nicht mögen. So war es auch in diesem Fall. Entsetzt fuchtelten und kehrten wir gemeinsam die kleinen, harmlosen Biester mit dem Handfeger von der Matte. Jetzt bekam ich endlich von ihr die offizielle Erlaubnis, den erwiesenermaßen ameisenfreien Platz nebenan aufzusuchen. Unser Zelt wurde umgesiedelt. Ich hatte meinen Willen durchgesetzt, wenn auch mit einem betrügerischen Mittel.

Wir verbrachten einige wundervolle Tage auf diesem herrlichen Fleckchen Erde. Der Platz mit Meerblick blieb gottseidank unbewohnt und hinderte unsere Sicht nicht, denn die Saison neigte sich dem Ende zu, und die Anzahl an Campingtouristen hatte zu schwinden begonnen. Dass auf ihm in der Folge keine weiteren Ameisen auftauchten, wurde zwischen uns nicht weiter thematisiert. Zwar beobachtete ich heimlich ein- oder zweimal, wie Katja aufmerksam und vergeblich den Boden nach ihnen absuchte, doch schien sie daraus keine weiteren Schlüsse abzuleiten. Heute weiß ich, dass sie es aus Rücksicht auf unsere Beziehung unterließ. Was für eine kluge Frau!

Dann kam das Gewitter. Es brach ganz ohne Vorbereitung über uns herein. Eben noch war der Himmel blau, da zog sich, vom Hinterland kommend, eine dunkle Front zusammen, und ein heftiger Wind brach los. Wir verkrochen uns wie die anderen Camper im Zelt, zogen alle Reißverschlüsse fest zu, rasteten die Druckknöpfe ein und konnten nur hoffen, nicht vom Sturm weggeblasen, vom Blitz getroffen oder vom Regen weggespült zu werden. Irgendwann krachte es in der Nähe gewaltig, gefolgt von einem diffusen und dumpfen Aufschlag.

Nachdem das Unwetter abgezogen war und alles sich beruhigt hatte, besahen wir die Lage. Unser Zelt war unversehrt geblieben. Doch quer über dem Platz, auf dem es zuerst gestanden hatte, lag der Länge nach hingestreckt eine mächtige, alte Pinie und hatte mit ihren zerborstenen Seitenästen Löcher wie mit Speeren in den festgetretenen Boden gerammt.

Seit diesem Tag nimmt mich Katja anders wahr als früher. Mit einem solchen Mann an ihrer Seite könne ihr im Leben eigentlich nichts passieren, meint sie jedesmal lachend, wenn sie diese Geschichte erzählt. Es war nicht unsere letzte gemeinsame Unternehmung.

Doppelgänger

Auf dem tiefen, seidenglänzenden Rot heben sich die vielen weißen Tupfen kontrastreich ab. Schöner werden sie auch in Märchenbüchern kaum dargestellt. Und erst der würzige Waldduft, der ihnen entströmt! Er ist ein einzigartiges Aroma, die Summe all dessen, was diese heimlichen Gewächse dunkler Wälder aus dem Boden zusammentragen und verarbeiten. Prächtig sehen sie aus, diese drei Fliegenpilze, die ich gestern von meiner einsamen Wanderung durch den dunklen Tann mitbrachte.

Wie man weiß, sind sie giftig, wenn auch nicht so sehr, um den Tod zu bringen. Sie enthalten ein Halluzinogen. Ich hoffe, dass es meinen getrübten Seelenhorizont aufhellen kann. Die Medikamente, die mir der Arzt verschrieben hat, meide ich. Sie machen mein Gehirn nur dumpf und meine Reaktionen noch träger. Aber solche Fliegenpilze? Die Schamanen gewisser sibirischer Völker genießen sie regelmäßig aus rituellen Gründen. Ich will, nein, ich muss ihre Wirkung ausprobieren, fühle mich geradezu zwanghaft gedrängt, irgend etwas mit ihnen zu bewirken, was immer es auch sein würde. Von ausgelösten Empfindungen zwischen *Euphorie* und *seligem Glücksrausch* hatte ich gelesen. Vielleicht konnten sie ein Schlüssel zur Überwindung meiner Niedergeschlagenheit sein.

Es gehört zu meinem Wesen, seit ich Erinnerungen habe: Meine Stimmungslage schwankt zwischen Extremen. Bald bin ich aufgedreht und könnte die Welt umarmen, bald hüllt mich der Schleier dunkler Phasen ein, in denen ich mich lieber im Bett verkrieche und nichts von der Welt wissen will. *Bipolare Störung* hatte schon vor Jahren ein Arzt diagnostiziert. Seitdem hat das Phänomen wenigstens für mich einen Namen. „Ich bin eben ein bipolarar Typ!", konnte ich nun sogar mit einem gewissen Grad an exclusivem Stolz sagen, wenn mich wieder einmal mein *Blues* überrollt hatte und ich den Termin, die Veranstaltung oder die Party absagen musste. Meine Freunde hatten sich längst daran gewöhnt – das heißt, die wenigen Freunde, die diese Wesensschwankungen über Jahrzehnte hinweg ertrugen und mir wenigstens in meinen Hochphasen die Treue hielten. Ja, ich konnte schon ein richtiger Hans Dampf sein. Wenn ich in Hochform war, zog ich die Menschen um mich herum an, da war ich beliebt und gebärdete mich wie ein Weltenretter.

Seit letzter Woche bin ich wieder *blue*. Die Schwermut drückt mich nieder, die *Melancholia*, mein *schwarzes Loch* hüllt mich ein. Diejenigen, die mich kennen und eine gewisse Verantwortung für mein Leben fühlen, achten dann etwas mehr auf das, was ich tue, und schließen auch schon mal die Schlaftabletten weg, die ich in Zeiten guter Gestimmtheit nehme, um in den Schlaf zu kommen, wenn mich mein Tatendrang bis in die Nächte begleitet.

Etwa eine Stunde, nachdem ich das Pilzragout samt Kochsud verzehrt habe, beginne ich zu schwitzen, und mein Speichel läuft in meinem Mund zusammen, wie einem Hund beim Erspähen verlockenden Futters. Der Teller vor mir weitet sich zu einem runden Teich, der Löffel daneben zu einer riesigen Lupe, ja zu einem gewaltigen Himmelsteleskop, in dessen Okular mein Blick förmlich hineineingezogen wird. Ich überlasse mich willenlos dieser Vision und beobachte staunend, was ich zu sehen bekomme. Was ich aber erspähe, löst in mir Grauen aus. Ich sehe mich selbst, wie ich vor vielen Jahren in einem Urweltmuseum vor einem riesigen Dinosaurierschädel stehe und den Umstehenden erkläre, um was es sich hierbei handle. Nun war das nicht irgendeine Szenerie, wie man sie manchmal in Träumen erlebt, nein, das war in allen Details exakt die Situation, die damals wirklich stattgefunden hatte: Ein Kreis von Menschen steht um mich herum. Ich erkenne ihre Gesichter genau, und sie folgen meinen dozierenden Worten.

Nun war ich niemals ein Kenner der Urweltmaterie. Mein Wissen über Dinosaurier ist bis heute nicht größer als das von Kindern, die ihr erstes Dinobuch ausgelesen haben. Doch verstehe ich, dieses Halbwissen zu gigantischen Monologen aufzublähen, spontan Erfundenes mit irgendwo Gehörtem vermischend, so dass mein Auditorium in Ermangelung besserer Einsicht mich für einen profunden Kenner der Urweltechsen halten muss. Ich sehe mir selbst ins überheblich anmutende Gesicht, erfasse mein aufgeblähtes Gehabe, diese manische Überschätzung der eigenen, mageren Grundlagen, und erkenne auf einen Schlag die ganze Erbärmlichkeit meiner Existenz. Ich sehe in den Reaktionen der Umstehenden, dass die meisten mich gar nicht bewundern, sondern eher belustigt scheinen. Sie haben die hohle, selbstverliebte Show durchschaut und amüsieren sich mit diesem Scharlatan. *Das* bin ich also, ein peinlicher Schwätzer, ein Hochstapler! Oh, wie ich mich jetzt hasse! Bisher hatte ich im Glauben gelebt, wenigstens in meinen ekstatischen Momenten ein Genie, von meinen Bewunderern geliebt und geachtet zu sein. Nun muss ich erkennen, dass dies Selbsttäuschung war. Ich hatte nicht nur die Menschen, sondern auch mich selbst mein ganzes Leben lang getäuscht!

Die Vision verschwimmt. Mein Bauch schmerzt, und mir wird übel, als es zu einer zweiten Selbstbegegnung kommt. Die Pilzdroge hat mich in mein Zimmer von einst geführt, als hätte ich eine Zeitreise gemacht. Ich sehe mich ein weiteres Mal, ja ich stehe genau neben mir selbst und beobachte, wie ich damals kurz davor war, diese Tabletten zu schlucken, um meinem Leben ein Ende zu setzen. Damals hatte ich nicht den Mut gehabt, das Werk zu Ende zu bringen. Ach, hätte ich es doch nur getan! Ich hätte dieses elende Leben hinter mir lassen können und meine Ruhe gefunden. Ich wäre eingetaucht in das große Nichts, das Vergessen, die allumfassende Nacht. Statt dessen quäle ich mich bis auf den heutigen Tag mit meinen Gemütsschwankungen – ich, eine wahre Zumutung für meine Mitmenschen!

Ich beobachte mich und sehe in dieses verzweifelte, blasse Gesicht mit den kalten Schweißperlen auf der noch jugendlich glatten Stirn, die feinen aber dünnen, zitternden Hände, die krampfhaft das Tablettenröhrchen umklammern. Ein Wasserglas steht gefüllt auf dem Tischlein daneben. Der Abschiedsbrief ist bereits geschrieben und liegt dabei. Ich beobachte meine flackernden Lider, das Zögern der Bewegung. Es läuft genau so ab wie damals, es *ist* dieser Moment! Damals hatte ich das Röhrchen mit dem tödlichen Inhalt bereits an die Lippen gesetzt, das Vorhaben aber im letzten Moment abgebrochen, den Brief vernichtet und die Tabletten weggeworfen.

Ich flüstere meinem Alter Ego, meinem Doppelgänger, zu: „Tu's doch! Mach es!" Ich reagiere nicht, zögere weiterhin, das Röhrchen fest im Blick. Dann schreie ich mir selbst in einem Anfall wütender Verzweiflung ins Ohr: „Schlucke die verdammten Pillen runter, du Memme!" Doch Gegenwart und Vergangenheit scheinen wie durch eine undurchdringliche Mauer voneinander getrennt zu sein.

Da, auf einmal! Mein Verhalten weicht plötzlich von der damals geleb-ten Situation ab. Ich sehe mich einen zögernden Griff nach dem Wasserbe-cher machen. Die andere Hand hebt das Röhrchen, dessen Mündung bereits an meinen Lippen klebt, ganz leicht an, und alle Pillen, die es ent-hält, rutschen in meinen geöffneten Mund. Ein entschlossener Schluck aus dem Becher spült die mörderische Fracht hinunter.

Die Eindrücke vernebeln sich und werden undeutlich. Eine Dunkelheit steigt in mir und rund um mich auf, und eine tiefe Ruhe überkommt mich. Ein unbezwingbares Bedürfnis nach Schlaf kriecht wie Winterfrost in meinen Körper. Die Erinnerungen entschwinden. Wer bin ich? Hat es mich je gegeben?

Marina liest

„Nein, ich will nicht!", schrie Marina wie so oft und schüttelte ihren Kopf.

„Aber du kennst es ja noch gar nicht", versuchten Mama und Papa sie dann immer zu überreden.

„Trotzdem nicht!", war die ruppige Antwort.

„Schau doch wenigstens mal hinein, vielleicht gefällt es dir ja doch!", beharrten ihre Eltern verzweifelt.

„Nein! Nein! Das Buch ist schlimm! Ich mag es nicht!" Marinas Widerstand ging wie üblich in tobenden Protest über.

„Wenn sie erst ein wenig älter ist, wird es schon werden!", trösteten sich jedesmal die Großen.

Marina wollte schon als Kind in kein Buch sehen. Wann immer jemand sie dazu zu verleiten trachtete, schlug sie es ihm aus der Hand und lief schreiend weg. Bücher waren für sie, soweit sie zurückdenken kann, Gegenstände des Schreckens. Angesichts eines aufgeschlagenen Buches befiel sie stets eine kaum bezwingbare panische Angst. Im Laufe der Jahre im Kindergarten bahnte sich aber eine Lösung an, als Marina eines Tages von sich aus vorschlug: „Lies mir daraus vor!", ein Kompromiss, mit dem sich die Familie arrangieren konnte. Ohne dass sie selbst je mit ins Buch schauen wollte, begann sie zu ertragen, dass die Erwachsenen ihr daraus vorlasen und beschrieben, was die Bilder zeigten.

Aber mit Beginn der Schulzeit stand das Problem wieder frisch und ungelöst im Raum. Wo andere Kinder mit Freude und Entdeckerlust ihre

Schulbücher eroberten, spielten sich bei Marina zu Hause anfangs quälende Szenen ab. „Nun mach doch schon, Marina, lies doch endlich! Was ist denn schon daran, du musst doch die Hausaufgaben machen! Du musst lesen lernen!", hatte es immer wieder geheißen. Wie oft flossen deswegen bittere Tränen, ohne dass ihr Widerstand gebrochen werden konnte.

Nach einigen Monaten in der ersten Klasse war Marina wenigstens bereit, in Gegenwart von Familienangehörigen bei hellem Raumlicht oder lieber noch im Freien mit ihren Schulbüchern zu arbeiten. Im Unterricht war es für sie nicht ganz so schlimm. Da war die gesamte Klasse zugegen, was Marina einen gewissen Schutz zu geben schien. Die Eltern hatten mehrmals den Schulpsychologen konsultiert. Der wusste keinen entscheidenden Rat. Niemand konnte sich erinnern, dass Marina jemals schlechte Erfahrungen gemacht hatte, dass sie beispielsweise einmal mit einem Buch geschlagen worden wäre. Sie hatte eben schon immer, von Anfang an, eine durch nichts zu erklärende Bücherphobie. Nachdem sich das Phänomen aber im schulischen Bereich allmählich verringerte, fand man sich damit ab. Die psychologische Blockade schien sich im Laufe der Zeit *herauszuwachsen* – so hoffte man jedenfalls. Allerdings, außer Schulbüchern hat Marina noch nie eines der Bücher, die man ihr dennoch oder gerade wegen ihrer Ängste geschenkt hatte, aufgeschlagen, geschweige denn gelesen. Die wenigen, die sich in ihrem Zimmerregal ansammelten, stehen bis heute vereinsamt auf dem Holzbrett, weit nach hinten gerückt und mit anderen Dingen wie Schmuckkistchen, Bildchen oder Stofftieren zugestellt.

Gefragt, was denn Marina nur umtreibe, warum sie Bücher so hasse, hatte sie für niemanden eine überzeugende Antwort parat. Sie schüttelte nur trotzig den Kopf und sagte dann, wenn sie überhaupt etwas beitragen wollte: „Ich mag eben keine Bücher! Basta!" Tief in ihrem Inneren aber spürte Marina, was wohl die Ursache war. Dieses Gefühl war nicht von Anfang an da, es wuchs mit ihrer Entwicklung vom Kind zum Teenager, und sie hütete es wie ein Geheimnis. Ein oft wiederkehrender Traum hält sie nämlich seit ihrer frühen Kindheit im Würgegriff: Der Raum liegt im Halbdunkel von feierlichem Kerzenlicht. Auf dem Tisch liegt ein Buch. Sie öffnet es und beginnt zu schauen und zu blättern. Auf einmal springt ein immer größer werdendes schwarzes Ungeheuer zwischen den Seiten heraus, wirft sich über Marina und verschlingt sie. Wie oft wachte sie weinend aus solchen Träumen auf, und wie oft wusste sie ihren Eltern nicht zu erzählen, was sie erlebt hatte. Zu überwältigend und für die kindliche Seele unfasslich waren die schrecklichen Bilder. „Kinder haben oft Angstträume. Die legen sich mit der Zeit", pflegte der Arzt beruhigend zu sagen.

Marina ist jetzt vierzehn Jahre alt und in der achten Klasse. Inzwischen kann sie lesen und schreiben. Sie hat sich unter Kontrolle. Aber es schmerzt sie sehr, wenn ihre Freundinnen von deren Leseerlebnissen berichten und sie nichts dazu beitragen kann. Manchmal erfindet sie Geschichten oder erzählt ihren Freundinnen Dinge, von denen sie gehört hat, ohne sie selbst gelesen zu haben, nur um in Ruhe gelassen und nicht wegen ihrer eigenartigen Abneigung gehänselt zu werden. Ihre Schwäche hat sie nach außen hin mit einem Tabu belegt.

Heute ist Marina alleine zu Hause. Die Eltern sind ausgegangen, der kleinere Bruder schläft schon. Sie ist kein Kind mehr und hasst sich dafür, wie ein Kind vor einem harmlosen Ding wie ein Buch Angst zu haben. Sie setzt sich an den Küchentisch und rückt den festlichen Kerzenhalter herzu. Es soll so sein wie damals, als sie ihr erstes Bilderbuch zu Weihnachten geschenkt bekommen hatte. *Der kleine Geist Wendelin* hatte es geheißen. Nach der Bescherung an Heiligabend war sie zu müde gewesen, um noch einen Blick ins Buch werfen zu wollen. Sie hatte es sich für den nächsten Abend vorgenommen, als Mama und Papa mit Gästen in der guten Stube beim Christbaum saßen und plauderten. Da war sie still und unbemerkt in der Küche verschwunden. Mit dem neuen Buch. Auf dem Tisch brannten noch die vier Adventskerzen des Kranzes, die Mama zum Abendbrot angezündet hatte. Man hatte versäumt, sie zu löschen.

Das Buch vom kleinen Geist Wendelin liegt auch jetzt vor ihr auf dem Küchentisch. Sie besitzt es immer noch. Auf dem Buchdeckel ist ein nettes und freundliches Gespenst in bunter Umgebung abgebildet. Damals konnte sie noch nicht lesen, sie wollte nur die Bilder betrachten. Heute will Marina lesen, alles genau nachlesen, was an kurzen, kindergerechten Sätzen unter den bunten Bildern geschrieben steht. Es ist das erste und einzige Buch – außer ihren Pflicht-Schulbüchern – das sie je geöffnet hat.

Sie zieht es zu sich her und klappt den Buchdeckel auf. Warum kommen schon jetzt Ängste in ihr hoch, die ihre Hand zögern lassen? *Der kleine Geist Wendelin* – ein schlimmes Buch? Ihr Buch des Schreckens? Sie dreht die erste Seite um, liest, betrachtet die Bilder, blättert weiter. Es ist eine nette, harmlose Geschichte, die von einem kleinen Geist namens Wendelin erzählt, der gerne ein großer Geist gewesen wäre, der aber, je größer er wurde, desto mehr die Menschen erschreckte, so dass er beschloss, lieber ganz klein bleiben zu wollen. In dieser Gestalt fanden ihn Kinder wie Erwachsene niedlich und erfreuten sich an ihm.

Marina schlägt Seite um Seite auf. Genau so war es damals auch gewesen, fällt ihr plötzlich wieder ein. Sie hatte sich als kleines Kind zuerst auch an den Bildern erfreut, ja sogar gekichert, bis dann, ja, bis dann auf Seite sieben das Grauen über sie hereinbrach. Marina dreht die sechste Seite um und sieht zum zweiten Mal in ihrem Leben dieses Bild, in dem der kleine Wendelin aus der Gruft in die nächtliche Landschaft steigt. Wellen diffuser Angst steigen in Marina hoch. „Tapfer aushalten, Marina!", murmelt sie zu sich selbst und denkt sich: Du bist vierzehn Jahre alt, du bist in der achten Klasse. Es ist nur ein Buch, es ist nur ein Bild, ein harmloses Bild, ein nettes Bild sogar. Ein Künstler wird es entworfen und gemalt haben, um Kinder damit zu erfreuen.

Doch Marinas Blutstrom rauscht immer heftiger in ihren Ohren, ihr Atem wird flacher, Schweißtropfen bilden sich auf ihrer kalten Stirn. „Du musst es aushalten!", raunt sie sich kaum hörbar selbst zu. Aber – knisterte es da soeben nicht leise hinter ihr? – Ruhig bleiben! Du bist nicht alleine im Haus, dein kleiner Bruder schläft nebenan in seinem Zimmer, du bist die Ältere, du hast die Verantwortung für ihn und für das ganze Haus! hämmert sie sich in Gedanken ein, um nicht die Kontrolle zu verlieren.

Aber die Angst steigt unbezwingbar in Marina hoch. Panik kriecht ihr über die Haut und breitet sich in ihrem Bauch aus. Ihr Puls rast. Sie schließt die Augen und versucht, ihre Gedanken zu fixieren: Halte dagegen, du musst das jetzt durchstehen! Es ist nichts, nur ein Buch mit Bildern, ein Kinderbuch!

„Ist da wer?", fragt sie plötzlich laut und erschrickt vor dem bebenden Klang ihrer eigenen Stimme. War da nicht ein seltsames Schaben und Kratzen an der Wand zu hören, wie von einem Staubwedel? Wenn jemand hinter ihr stünde? Nein! Marina kämpft gegen das Gefühl, das sie zu überwältigen droht! Es kann niemand hier sein! Das Heizungsrohr wird klopfen, weil es sich durch die transportierte Wärme ausdehnt.

Hat es eben nicht leise gekichert? Sie zwingt ihren Atem in einen ruhigeren Gang, doch ihr Puls ist nicht zu bändigen. Er jagt weiter auf und davon. Flüstert jetzt nicht eine säuselnd helle Stimme und lockt sie mit den magischen Worten: „Komm, Marina! Komm! Her zu mir!"

Sie spürt, dass sie den Kampf um die Selbstkontrolle verliert. Die aufsteigende Angst überwältigt sie. Sie dreht sich ruckartig um und reißt im gleichen Augenblick voller Entsetzen ihre Arme hoch. Vor ihr steht ein riesiges, schwarzes Ungeheuer und wabert mit unzähligen Fangarmen durch den Raum. Marina schreit grell auf und stürzt wie gelähmt zu Boden. In diesem Moment ist auch das Ungeheuer weg.

Sie atmet durch. Den Atem kontrollieren! Damit kann man sich wieder fangen, hatte sie an sich selbst gelernt. Es herrscht wieder völlige Stille. Hoffentlich hat ihr spitzer Schrei nicht den Bruder und vor allem nicht die Nachbarschaft aufgeweckt! Was hätte sie auch erklären wollen? Sie war allein in diesem Raum und das Haus gut verschlossen. Mit zittrigen Fingern greift ihre Hand von unten an den Tischrand und sie zieht sich langsam daran hoch. Da entsteht zugleich und aufs Neue das Ungeheuer – als ihr eigener Schatten im Licht der flackernden Kerzen an der Küchenwand! Sie reckt ihren Arm in die Luft – winkt sich selber zu. Es winkt ihr dreifach verzerrt zurück.

Nachdem sie die Ursache ihres Wahns erkannt hat, lacht sie lange und hemmungslos. Dann öffnen sich die Schleusen der Tränen, als wollten ihre Ströme die Trümmer der Blockade aus den Augen spülen, die jahrelang ihre Kinderseele beherrschte. Sie hat es geschafft! Sie ganz alleine! Sie hat sich ihrer Angst gestellt und dem Grauen ins Gesicht geschaut. Und siehe, es war nur der Schatten der Wirklichkeit.

Meine Stunde Null

Wie das Schicksal doch seine undurchschaubaren Stricke auswirft, in die sich die Menschen immer wieder wie hilflose Fliegen im Spinnennetz verfangen!

Das graue Wasser kräuselt sich langsam in trägen Wirbeln, nachdem es die Brückenpfeiler passiert hat. Glatt und mit kaum merklicher Bewegung kommt die Strömung diesseits der Hindernisse an und wird erst durch sie in sichtbare Bewegung gebracht. Graugrüne Algenfahnen wedeln, von der leichten Turbulenz mitgezogen, hin und her. Kleine, dunkle Fischrücken heben sich vor den flottierenden Bändern ab und zucken unruhig dicht unter der Oberfläche. Ob sie die Gegenwart der Raubfische ahnen, die verborgen auf Beute lauern?

Ich stehe auf der schmalen Fußgängerbrücke, die zwischen der Firma und meinem kleinen Häuschen liegt, und blicke, in abgründige Gedanken versunken, in die schwarze Tiefe unter mir. Oft bin ich hier gestanden und habe über mich und die Welt nachgedacht, habe Zwiesprache gehalten mit meinem Schicksal. Die Brücke liegt in einem Park und ist von beiden Seiten eingewachsen und kaum von Weitem zu sehen. Nur selten wird man hier gestört – ideal, um eine Weile mit sich allein sein zu können. Aber heute? Das war's also! Der Rausschmiss! *Sehr geehrter Herr Rangner,* so hatte das formelle Schreiben begonnen, *... bedauern wir Ihnen mitteilen zu müssen ... aus innerbetrieblichen Gründen ... bedauerlicherweise ... längst fälliger Strukturwandel ... mit den Formalitäten setzen Sie sich bitte mit dem Betriebsbüro in Verbindung ..."*

Ein halbes Leben Einsatz wird mit einem kurzen, unpersönlichen Schreiben abgewickelt. Was habe ich nicht alles für die Firma getan! Dreißig Jahre für *Brandinger* gerackert! Tag und Nacht! Immer für den Laden dagewesen, für den Chef Klinkenputzen gegangen, ihm den Rücken freigehalten! Der Mann fürs Grobe war ich. Jawohl! Die schwierigen Gespräche hat er mir überlassen. Keiner könne so gut wie ich – hat er mir immer wieder versichert – mit den Problemfällen umgehen: Reden Sie mal mit Frau X, die kommt immer zu spät ins Büro, telefonieren Sie mal mit Firma Y, die ist mit der letzten Zahlung in Verzug, und vertrösten Sie mal die Kundschaft Z, da wir im Moment nicht liefern können.

Obwohl – der alte Chef, Brandinger senior, hatte durchaus Format! Schöne Reden konnte er halten – für die Presse! Die Erfolge und Bilanzen konnte keiner so gut darstellen wie er. Er war das Herz der Firma – und ich einer der vielen ausführenden Arme. Er gab mir dennoch ein Gefühl von Unverzichtbarkeit. Und jetzt, nach dem Ausscheiden des alten Brandinger, kommt irgendein Junger daher – noch grün hinter den Ohren, soeben das Manager-Examen in der Tasche – und meint, alles anders machen zu müssen. Frischer Wind soll in die Firma, hat es gleich am ersten Tag nach seiner Einführung in die Chefetage geheißen. „Alte Zöpfe abschneiden! Weg mit den Bremsern, den Gemütlichen, mit denen, die es immer nur so machen wollen, wie man es immer gemacht hat!", laberte er bei seiner Vorstellung vor dem Betriebspersonal herum, der ehrgeizige Schnösel! Aber was der Rauswurf für die Betroffenen bedeutet, darüber denkt der eiskalte Bursche nicht nach! Ich bin jetzt Mitte fünfzig. Wer stellt mich jetzt noch ein? Wer will einen haben, der nicht zu den Digital-Natives gehört, der die Dinge noch auf die alte Art und Weise klärt – analog eben: Nimms Telefon in die Hand, ruf an und sprich mit den Leuten! Das hat bei mir noch immer geklappt! Oder noch besser: Hinfahren, Klingeln und ein persönliches Gespräch führen. Das war mein Ding! Und jetzt solls nur mit Skype, Zoom, Whatsapp oder anderem neumodischen Zeug gehen. Da kann ich eben nicht mehr mithalten.

Was wird jetzt aus mir? Ich habe nie so viel verdient, um ein dickes Polster für meine Alterssicherung zurücklegen zu können. Ich zahle immer noch Zins und Tilgung für mein Reihenhäuschen ab. Und Elfriede, meine bessere Hälfte? Wenn die erfährt, dass ich rausgeflogen bin, mit einer lächerlich kleinen Abfindung und einer Rente, die gerade mal reicht, um uns im Aldi das nächste Mittagessen zu besorgen, da kann ich doch gleich die Brücke hinunterspringen …

Ich kann nicht schwimmen. Es wäre eine Sache von vielleicht einer Minute. Dann wären meine Lebensängste ausgestanden. Ich wäre weg von der Welt und meine Probleme gelöst – zumindest für mich. Für Elfriede würde es reichen: Die zugegeben schmale Witwenrente, das Häuschen – und attraktiv genug war sie ja noch mit ihren fünfzig Jahren. Sie würde bestimmt nochmal einen Mann finden. Es lag in ihrer Natur. Vielleicht würde sie mit dem Neuen glücklicher werden als mit mir, dem Versager. Etwas Mut nur, einen beherzten Sprung, ein paar Sekunden Qual – und dann Ruhe haben für immer …

Schon überlege ich, wie ich das Brückengeländer überwinden will. Übersteigen oder einfach, mit dem Oberkörper voran, sich hinunterkippen lassen? Tief genug ist die Stelle, das weiß ich aus jahrelanger Beobachtung. Auch bei Niedrigwasser konnte man hier nie den Grund sehen. Ob es schnell geht mit dem Ertrinken? Ob ich den Mut haben würde, einfach Wasser statt Luft einzuatmen? Der schlimme Hustenreiz beim Verschlucken – ob sich der einstellen würde?

Elfriede würde wahrscheinlich ein paar Stunden lang weinen. Aber sie ist eine beherrschte Frau. Sie würde meinen Tod mit ihren Freundinnen in allen Details durchsprechen, dann wäre ihr bald wohler ums Herz. Wir konnten leider keine Kinder haben. Das macht mir den Abschied leichter. In der Firma wären einige Kollegen traurig über meinen Abgang. Andere werden verständnislos den Kopf schütteln, wie ich nur hatte so blöd sein können, wegen der Kündigung Selbstmord zu begehen. Wegen so etwas bringt man sich doch nicht um, wird es heißen! Zehn Jahre früher in Rente, werden sie lästern! Mein neuer Chef würde höchstens mit den Schultern zucken.

Ich steige mit einem Bein über das Geländer und sitze jetzt rittlings auf dem Handlauf. Meine Aktentasche lasse ich zurück. So ist es aber unbequem. Das zweite Bein nachgezogen. Besser so. Ich sitze stabil, die Füße in den Geländerstreben verankert. Eine kleine Gewichtsverlagerung – und ich würde fallen. Es bedurfte nur noch eines kleinen Schrittes. *Ein kleiner Schritt für mich …*! Die Worte Neil Armstrongs, des ersten Menschen auf dem Mond, fallen mir auf einmal ein, und ich muss unwillkürlich schmunzeln. Hier muss es umgekehrt lauten: *Ein großer Schritt für mich, ein kleiner für die Menschheit*. Ob die Zurückbleibenden je darüber nachgedacht haben, welche Überwindung es den Selbstmörder gekostet haben muss, um *den großen Schritt* zu gehen? Man muss Hochachtung haben vor jedem, der das wagt. Und die Menschheit? Sie kräht keinem Felix Rangner nach. Felix ist mein Name – bald wird er Vergangenheit sein – und vergessen. Wieder muss ich schmunzeln. Felix – der Glückliche! War ich denn glücklich geworden? Im Grunde ja, musste ich mir eingestehen! Eine tapfere Frau, ein Häuschen, ein erfüllender Beruf. Ich hatte gegeben, was ich konnte, mehr war nicht drin. Und jetzt? Der Abstieg! Die Häme! Nein, das will ich nicht mitmachen müssen! Alleine wird Elfriede es wirtschaftlich schon schaffen. Zu zweit kaum.

Ich neige mich leicht nach vorne und starre in mein verzerrtes Spiegelbild. Das bist du gewesen, Felix Rangner. Schau dich nur an! Ein kleiner Fisch, klein wie die Fische da unten! Und jetzt frisst dich gleich der …

Plötzlich gibt mein Handy in der Innentasche meines Jacketts Signal. Eine E-Mail – jetzt, in diesem Moment, da mein Geist sich mit der Loslösung von allen irdischen Bindungen beschäftigt! Aber es ist seltsam. In meiner psychischen Ausnahmesituation überwiegt meine Neugier. Nur mal sehen, wer mir in der Minute meines Abschieds eine Nachricht zukommen lässt. Elfriede vielleicht, die mich mit ihren belanglosen Alltagsdingen behelligen will? Der Betrieb, um noch eine Formalität zu regeln? Ich nehme das Gerät wie mechanisch in meine Hand und schalte das Display an: eine Nachricht von *Dr. Gerhard Müllner, Dipl.-Ing., Chef eines Unternehmens für interkulturelle Kommunikation.* Wie? Kenn ich nicht! Oder doch? Gerd Müllner! Wir nannten ihn in der Schule immer den *Müllnie*, weil er sozusagen aus jedem Müll noch etwas anfangen konnte. Der *Müllnie*? Vor vielleicht zwanzig Jahren, beim bisher letzten Klassentreffen, hatte ich ihn gesehen und lange mit ihm gesprochen. Ein wie in Schülerzeiten aufgedrehter Typ, ein Tausendsassa, der gerade dabei war, seine Ich-weiß-nicht-wievielte Firma hochzuziehen. Was will der von mir?? Jetzt!? Zu spät!

Ich öffne die Nachricht und beginne zu lesen.

Die Entscheidung

Für seine Flucht blieb nur die Richtung nach Morgen, der aufgehenden Sonne entgegen. Diese stand schon weit in seinem Rücken, als er und seine drei Tiere so erschöpft waren, dass sie unbedingt eine ausgiebige Nachtruhe brauchten. Er suchte sich eine Sandkuhle im Schutz einiger mannshoch aufragender Felsen, deren gespeicherte Tageshitze die Kühle der Nacht erträglicher machen würde. Den müden, auf dem Boden kauernden Tieren legte er einiges von dem Futtervorrat hin, den sie auf ihren Rücken mit sich trugen. Er selber trank wenige Schlucke von dem in der Tageshitze heiß gewordenen Wasser, das er langsam und andächtig aus der Tülle sog, die in einen ringsum zugenähten Lederbalg einer Ziege mündete. In einem anderen, kleineren Beutel hatte er den Rest des ungewürzten Bohnengerichtes verwahrt, das er sich am Morgen aus dem letzten kleinen Vorrat zubereitet hatte. Er aß ihn ohne besonderen Hunger. Ein Getreidebrei mit Bohnen – welche Ironie des Schicksals! Jaël setzte sich nieder, schaute in den roten Abglanz der tief im Westen untergegangenen Sonne und sann über sich nach.

In tagelangen Eilritten war er durch die Wüste gehetzt. Seine Kamele nicht schonend, hatte er sie immer wieder angetrieben. Man war ihm auf den Fersen. Zu verwegen war sein Betrug gewesen. Er hätte es wissen müssen, dass sein Bruder Efrajim, mehr ein derber Bauer und haariger Naturmensch, ihn nicht würde davonkommen lassen. So einfach jener im Geiste war, so wütend konnte er werden, wenn er sich betrogen wähnte. Efrajim hatte genug willfährige Männer um sich gesammelt, die auf einen Wink ihres tumben Gebieters ausschwärmten, um Rache oder Wiedergutmachung für ihren Landherren einzufordern. Efrajims Schar hatten ihm, Jaël, nachgestellt, aber den einsamen Flüchtling irgendwann in den flirrenden Weiten der endlosen Ödnis verloren. Es war die Fremde für ihn, die Landschaft zwischen dem Westmeer und dem Tiefland, durch das in weiter Ferne die beiden lebenspendenden Flüsse zogen. Dort lag das Land der Schrift und des Gesetzes, das Herrschaftsgebiet Bavels, wo er um Asyl ersuchen wollte, bis sich der Zorn der Verfolger gelegt haben würde. Er hatte keine andere Wahl.

Ein Bohnengericht war es gewesen, weswegen sein Bruder ihm nun so todfeindlich gesinnt war. Im Tausch gegen ein solches hatte er es gewagt, seinem Bruder, dem Tölpel, sein Erstgeburtsrecht abzuschwätzen. Und der hatte in seiner unendlichen Einfalt zugestimmt. Er hatte Jaëls listiges Angebot – wie immer – für einen Scherz gehalten: „Meine Bohnen für dein Erbrecht als Ältester!"

„Von mir aus, gib her!" hatte Efrajim gelacht und das einfache Mahl hungrig verschlungen. In ihrer Kinderzeit war es noch ein Spiel, das Jaël mit seinem Bruder trieb: „Meine Feige für deinen Stecken!" „Mein Stück Rosinenkuchen gegen deine Murmel!" Efrajim hatte schon als Kind mehr Hunger als sein Bruder, denn er wuchs schnell, wurde groß und stark und arbeitete viel mit der Kraft seines Körpers auf Hof und Feldern.

Das alles lag jetzt viele Jahre zurück – auch die Sache mit dem verhängnisvollen Tausch. Efrajim muss die Angelegenheit alsbald vergessen haben, nicht aber er, Jaël, der Listenreiche, der Fuchs. Wie gewohnt musste er weiterhin die Zurücksetzungen als Zweitgeborener, als Nachrangiger ertragen: Efrajim, der Starke! Der große Bruder! Der Mann des Praktischen! Der Muskelprotz mit der behaarten Männerbrust! Schnell mit dem Arm, aber langsam im Denken! Und er, Jaël, der Grübler, der Denker, der Schmächtige, der Zähe – der Gerissene! Vor vier Tagen schließlich hatte er seinem altersblinden und fast tauben Vater mit rau verstellter Stimme und felligem Obergewand den väterlichen Segen entlockt und sein kühnes Vergehen von einst mit einem noch kühneren Vorgehen besiegelt.

„Mein Sohn, mein Erstgeborener," hatte der greise Ilai zu ihm gesprochen, „dir gebührt mein Erbe, meine Felder, meine Herden, meine Hütten. Du seist mein Statthalter, wenn mich der Herr zu sich gerufen haben wird. Und das wird bald sein. Schon fühle ich meine Kräfte schwinden."

Wohl verfügte Ilai über zu wenig Augenlicht und Kraft der Ohren, um den Betrug zu bemerken. Allein seine Nase hatte ihm verraten, dass der zu Segnende nicht nach Feld und Schweiß roch, sondern nach Zedern und Mandelöl wie sein geliebter Zweiter, der kluge Stratege. Was hatte Ilai im Leben den unerschütterlichen Brauch der Urväter verflucht, dass immer nur der Erstgeborene den Erbsegen empfangen dürfe. Sollte dieser kräftige aber ungeschlachte und tölpelhafte Efrajim dereinst Herr über des Vaters Güter sein? Wieviel mehr stünde dieses Recht einem schriftkundigen und weitsichtigen Erben zu. Und Ilai ließ sich durch die Maskerade wissentlich blenden und schrieb ahnungsvoll dem Falschen seinen Segen auf die Stirn. Jaël hatte seinem Vater den Betrug durch die äußerliche Verwandlung in Efrajim nur leichter gemacht. Er hatte es vorausgesehen, dass der Greis die Schandtat nicht würde bemerken *wollen*.

Kaum hatte man das Geschehen dem Betrogenen zugetragen – heimliche Ohren und eilige Plauderer gibt es zur Genüge auch in einer bescheidenen Hütte –, da hatte sich der rasende Efrajim, nach Rache dürstend, aufgemacht, um seinen Bruder zur Rechenschaft zu ziehen. So war das gewesen! Er hätte es wissen können, hätte es wissen müssen! Warum nur hatte er sich zu dem frechen Betrug hinreißen lassen, hatten ihn doch seine frommen Eltern von Kind an gelehrt, die Gebote Gottes zu halten und Recht und Ehre zu achten. Und dann noch den Vater halb ahnend, halb verdrängend in die Intrige hineinziehen! Waren die Augen des Gottes seiner Ahnen nicht auch im Winkel des dunkelsten Zeltes? Nun war es zu spät! Er würde den Rest seines Lebens als ein Geächteter und Verfolgter in der Fremde fristen müssen, als ein Sohn Beelzebubs, des Herrn der Finsternis.

Jaël fühlte die Anstrengung der vergangenen Tage und die Scham über seine Verfehlung in den Körper kriechen. Er breitete seine Decken auf dem noch warmen Boden aus und erwartete den Schlaf. Morgen sollte es weitergehen. Er musste die große Stadt Bavel bald erreichen, denn seine mageren Vorräte gingen zur Neige.

Es mochte kaum eine Stunde vergangen sein, da er unruhig wurde und erwachte. Es war, als hätte sich der Boden geregt. Er öffnete seine schweren Lider und erkannte am Himmel über ihm einen eigentümlichen Glanz. Eine gewaltige Leiter stand auf einmal aufrecht vor ihm im steinigen Wüstensand, wohl zwölf mal zwölf Klafter hoch, und ragte genau in Richtung des geheimnisvollen Lichtes, das sich allmählich zu verstärken schien. Jaël erhob sich und schritt umsichtig zu dem Gebilde hin, erfasste seine gläsernen Holme und blickte die Sprossen empor, in deren durchsichtigem Glimmer der Himmelsschein sich tausendfach brach. Er konnte nicht widerstreben. Die Leiter und das Leuchten schlugen ihn in magischen Bann, und er setzte, alle Vorsicht vergessend, seinen Fuß behutsam auf die unterste Sprosse. Sie hielt. Das Glas zerbrach nicht unter der Last seines Körpers, und ganz langsam, dann ermutigt und schneller und schneller steigend, erklomm er die bald schwindelnden Höhen. Eine neu gewonnene Kraft schien ihn emporzutragen. Unter ihm schrumpfte das Land zu winziger Größe und begann schon zu verschwimmen. Seine treuen Kamele konnte er eben noch erkennen, wie sie in tiefem Schlaf lagen.

Das Strahlen über ihm war inzwischen zu herrlichem Lichtspiel angewachsen und verlockte ihn auf unausgesprochene Weise ganz übermächtig. Auf einmal war er am Ende der Sprossen angekommen. Doch sie hatten ihn noch nicht ans Ziel gebracht. Die Helle, die sich zu einem über-

irdisch schönen Stern verwandelt hatte, von dem alle Farben der Welt auszugehen schienen, war immer noch in unerreichbarer Ferne. Da vernahm Jaël plötzlich eine sanfte Stimme aus den Höhen zu ihm herabwehen, die sprach: „Mein Sohn! Fürchte dich nicht! Ich bin es! Der, den du seit deiner Kindheit suchst! Steige zu mir herauf!"

„O Herr, wie kann ich das denn tun?", antwortete der Angesprochene verzagt zweifelnd. „Die Leiter ist zu kurz, sie reicht nicht in Deine Höhe."

„Nimm einen der Samen aus den Falten deines Gewandes und wirf ihn auf die Erde unter dir!", sang die wunderbare Stimme über ihm. Und Jaël griff in die Tiefen seiner Manteltasche – und tatsächlich! Darin befand sich noch eine einzige der Bohnen, die er sich am Morgen für die Tagesration zubereitet hatte. Sie schien noch frisch und lebensfähig, und Jaël ließ den Kern in die Tiefe fallen, wie ihm geheißen war. Er konnte im Widerschein des himmlischen Lichtes beobachten, was dann geschah. Aus dem Körnchen, das am Fuß der Leiter auf den Wüstenboden aufschlug, entkeimte in Windeseile ein Sproß, der sich um die Holme der Leiter schlang, der rankte und wuchs, die Stufen zu ihm hinauf emporwuchs, ihn umwand und erfasste und mit sich trug, hinauf und immer höher direkt in das Auge des Strahlenglanzes über ihm. Für einen Moment stand er *Ihm* gegenüber! Er durfte den Herrn schauen und die Tiefe seiner Milde und Weisheit erfahren, die ganze Welt in einem Augenblick erfassen. Da gab es nichts mehr zu fragen. Da bedurfte es keiner Antworten. Alles war so klar und alle Zusammenhänge lagen offen vor ihm.

Jaël erwachte mit den ersten wärmenden Strahlen der Sonne. Seine Tiere hatten bereits ihre Köpfe gereckt. Er fühlte sich erfrischt und gestärkt und erhob sich. Ein langer Schluck aus dem Lederbalg und einige Bissen der für Notfälle zurückbehaltenen Trockenfeigen gaben ihm Kraft und Zuversicht. Dann schwang er sich auf das kräftigste seiner vertrauten und unendlich zähen Wüstenschiffe. Sie würden es schaffen, ihn dorthin zu tragen, wo jetzt sein Ziel war. Sein langer Morgenschatten wies ihm den Weg. Nach Abend! Dorthin, wo seine Heimat lag und wo eine üble Geschichte bereinigt werden musste – auch wenn er künftig nur noch Knecht sein würde.

Die Kündigung

„Na, Müller, was gibt's? Was führt Sie zu mir?", fragt mich mein Chef, Bruno Breitner, ein kolossiger Mann, mit seiner überlauten, plärrigen und scharfen Stimme. Ich habe gerade nach vorheriger schriftlicher Anmeldung sein Büro an einem grauen Montagmorgen betreten. Er lädt mich nicht ein, mich niederzusetzen. „Gibt's Stress mit der Frau? Ha, ha!", fügt er mit seinem plumpen Hang zu ironisierender Derbheit hinzu.

„Äh ... nein", antworte ich unsicher. „Ich möchte nur ..."

„Lassen Sie mich raten: Sie wollen Gehaltserhöhung, Müller, nicht wahr!", fällt mir Breitner ins Wort. „Alle wollen das! Ein schickes Auto? Ein beheizter Pool für den Garten? Begehrt die werte Gattin einen neuen Nerz?"

„Äh, eigentlich nicht", antworte ich eingeschüchtert und mit belegter Stimme. „Ich wollte nur ... ich komme in besonderer Angelegenheit."

„Ah, verstehe. Stress mit den Kollegen? Mobbing in der Firma?", fällt er mir mit einem anbiedernden Ton ins Wort. „Gibts doch gar nicht bei uns, oder? Wir pflegen doch die Offenheit, den kollegialen Umgang aller mit allen, was, Müller!"

„Nein, ich ...", versuche ich endlich zu Wort zu kommen.

„Nun schießen Sie schon los, Müller, nicht so schüchtern!", poltert Breitner weiter. „Immer raus mit den Kanonen!"

„Also gut, dann ...", raffe ich meinen ganzen Mut zusammen und will beginnen.

„Ist's so schlimm? Ich bin doch kein Unmensch, oder, Müller?", fährt Breitner dazwischen und haut mit seiner flachen Löwenpranke auf den riesigen Schreibtisch, der mich von ihm trennt. „Auf gehts, raus mit der Sprache!"

Ich atme nochmals tief durch, und als ich endlich zu Wort komme, stoße ich heraus: „Ich kündige!" –

Ein paar Sekunden verharrt das runde Bullengesicht meines Chefs wie erstarrt in freundlicher Kälte. Dann zieht sich die Doppelfalte seiner Nasenwurzel eng und drohend zusammen. „Sie kündigen?", wiederholt er langsam in einem fast mechanischen Echo.

„Ja, ich will kündigen. Sofort! Ab jetzt!", füge ich mit gesenktem Blick und fast tonlos hinzu.

Die Stimme meines Chefs nimmt einen geschärften Klang an, als er loslegt: „Normalerweise kündige *ich* meinen Mitarbeitern! Ha, ha! – Also *Sie* kündigen? Einfach so? Wohl ne Erbschaft gemacht? Den Jackpot geknackt? Sind Sie mit dem Gehalt nicht zufrieden? Hat Sie die Arbeit überfordert?"

„Nicht u … unbedingt", stottere ich verunsichert. „Aber …"

„Aber Sie haben was Besseres gefunden! Ja?", unterbricht er mich höhnisch. „Der Herr steigt auf? Ja? Wir sind ihm nicht mehr gut genug, ja? Ist es das?"

„Nein, das nicht, jedenfalls nicht an erster Stelle, ich will nur …", hauche ich gequält.

„Was wollen Sie dann!?", herrscht Breitner mich jetzt an und knallt seine geballte rechte Faust auf die dicke Mahagoniplatte vor ihm. „Hier kündigt man nicht! Hier ist man ein zufriedener Mitarbeiter! Hier wird man gut bezahlt! Hier hat man ein ausgezeichnetes Betriebsklima! Hier herrscht ein umsichtiger Boss!"

„Ich will nur …", versuche ich seinen Redeschwall zu durchbrechen.

„Was denn!?", brüllt er mich jetzt an wie ein Löwe, der in der Savanne sein Revier markiert.

„Ich will – einfach nicht mehr angebrüllt werden!", schließe ich mit größter Überwindung meinen Kündigungsantrag ab.

Breitners Kinnlade klappt erschlafft herunter und sein ringsum schaumig befeuchteter Kiefer steht für einen Moment sprachlos offen. Es hatte wohl noch nie jemand gewagt, ihm so etwas ins Gesicht zu sagen.

„Da … da … das ist ja unerhört!", stottert diesmal Breitner. „Das hat mir noch niemand … ! Sie … Sie …"

„Sie sind kein Chef, sie sind ein Diktator!", wage ich jetzt ihn zu unterbrechen, nachdem die Katze schon mal aus dem Sack war. Ich beginne, mich befreit zu fühlen.

„Diktator!", echot Breitner fassungslos und leise und starrt dabei mit seinen klein gewordenen Pupillen durch mich hindurch ins Leere.

„Ein grausamer Unterdrücker!", füge ich hinzu und beobachte erstaunt an mir, dass ich in diesem Moment etwas lächle.

„Unter … drücker", wiederholt er stockend. Dann schöpft er tief Luft, wie ein Blauwal vor dem Tauchgang, und geht in die Offensive: „Ich drücke *Ihnen* gleich mal was rein, Sie, Sie Nichts, Sie Kröte, Sie Versager! Ich werde Sie platt machen! Sie werden es noch bereuen!"

„Ich bereue nur, dass ich Ihnen das nicht schon früher gesagt habe, Sie Unmensch, dass Sie ein Menschenschinder sind, ein rücksichtsloser, ein … Sadist!", stößt es jetzt wie scharfe Pfeile aus mir heraus. Breitner läuft purpurrot an und bläht sich auf wie eine Kröte in der Balz.

„Wenn sie nicht sofort, auf der Stelle, dieses Büro …", weiter kommt er nicht, denn ich spiele jetzt meinen zweiten Trumpf aus, den ich eigentlich zurückhalten wollte, aber die Situation ist zu verlockend für mich geworden:

„Dass Sie ein unsensibler Wüstling sind, das finde übrigens nicht nur ich. Haben Sie denn überhaupt bemerkt, dass ihre Frau in der letzten Zeit immer mehr ihre eigenen Wege geht?"

„Meine Frau …", haucht jetzt Breitner und sein Gesicht wechselt von purpurrot zu blassbleich. Dann fängt er an zu pumpen wie ein Maikäfer vor dem Abflug, dass man meinen könnte, er würde demnächst platzen.

Meine folgenden Worte stoße ich leise, aber überdeutlich und nicht ohne Genuss aus: „Ihre Frau – Monika, so heißt sie doch? – vergnügt sich längst mit einem anderen Mann, der mehr auf sie eingeht!" Breitner sinkt auf seinem Chefsessel zusammen, als wäre die ganze Pumpluft mit einem Mal aus ihm entwichen und will nach etwas auf seinem Schreibtisch greifen.

„Meine, meine … Tabletten … Wasser … bi-bitte, schnell", lallt er stockend.

„Meinen Sie diese?" Ich nehme ein Päckchen eines Medikaments vom Schreibtisch. „Cordiamed", lese ich langsam vor. Breitner streckt seine Hand nach dem Päckchen aus. Ich entziehe ihm das kleine, weiße Schächtelchen und sehe staunend zu, wie Breitner noch mehr in sich zusammensackt und beginnt, nach Luft zu japsen. Mein Selbstvertrauen wächst in dem Maße, wie das seine schwindet. Als er zitternd nach dem Hörer der Gegensprechanlage zur Vorzimmerdame greifen will, ziehe ich blitzschnell den Stecker aus dem Gerät. Die Matuschek, die blonde Giftspritze, darf ihm jetzt nicht zu Hilfe eilen.

„Mmm … Tabl… schnell …" Sein Gesicht ist jetzt nicht mehr bleich, sondern eher graublau angelaufen.

„Nehmen Sie nicht so viele Tabletten!", empfehle ich ihm mit unverhohlen ironischer Fürsorglichkeit, als spräche ich zu einem Kind. „Die

Nebenwirkungen! Ts, ts, ts! Sehr gefährlich! Am besten, ich bringe das vor Ihnen in Sicherheit", sage ich jetzt mit offenem Zynismus und werfe das Päckchen mit lässigem Schwung auf die Oberseite des wuchtigen Büroschrankes hinter ihm. Breitner würde es in dem Zustand nicht schaffen, da ran zu kommen. Oh, wie ich es genieße, ihn so leiden, ihn wie einen Wurm vor mir sich winden zu sehen. „Und jetzt empfehle ich mich, Herr Breitner", schließe ich ganz gelassen meine Rede ab. Dann drehe ich mich um und schreite langsam und würdevoll gefasst, wie ein siegreicher Feldherr beim Triumphzug, ohne noch einmal zu ihm zurückzuschauen, aus dem Büro. Hinter mir höre ich nur gurgelndes Lallen, kein verständliches Wort.

Als ich die Türe zu seinem Büro von draußen schließe, höre ich einen dumpfen Rumpler, als wäre jemand vom Stuhl gefallen. Mich rührt das nicht mehr an. Ich bin fertig mit dem Unmenschen. Mag er bleiben, wo der Pfeffer wächst. Auf den Schreibtisch der erstaunt schauenden Sekretärin Matuschek lege ich im Vorbeigehen mein vorbereitetes Kündigungsschreiben und sage ihr, dass der Chef in der nächsten halben Stunde nicht gestört werden wolle.

Während ich das Firmengebäude verlasse, umschließt meine Hand das Schreiben in meiner Jackentasche. Es ist ein Brief der Firma Leuchtner & Co., Breitners Konkurrenz, den ich vorgestern erhalten habe. Darin wird mir das Angebot unterbreitet, mich als Filialleiter einstellen zu wollen. Ich hatte mich um die Stelle beworben und bereits das Einstellungsgespräch erfolgreich absolviert. Mit *meinem Knowhow,* so stand zu lesen, sei ich *der richtige Mann für den Posten.* Mein bisheriges Monatsgehalt verdreifacht sich!

Eben geht die Sonne über den grauen Morgenschwaden der Stadt auf. Ein Krankenwagen schießt mit heulendem Martinshorn um die Ecke und hält vor dem Eingang der Firma Breitner. Viel mehr aber interessiert mich der metallic-blaue Porsche, der hundert Meter weiter am Straßenrand auf mich wartet. Ich öffne die Tür. Die süße Stimme der attraktiven Fahrerin girrt mich an: „Na, hast du's hinter dich gebracht? Wie hat er denn reagiert?" Ich setze mich auf den Beifahrersitz und küsse ihr zärtlich die Hand.

„War gar nicht so schlimm wie ich dachte. Er hat, wie zu erwarten war, zuerst rumgebrüllt, danach aber war er erstaunlich still. Liebste Monika, wir sollten den ersten Tag unserer neuen Zeitrechnung mit einem Champagnerfrühstück beginnen. Was meinst Du?"

„Dann aber wieder bei mir", haucht sie verführerisch. „Du weiß ja, dass Bruno immer erst spät aus dem Geschäft nach Hause kommt."

Eine Welt ohne Bücher

Das Buch hat ausgelebt, die Menschheit braucht es nicht mehr. Die Mög-lichkeiten der digitalen Kommunikation machen es bald gänzlich verzicht-bar. Was ist denn das für ein Mist, den ich in dieser Zeitschrift lesen muss! Das kann nur ein Journalist geschrieben haben, der vom Lesen – vom wirklichen Lesen von Literatur – keine Ahnung hat! *Papier wird auch bald nicht mehr gebraucht. Das E-Book tritt den Siegeszug an.* Jetzt reicht es mir! Ich werfe verärgert die Broschüre auf den Bordtisch neben mir. Kein Papier? Dass ich nicht lache! Allerdings, die modernen digitalen Kurznachrichten, oft auf Einwortsätze reduziert, sterben schnell wie Ein-tagsfliegen. Sie werden rasch eingetippt und flüchtig konsumiert – Ex-und-hopp-Mentalität. Sie lohnen meist nicht den Ausdruck auf Papier. Morgen sind sie schon wieder wertlos, verdrängt von neuen *Infos, News, breaking News.* Gepuschte Sensationen, Modethemen, meistens nur Ober-flächlichkeiten.

Ich ziehe mich auf die tiefer gelegene, windgeschützte Plattform zurück. Unsere hochseetaugliche Yacht gleitet nicht mehr so sanft und mühelos durch die Dünung des offenen Meeres, da der Wind merklich aufgefrischt hat. Ich komme ins Grübeln. Das Buch verzichtbar? Für mich ist erst ein ausgedruckter Text real vorhanden. Einem Bildschirm oder Display traue ich nicht. Ich will das Papier in der Hand halten. Was gibt es Schöneres, als in einem Buch zu schmökern! Deshalb habe ich mich auch reichlich mit Literatur für die Reise eingedeckt. Ein Griff in meine Umhängetasche, und ich halte einen Roman in der Hand, einen aus dem Antiquitätenladen: *Schiffbruch im Pazifik* von *Herman J. Forne.* Mir hatte der Einband gefallen, und das Thema würde zu meiner Reise passen. Antiquarische Bücher *müffeln* oft so schön. Sie riechen nach der Zeit, die seit ihrer Herstellung vergangen ist. Der Duft einer geisteswissenschaftlichen Bibliothek, die des musikwissenschaftlichen Seminars in Heidelberg beispielsweise – ich werde ihn nie vergessen! Manche Bücher bekommen Stockflecken oder schimmeln, andere werden von den Papiersäuren oder Tinten zerfressen. Bücher sind wie Lebewesen, die altern und sterben können. Wir müssen uns um sie kümmern und sie pflegen, sie heilen, wie nach dem Brand der Anna-Amalia-Bibliothek in Weimar.

Eine Welt ohne Bücher? Lächerlich! Solange der Mensch auf diesem Planeten ist, und es ein kreatives Ausdrucksbedürfnis gibt, gar eine Schrift existiert, hat es immer eine *Buchkultur* gegeben. Und das wird auch so weitergehen. Es musste ja nicht immer Papier sein, auf das man schrieb. Man konnte Felsen und Höhlenwände mit Zeichen und bedeutungsvollen Bildern versehen oder Wände von Grabkammern oder Tempeln mit Schriftzeichen bedecken. Im Zweistromland drückte man Schreibgriffel in weichen Ton. Die alten Ägypter klopften Papyrusfasern zu glatten Schreibmatten. Das jüdische Volk des Alten Testaments lernte es, die Geschichten der Urväter auf Schreibrollen dem Vergessen zu entreißen. So wurden die Erinnerungen bewahrt und sicher weitergegeben. Die Schriftrolle wurde vom Pergamentfoliant mittelalterlicher Klosterschreibstuben abgelöst: Sorgfältig zusammengeheftete und in Leder gebundene, beschriebene Tierhäute.

Bücher – Schätze des Wissens vergangener Zeiten. Und außerdem gibt es seit Gutenberg eine stets wachsende Auflage, Sicherungskopien gleichsam, die den Verlust einzelner Exemplare verschmerzbar machen.

Ich mag keine E-Books. Sie fühlen sich nicht wie ein Buch an, sie riechen nicht nach Papier, Klebstoff und Druckerfarbe, und außerdem misstraue ich der Technik. Der Akku kann sich entladen, die Festplatte kaputtgehen, das Lesegerät herunterfallen und beschädigt werden. Hingegen liebe ich Bücher mit Eselsohren und Fettflecken, mit Randnotizen und eingekniffenen Leseabschnitten. Sie sagen mir, dass ich oder ein anderer Mensch das Buch schon einmal unter der Hand hatte. Das hat für mich eine besondere Ausstrahlung und macht Bücher für mich lebendig.

Digitales Welterbe? Dass ich nicht lache. Wieviel Festplatten musste ich schon in den Müll werfen. Wenn alle digitalen Textspeicher längst hinüber sind, dann werden immer noch irgendwo Bücher herumstehen. Und wenn auch die in einer fernen Welt der Zukunft verrottet, zerfallen, zernagt und verbrannt sind, dann ist die Menschheit wieder an dem Punkt, wo sie die Wände von Höhlen bekritzeln wird.

Der Wind hat aufgefrischt und erste Wasserspritzer reißen mich aus meinen Gedanken. Diese Schiffsreise kam mir sehr gelegen. Ich bin von Freunden zu einer Ozeankreuzfahrt eingeladen worden. Samuel Whatson, gebürtiger Engländer, lebt seit langem mit seiner Frau Brenda in Brisbane. Ich hatte Samuel seinerzeit beim Studium in Heidelberg kennengelernt, und wir freundeten uns an. Auch nach seiner Auswanderung nach Australien blieben wir in Kontakt. Außerdem waren Brendas Bruder Harry und seine Freundin Mary-Ann aus Sydney mit an Bord.

Die Whatsons waren vermögende Leute, die eine eigene, hochseetaugliche Motoryacht besaßen. Wir wollten vier Wochen lang vom australischen Brisbane aus das Archipel der Fidschi-Inseln erkunden, das etwa dreitausend Kilometer östlich im Pazifik liegt. Danach sollte Auckland im Norden Neuseelands angesteuert werden, um dann, zum Abschluss dieses großen Dreiecks, nach Brisbane zurückzukehren.

Es ist schon einige Stunden her, dass wir unsere erste Station, die Fidschi-Hauptstadt Suva auf der Insel Viti Levu verlassen haben. Es beunruhigt mich, wie das Boot sich hebt und senkt. Die Gischt spritzt schon bis zu mir herauf. Am Himmel türmen sich furchterregende Wolken. „Wir steuern auf ein starkes Gewitter mit Sturm zu!", ruft mir Samuel von der

Brücke zu. „Geh besser unter Deck! Keine Sorge, das Schiff ist dem Wetter gewachsen!"

Die Blitze kommen rasch näher und zucken bald rings um uns herum. Und es geschieht etwas, was so selten auf See vorkommt, dass man für diesen Fall meist keine Vorsorge trifft. Ein Blitz schlägt ein und legt die gesamte Bordelektronik lahm. Es ist nicht mehr möglich, einen Notruf abzusetzen. Wir sind dem Unwetter außerdem orientierungslos ausgesetzt, denn das GPS wurde beschädigt. Doch das Gefährlichste ist, dass auch die Steuerung weitgehend ausfällt, die in modernen Yachten vor allem über Sensoren und digitale Programme ausgeführt wird. Wir können nur per Handsteuerung versuchen, das Schiff gegen den Wind und die Wellen zu stellen, so dass es nicht kentert. Ansonsten müssen wir uns den Naturgewalten überlassen.

Nach einigen Stunden, in denen wir Spielball der Elemente sind, kracht und knirscht es fürchterlich. Wir sitzen auf einer felsigen Untiefe auf, und der Schiffsrumpf wird nach und nach zerrieben und zerstört. Die einst stolze Yacht sinkt. Wir fünf Menschen an Bord können uns mit dem Kunststoff-Dingi retten, das, da es fast keinen Tiefgang hat, über die Korallenbänke hinweg driftet und von dem nachlassenden Wind und den Wellen an den Strand einer kleinen, bewaldeten Insel geworfen wird. Es musste eine der über dreihundert Fidschi-Inseln sein, von denen etwa hundert heute noch bewohnt sind. *Unsere* gehörte nicht zu den bewohnten.

Ich will hier nicht erzählen, wie wir in den ersten Tagen nach der Havarie zuerst die angespülten Bruchstücke der Yacht bargen, darunter Kleider, Möbelfragmente, Werkzeuge wie Messer, Zangen und Sägen, Konservendosen, Bretter, Planken, Kunststoffteile, sogar den unbeschädigten Verbandskasten. Alles, was unser Überleben auf dem Eiland fördern konnte, sammelten wir auf und bargen es an sicherem Ort. Ich will auch nicht erzählen, wie wir uns nach und nach aus Trümmerteilen und Naturmaterialien eine Unterkunft bauten und stetig verbesserten, wie wir gottseidank auf der Insel alles an Nahrung und Frischwasser fanden, was wir brauchten. Das kleine unbewohnte Eiland war geradezu ein Garten Eden, was Früchte und leicht zu sammelnde oder zu fangende Meerestiere betraf. Zündmaterial zur Anfeuerung und damit zum Kochen hatte die Havarie überlebt, und nach einer Woche waren wir sicher, hier wenigstens nicht verhungern und verdursten zu müssen. Auch gab es keine wilden und gefährlichen Tiere, wohl aber jede Menge an Seevögeln aller Arten, Kriechtiere und Insekten, so dass wir uns mehr wie in einem Exotarium vorkamen als in freier Natur.

Auch wenn allein diese Erlebnisse ein Buch füllen würden, an dieser Stelle soll meine Feder vorerst darüber schweigen. Man lese Daniel Defoes Roman *Robinson Crusoe*, wenn man gleich etwas darüber erfahren will. Auch die psychologischen Ereignisse und Konflikte im sozialen Miteinander unserer kleinen Gruppe möchte ich hier nicht darstellen, zumal das Zusammenleben von fünf disziplinierten und erwachsenen Menschen keine Szenarien ergab, wie sie uns gewisse Reality-Shows diverser Dschungelcamps voyeuristisch in die Wohnstuben tragen. Dies alles soll späterer Publikation vorbehalten bleiben.

Hier geht es mir einzig um mein Lebensthema, das mich kurz vor der Katastrophe erneut beschäftigt hatte, um das Lesen und das Schreiben. Wie stand es damit in unserer unfreiwilligen Isolation? An Büchern, Broschüren und Zeitungen konnte nichts gerettet werden. Alles, was die Flut am nächsten und in den folgenden Tagen an den Strand trieb, war durchnässt und bereits in Auflösung begriffen. Alle elektronischen Geräte zur Dokumentation und Kommunikation waren wegen der Nässe ebenfalls zerstört, ganz abgesehen von der fehlenden Stromversorgung. Kein schneller Griff zum Mobiltelefon oder Tablet war mehr möglich, und schon bald vermissten meine Freunde diese gewohnten Kontakte mit der Welt um uns wie Drogenabhängige ihren Stoff im Entzug. Mary-Ann und Brenda waren wie ich leidenschaftliche Leseratten. Unsere mitgeführten

Romane, die wir in den Tagen auf See zu lesen gedachten, schwammen längst zerweicht zwischen den Korallenbänken.

Eine Reihe von Schreibstiften hatten allerdings in einem angespülten Federmäppchen geborgen werden können, wovon aber nur die Bleistifte noch tauglich waren. Es gab noch einige Seiten eines Schreibblockes, die ich einzeln sorgsam trocknete. Glücklicherweise konnte auch das Logbuch aus dem Meer gezogen werden, auch wenn die Einträge unleserlich geworden waren. Wir spülten es mit Quellwasser durch und retteten die Seiten, indem wir das Buch geöffnet auf die Kanten stellten und die Blätter, so gut es ging, auffächerten. Manche klebten danach untrennbar zusammen, aber einige Dutzend brauchbarer weißer, wenn auch gewölbter und gerunzelter Schreibseiten werden es am Ende gewesen sein, die uns blieben. Die Bindung hatte sich immerhin erhalten und hielt die Blätter zusammen. Schreibpapier würde das Kulturgut sein, das uns bald am meisten fehlte.

Schon nach drei Tagen hatte Mary-Ann die Idee, dass wir unbedingt alles notieren sollten, was wir erlebten und durchmachten. Schließlich würden wir ja unweigerlich und bald gerettet werden, und es wäre wichtig, der Presse und den Medien genaue Auskunft über unser durchlebtes Schicksal als Schiffbrüchige geben zu können. Schließlich sollte es auch möglich sein, einen Bestseller über unseren Zwangsurlaub zu veröffentlichen, dessen Erfolg vielleicht sogar den Verlust der Yacht und unserer mitgeführten Besitztümer ersetzen könnte. Und konsequenterweise wurde ich, ein erfolgreicher, wenn auch nur gelegentlicher Kolumnist der *Frankfurter Allgemeinen Zeitung,* mit dieser Aufgabe betraut. Ich sollte der Protokollant dieses außergewöhnlichen Abenteuers sein.

Ob sie uns schon suchten? Nicht viele Menschen waren in unsere kleine Privatexpedition eingeweiht worden. Man würde uns sowieso erst nach etlichen Tagen vermissen, wenn die WhatsApp-Nachrichten und E-Mails ausblieben. Eine Reiseroute und Zielbeschreibungen hatten wir in den letzten Häfen leider nicht hinterlassen. Diese Nachlässigkeit reute uns jetzt sehr.

Ich begann zu schreiben. Ein detailliertes Protokoll von literarischem Wert sollte es werden, daher schrieb ich in meiner Muttersprache Deutsch. Schnell schwanden die blanken Seiten des getrockneten Logbuches dahin, und auch der Vorrat an Bleistiften schmolz. Ich spitzte sie immer sorgfältiger und schonender, meine Schrift wurde immer kleiner und enger. Längst hielt ich keine Ränder und Absätze mehr ein, um nur ja keinen wertvollen Schreibgrund zu vergeuden. Da die Rettung auch nach vier Wochen auf sich warten ließ, war das Logbuch eines Tages vollgeschrieben, und ich setzte die Notizen auf den getrockneten Einzelblättern fort. Nach deren Verbrauch mussten hier und da noch beschreibbare Papierfetzen aus verdorbenen Büchern, Zeitschriften und Katalogen herhalten, die wir irgendwo achtlos sich selbst überlassen hatten. Das meiste von ihnen aber war vom Wasser und der Sonne zu unbrauchbaren Klumpen verbacken. Den letzten verbliebenen Bleistift drückte ich, um Graphit zu sparen, nur ganz leicht auf, so viel, dass man das Geschriebene eben noch lesen konnte. Doch nach drei Monaten, so lange hatten wir inzwischen ausgeharrt und waren inzwischen wettergegerbte und erfahrene Survivors geworden, waren die allerletzten Schreibmaterialien erschöpft. Es gab kein Papier mehr, und nur ein halber Bleistift blieb uns noch.

Wie wichtig aber wäre die Fortsetzung der Notate gewesen, gerade jetzt, da der anfängliche Pioniergeist sich verflog und wir immer mehr die Wucht existenziellen Ausgesetzseins erlebten. Das sollte unbedingt und aus unmittelbarem Erleben heraus festgehalten werden. Auch die scheinbaren Nebensächlichkeiten würden erst meinen Bericht lebendig machen und ihm Authentizität verleihen. Die Rahmenhandlung wäre schnell erzählt, aber die kleinen Erlebnisse des Alltags, die Bisse und Stiche kleiner insektischer Quälgeister, das Wundscheuern der Finger beim Abernten von Schalentieren an den Felsklippen, die von Salz und Sonne ausgetrockneten und eingerissenen Lippen, die Querelen untereinander, das Sich-auf-die-Nerven-gehen, die Aussprachen, die Problemlösungsversuche, das Scheitern, die Erfolge. Es musste weitergeschrieben werden, gleichgültig wie und womit.

Geeignetes Treibgut gab es nicht. Auf Plastiktüten und Flaschen kann man mit einem Bleistift nicht schreiben. Mit Holzstangen und unlackierten Brettern war es schon besser bestellt. Einiges davon hatten wir ja auch aus dem Schiffswrack retten können. Darauf konnte ich weiterschreiben. So viele Bretter, wie ich hätte beschreiben wollen, hatte ich nicht zur Verfügung. Zwar gab es auf unserer Insel Pflanzen mit großen Blättern, und ich probierte verschiedene Methoden aus, doch alle verrunzelten beim Trocknen und zerfielen allzu leicht. Auf die Methode, wie die Ägypter Papyrus herzustellen, verstand sich leider niemand in unserer Gruppe. Das war eine Sackgasse. Außerdem war sehr bald der Bleistift am Ende. Ich hatte ihn so aufgebraucht, dass ich den Stummel schließlich nicht mehr mit den Fingern halten konnte.

Wir hatten genug Holzkohle. Mit kleinen Bröckchen konnte man schreiben. Es gelang mir sogar, von gewissen Gewächsen unter Mühen größere Rindenflächen abzuziehen, doch die zwangsweise gröbere Schrift haftete nicht fest auf dem Untergrund, war leicht verwischbar, und der Nachschub an Rindenstücken so spärlich, dass auch das kein Weg zur Fortsetzung der Tagebuchaufzeichnungen war.

An bestimmten Stellen, weiter weg vom Strand, wo das hügelige Inselinnere begann, gab es geschmeidigen und fein formbaren Lehm, mit dem wir auch einige Wände und die Böden unserer Behausungen glatt ausstreichen konnten. In vorgeformte Lehmplatten konnte man mit spitzen Holzstäbchen ganz passabel einritzen. Die Schreibtafeln durften aber weder zu dünn noch zu dick sein. In beiden Fällen konnten sie nach Trocknung brechen. Die zu dünnen Platten waren zu mürbe, und die dicken brachte der ungleiche Schrumpfungsprozess beim Trocknen zum Bersten. Wenn aber das Format genau das richtige war, und das hatte ich bald heraus, war diese Methode zur Verwahrung unsrer Erinnerungen sehr geeignet. Die *Lehmziegel* aber mussten nach der Trocknung ganz regensicher gelagert werden, wie ja überhaupt mein stetig anwachsender literarischer Schatz vor Beschädigungen jeglicher Art streng geschützt werden musste. Nur ja keinen weiteren Sturm und Wolkenbruch auf meine Bibliothek! Als Schutzmaßnahmen dienten unter anderem ein geretteter, wasserdicht verschließbarer Seesack und Pastikplanen, die von Zeit zu Zeit an den Strand gespült wurden.

Nach einigen weiteren Wochen erfand ich eine neue Methode. An gewissen Stellen der Insel gab es eine Art Schieferplatten, keinen Schiefer wie wir ihn von Dachbedeckungen bei uns kennen, sondern helle Bruchsteine, die sich von ihrem Ursprungsort in dünnen Schichten ablösen ließen. In sie lernte ich mit harten Steinsplittern einzugravieren. Das ging recht gut, war erstaunlich haltbar und wasserfest, auch wenn die Schreibhand schnell müde wurde und verkrampfte.

Nach sieben Monaten hatten wir drei Männer dichte Bärte. Alle fünf waren wir bei guter Gesundheit und schlank und drahtig geworden und fühlten uns, dank der natürlichen Ernährung, fit wie nie. Keinen Alkohol, keine Süßspeisen, keine Knabbersachen und *Fastfood,* nur frisches Quell- oder Regenwasser, vitamin- und mineralhaltige Frischkost, dabei viel pflanzliche Ballaststoffe. Muschelfleisch gab es reichlich, auch die Erbeutung von Fischen gelang uns ab und zu. Für so eine Frischzellenkur für Körper und Geist hätten wir Stadtpflanzen vorher gerne Geld bezahlt. Wir waren zu einer zusammengeschweißten Schicksalsgemeinschaft geworden und kannten uns untereinander so gut wie nie zuvor. Jeder spürte auch, wann es besser war zu schweigen und lieber einmal eine Stunde seiner eigenen Wege zu gehen, ein Stück am Strand entlang zur nächsten Bucht beispielsweise oder eine kleine Erkundungstour ins Inselinnere zu unternehmen.

Bei so einem Ausgang ohne konkretes Ziel stieß ich im Inneren der Insel auf eine Höhle, mehr eine solide Aushöhlung erodierter Felsen, deren innere Oberfläche recht glatt und eben war, und die geradezu einlud, etwas in sie einzugravieren. Und so kam ich immer wieder, wenn mich die Sehnsucht nach Abgesondertheit erfasste, hierher und hinterließ überdauernde Spuren unseres Hierseins: Mit spitzen Steinen hämmerte, ritzte und trieb ich Gravuren in die Wände. Mit den verkohlten Enden von mitgebrachten Stöcken malte ich Zeichnungen darauf. Es gelangen mir sogar Kolorierungen, denn ich hatte in der Zwischenzeit auch farbige, feine, pigmentartige Schlammablagerungen gefunden und zu bunten Pulvern getrocknet. Mit Wasser, Pflanzenschleim oder Speichel verflüssigt, gaben sie dezente, aber wirkungsvolle Farbabstufungen meiner Kohlezeichnungen ab.

Ich zeichnete die *Saga* unserer Odyssee: Da war eine Yacht zu sehen, zumindest die vereinfachte und idealisierte Form einer Yacht, dann, wie diese an Meeresfelsen zerschellt. Ich skizzierte fünf Menschen an Land, die sich Unterstände bauen, Fische fangen und Früchte sammeln.

Irgendwann ging auch die brauchbare Malfläche dieser Höhle zur Neige. Als ich sie zwischenzeitig immer wieder meinen Freunden zeigte, waren diese außerordentlich bewegt. Diese Artefakte würden unseren Aufenthalt, ja vielleicht sogar unseren Tod, wenn denn je keine Rettung käme, überdauern. Die Höhlung war wettergeschützt und eingebuchtet genug, um viele Jahre der Verwitterung zu trotzen. Irgendwer würde vielleicht eines Tages diese Zeichen sehen und deuten lernen, und wir hätten der Nachwelt ein Zeichen gegeben, dass wir hier waren, dass wir gelebt hatten und gestorben sind.

Unsere Rettung indessen kam nach acht Monaten plötzlich und unerwartet. In größeren Abständen von manchmal bis zu einem Jahr kommen die Hüter dieses Naturreservates und Forscher auf diese und andere vor jedem

Tourismus geschützte Inseln, um ihren Zustand zu dokumentieren. So hatte man uns gefunden. Die Suche direkt nach unserem Schiffbruch war einige Tage ergebnislos verlaufen und dann aufgegeben worden.

Man brachte uns ans Festland zurück. Der wichtigste Schatz neben unseren Erinnerungen, die authentischen Dokumente unseres Überlebens, war eine Autoladung voll an über und über beschriebenen Papieren, Brettern, Rindenplatten, Lehmziegeln und Steintafeln, die ich, wieder zu Hause in Europa, in monatelanger Arbeit abschrieb und bearbeitete. Ich gedenke, sie zusammen mit meinen australischen Freunden als modernen Erlebnisroman in Buchform zu veröffentlichen. Will ich meinem Verleger glauben, stehen die Zeichen für einen Erfolg nicht schlecht.

Der Wiederbringer

Die wahre Geschichte vom Taucher

Es war einmal vor langer Zeit in einem fernen Königreich. Da lebte ein gar strenger König in einem prächtigen Schloss am Meer. Von Zeit zu Zeit versammelte er seinen Hofstaat um sich und stellte den Mut und die Treue seiner Untergebenen auf die Probe. Da mussten bald Zweikämpfe ausgefochten, bald Bäume erstiegen, bald halsbrecherische Kletterg auf der verschnörkelten Fassade des Königsschlosses unternommen werden. Dem Sieger winkte dann ein kleiner Lohn, eine Soldaufbesserung, ein Gastmahl an der Seite des strengen Königs oder ein Tapferkeitsorden. Oft aber verweigerten die weniger sportlichen Ritter die Herausforderungen, denn in ihrer blitzenden Rüstung war nicht gut klettern. Dann konnte der gar strenge König sich nicht genug darin tun, sie auszulachen und vor den fein herausgeputzten Damen seines Hofstaates zu blamieren. Ob er denn nur von Schwächlingen und Angsthasen umgeben sei, lautete dann üblicherweise seine höhnische Tirade.

Eines Tages ließ der strenge König verlauten, einen kostbaren und mit Edelsteinen besetzten Goldpokal in die schäumende Meeresbucht tief unter den schroffen Klippen des königlichen Lustgartens werfen zu wollen. Wer es vollbringe, ihn tauchend wieder aus den Meeresschlünden hervorzuholen, der dürfe sich künftig Besitzer dieser Preziose nennen. Und so kam der Tag der neuerlichen Mutprüfung heran.

„Wer wagt es", ruft der König mit böse zusammengekniffenen Augen in die Runde, „wer wagt es hinabzutauchen und mir diesen Becher, den ich hier in meinen erhabenen königlichen Händen halte, aus der Tiefe des alles verschlingenden Meeres wieder zu mir empor zu bringen?" Seine Ritter stehen in voller Rüstung und ehrerbietendem Abstand um den in einer Sänfte thronenden König herum und senken die Blicke schamhaft zu Boden. Zum einen ist ihre Rüstung nicht sonderlich zum Schwimmen und Tauchen geeignet, zum anderen sind sie zwar durchaus mutige Landratten, aber des Schwimmens nicht übermäßig kundig und schon gar nicht des Tauchens.

„Na, wirds bald, ihr Feiglinge und Jammerlappen!", erhebt der strenge Gebieter seine königliche Stimme. „Wie? Keine kühne Hand erhebt sich zum Zeichen der Tat? Mutige Krieger wollt ihr sein und wagt es nicht, eurem König diesen kleinen Wunsch zu erfüllen? Lockt euch nicht einmal die einzigartige Belohnung? Wisst ihr nicht, wie kostbar so ein durch und durch fein gearbeiteter Goldpokal ist, zumal derart besetzt mit den erlesensten Edelsteinen des Reiches?" Sprichts und wirft endlich mit ausholender Geste den Pokal vor aller Augen über den Klippenrand. Darunter tobt und braust die Gischt der Meereswellen, die sich in die enge Bucht zwischen den Steilfelsen drängen. Kein vernünftiger Mensch würde sich jemals dem Wagnis aussetzen wollen, in diese wirbelnden Strudel hinabzutauchen. Er wäre alsbald zwischen den Steinen zerschmettert oder von den brausenden Wogen begraben worden. Das wissen auch die fein herausgeputzten Damen, weshalb ihre Lippen diesmal nicht rosenrot und spöttisch gespitzt sind, sondern bleich und eng zusammengekniffen bleiben, will doch keine ihren heimlichen Liebsten dieser Lebensgefahr ausgesetzt wissen. Da würde es klüger sein, die königliche Schmährede auszuhalten. Wenn man schon seinen Bräutigam nicht als Helden würde heimführen können, so sollte es wenigstens ein lebender Mann sein.

Nun war der König aber nicht nur streng, sondern auch listig, und er hatte im Vorhinein eine billige Nachahmung des königlichen Pokales aus Messing und Glassteinen herstellen lassen. Da er den Becher so oder so niemals wieder würde zurückbekommen, täte es auch ein minderwertiger, den er in die brausenden Fluten hinabzuwerfen gedachte. Selbst das grausamste Spiel mit der Ehre seiner Mannen war ihm keinen echten Goldpokal wert.

Auf einmal tritt ein junger Mann in den Kreis der verlegen zu Boden blickenden ehrwürdigen Ritter vor die Augen des Königs. Ein Raunen ergreift die Menge. Keine Rüstung trägt er, nur das einfache Wams und Untergewand eines Knappen. Schön ist sein Angesicht mit den schwarzen Lockenhaaren über der hohen Stirn, der fein ausgeformten Nase und dem kühn blitzenden Blick.

„Mein König und Herr", so beginnt er seine Rede, „ich entbiete all meine Gewandtheit und Kraft, um Eurem königlichen Wunsche zu willfahren." Das Raunen steigert sich zu Rufen des Erstaunens, vor allem von Seiten der Damen. Die Ritter äußern ihre Überraschung mehr durch misstrauische Blicke auf den jungen Waghals. „Indessen", setzt der Jüngling seine Ansprache fort, „wenn ich schon mein junges Leben bei dieser schweren Prüfung aufs Spiel setze, erlaubt mir gnädig die Dreistigkeit, Euch um Unterzeichnung eines kleinen Kontraktes zu bitten, erhabener König."

Jetzt macht auch der also Angesprochene ein staunendes Gesicht, denn solche Rede hatte noch nie jemand an ihn zu richten gewagt. „Was erlaubst du dir!" erwidert der König unwirsch. „Doch fahre fort, wir wollen hören, was du vorzutragen hast."

„Nun denn, großer und strenger König", hebt der also Geforderte erneut an, „Ihr werdet nicht zu Unrecht in aller Welt gerühmt als gerechter und weiser Mann. Doch mag auch dem ruhmhaftesten Führer bisweilen in der Stunde der Freude die Erinnerung abhanden kommen …"

„Was wagst du zu sagen!" fährt der König ihm dazwischen. „Wer bist du, dass du meine Erinnerung in Zweifel ziehst?"

„Verzeiht, hoher König! Erregt Euch nicht über die dummen Worte eines unklugen Untertans. Allein, es ist ein Brauch in der modernen Geschäftswelt geworden, dass das, was man schriftlich beurkundet, für immer und ewig gilt und Euren königlichen Nachruhm bis in alle Zeiten wird fortklingen lassen."

„Beende, was du angefangen!", meint da der König etwas besänftigt. „Was für einen Kontrakt hast du im Sinne?"

Mit demütigen und behutsam erklärenden Worten setzt der Knappe seine Einlassung fort: „Ich habe ein Schriftstück vorbereitet, Ihr mögt es Kontrakt nennen, auf welchem nicht mehr und nicht weniger stehet, als dass der Wiederbringer dieses königlichen Bechers den unaustilgbaren Anspruch hat, denselben als sein alleiniges Besitztum für alle Zeit an sich nehmen zu dürfen."

„Wenn es weiter nichts ist!", spricht der König da lachend. „Der Becher sei der deine, das habe ich doch bereits verkündet. Doch gib her! Ich will dem vielleicht letzten Wunsch deines jungen Lebens willfahren." Und unterschreibt, ohne viel hineinzusehen – denn Lesen war nun wiederum die Stärke des Königs nicht – das dargebotene Dokument mit einem raschen königlichen Federstrich.

„Nun denn", hebt darauf der Knappe mit fester Stimme an, „sage ich der Welt, meinem hochgeborenen König, den edlen Herren Rittern und auch den huldvollen jungen und schönen Damen vorsorglich Lebewohl. Ich will die mutige und fast aussichtslose Tat wagen und in den brausend spritzenden Schlund hinabsteigen und eintauchen. So denn die Götter und das Schicksal mir wollen gewogen sein, so mag ich das Geschmeide des blitzenden Goldpokals dem König und vielleicht auch mir zum Ruhme ans Tageslicht zurückzuholen."

Der Jüngling verbirgt den unterschriebenen Kontrakt windsicher unter einem Stein. Sodann legt er Wams und Unterkleider vor aller Augen ab. Nur das körpernächste kurze Beinkleid behält er an, zur Bewahrung der mindesten Schicklichkeit. Noch bleicher und schmaler werden jetzt die Lippen der Jungfrauen angesichts dieses strahlenden, jungen und ebenmäßigen Leibes, der sich aus den bedeckenden Kleidern schält. Welch eine törichte Vergeudung jungen, zukunftsvollen Lebens würde es doch sein! Denn dass der tollkühne Tauchgang nur misslingen und mit dem Tod des Probanden endigen musste, ist allen so gut wie gewiss. Das Misstrauen der Ritter weicht denn auch mehr einem hämischen Grinsen, können sie doch hoffen, alsbald diesen anmaßenden Schönling los zu sein. Wer aber genau hinsieht, kann indessen im Antlitz der schönen Königstochter höchstes Entsetzen gewahren. Ihre Wangen scheinen geradezu blutleer geworden und ihre Sinne kurz vor einer Ohnmacht zu stehen, der sie sich gerade noch durch einen Schnupperzug aus dem Riechfläschlein ihrer Zofe zu entziehen weiß.

Der Mutige durchschreitet den Kreis der Umstehenden und tritt an den Klippenrand. Doch anstatt einen kühnen Sprung ins tödliche Ungewisse zu machen, klettert er behende zwischen den klaffenden Felsen der Meeresklippen hinab und ward bald nicht mehr gesehen. Die Herren Ritter wagen sich verwundert und voller Neugierde näher an den Rand des Abgrundes. Der König lässt die Sänfte, von der aus er bisher das Geschehen dirigiert hatte, herbeitragen. Doch so sehr man auch späht und blinzelt, der Taucher kann nicht mehr mit Sicherheit entdeckt werden, auch wenn mancher „Da!" oder „Dort!" ruft, weil er glaubt, ihn zwischen den tobenden Wellen um sein Leben kämpfend entdeckt zu haben.

Die Zeit vergeht. Die anfängliche Erregung der gespannt Harrenden weicht einer zunehmenden Vermutung, bald der Gewissheit, dass der wagemutige Versuch gescheitert sein musste. Nicht einmal den toten und grausam zerschmetterten Körper des Jünglings hofft man jemals wieder an die Gestade angespült zu finden. Die Ritter haben sich längst wieder in etwas Entfernung auf sicheren Grund zurückgezogen, die Jungfrauen nach manchem tiefen Seufzer ihre alte Gesichtsfarbe wiedererlangt. Nur die Königstochter starrt noch immer bleich und stumm in die Richtung, in der der Wagemutige zuletzt lebend in den Felsensturz eingestiegen war.

Auf einmal taucht zwischen den rauen Klippen am Rand des Abhanges ein schwarzer, nasser Lockenkopf auf, und – man will es nicht sogleich fassen – da schwenkt tatsächlich einer den Goldbecher in der Hand, schleppt sich erschöpft herbei und sinkt dem um Fassung ringenden König demütig zu Füßen. Der ist maßlos verwundert, aber auch durchaus erfreut, denn so ein Held würde sich bei Hofe gut ausmachen, vor allem, wenn alsbald der Ruhm, der *königliche* Ruhm, weit hinaus in die Nachbarreiche erschallen würde.

„Erhebe dich und berichte!", ermutigt der gar strenge König seinen Untertan. Und selbiger erzählt, stockend und nach Luft ringend zuerst, dann immer munterer und lebhafter, die kaum zu glaubende Geschichte seines unterseeischen Tauchganges, den er mit angehaltenem Atem gewagt: Da geht von reißenden Strudeln und bösartigen Fischen die Kunde, von gefräßigen Seeschlangen und schnappenden Riesenkrebsen, die ihn bedrängt, und alle vernehmen, wie es ihm, dem Tode beinahe näher als dem Leben, gelungen war, den Becher in abgründiger Tiefe zu erspähen, zu greifen und in letzter Sekunde nach oben zu tragen. Es sei weniger seiner Gewandtheit, als einem günstigen Aufwärtssog zu verdanken, dass er überhaupt noch unter den Lebenden sei.

Die umstehenden Ritter vernehmen die Rede mit ungläubigem Staunen, die Jungfrauen mit jubelnder Erleichterung, und die Königstochter mit wiedergewonnener Farbenfrische ihrer Wangen, erbebenden Rosenlippen und stummem Dank an die Götter – eine Wandlung, die dem König nicht verborgen bleibt. So streng und listig er ist, so aufmerksam ist er auch, was die geheimen Regungen seiner von ihm abgöttisch geliebten Tochter betrifft.

Da ergreift der König den dargebotenen, wie Gold glänzenden Becher erneut. Er tut dies zum einen, damit die Gesellschaft nicht bemerke, dass selbiger aus Messing sei und seine Diamanten aus Glas, zum zweiten, um das *Corpus delicti* endgültig aus der Welt zu schaffen und drittens, um seinen sadistischen Neigungen erneut Raum zu geben. Und wirft ihn, ohne viel Aufhebens zu machen, ein zweites Mal, begleitet von einem Schrei der Überraschtheit aller Anwesenden, über den Klippenrand in die brausende Flut. „Einmal ist keinmal!", ruft der Herrscher höhnisch aus. „Wer es einmal schafft, der muss es beweisen, dass er es auch ein weiteres Mal kann! Wenn du den goldenen Becher noch einmal heraufholst, dann soll dir obendrein noch meine Tochter angehören, die schönste aller Jungfrauen meines Königreiches!" Die aber fällt sogleich in gänzliche Ohnmacht, woraus ihr diesmal das Riechfläschchen ihrer Zofe erst nach einer gehörigen Weile heraushelfen kann.

Nachdem sich die allgemeine Verwunderung beruhigt hat und vor allem die Herren Ritter schon neugierig darauf warten, wo es hinausgehen solle, und ob sie doch noch hoffen dürfen, die Schmach und Schande oder den Tod des Anmaßenden zu erleben, gehet die Geschichte auf diese Weise fort:

Der fast nackte Jüngling erhebt seine Stimme: „Mein großer König. Mit Todesverachtung will ich Euch auch den zweiten Wunsch erfüllen und den goldglänzenden Becher noch einmal aus des Meeres Abgrund holen. Indessen möchte ich untertänigst darauf bestehen, dass zuvor der ehedem geschlossene Kontrakt erfüllt werde!" Und greift nach dem Deckstein und zieht das darunter abgelegte Papier hervor. „Ein unterzeichnetes Wort eines Königs", so spricht er, „ist dauerhafter als jeder gesprochene Eid. So gebt mir zuvor, was Ihr versprochen, und händigt mir den Becher aus, den ich soeben ertaucht, dass er mein eigen sei!"

Der König kann seine aufkommende Wut ob solchen Widerstandes kaum unterdrücken, doch erteilt er in weiser Beherrschtheit den Befehl: „Man hole aus der königlichen Kammer meinen Trinkpokal. Er ist noch kostbarer als der vormalige und wird deine anmaßende Gier nach Besitz und Reichtum gewiss stillen!"

„Oh edler König", entgegnet der Angeredete, „es geht mir nicht um Wert und Gold, es geht mir nur um die Erfüllung dieses Blättleins." Und er schwenkt den Kontrakt vor aller Augen sichtbar in die Höhe und liest laut daraus vor: „ … denselben als sein alleiniges Besitztum für alle Zeit an sich nehmen zu dürfen. *Denselben* meinet ebendenselben, nicht den gleichen, was einen ähnlichen beinhaltet, der dem ersten gleichet."

„Du weißt genau, dass ich dir *denselben* Becher nicht werde geben können, da er bereits wieder auf dem Grund des Meeres ruht. So nimm jenen fast gleichen, noch kostbarer gearbeiteten, als dein Eigen an!", beharrt der König, etwas aus der gewohnten Sicherheit gebracht.

„*Denselben!* Darauf muss ich untertänigst bestehen, wenn nicht die Sache des Rechts aus dem Lot kommen soll", beharrt der schwarze Lockenkopf.

„Wer wird so dumm sein und eine Sache geringeren Wertes einer Sache höheren Wertes vorziehen?", schreit der König jetzt erregt seinem halsstarrigen Widersacher ins Gesicht. „So tauche erneut, danach magst du *denselben* Becher bekommen!"

„Eines nach dem anderen! Erst gebt mir *denselben* Goldbecher! Dann werft ihn in den Schlund! Dann will ich mein Glück erneut versuchen. So steht es vereinbart. Eure Erhabenheit will doch nicht als wort- und kontraktbrüchiger König in die Geschichte Eures Reiches eingehen?"

Schon will der sich genarrt Wähnende wütend aufspringen und seine Ritter und Wachen ersuchen, den Querkopf dingfest zu machen und ins

tiefste Verlies seines Schlosses zu werfen, als der Knappe erneut das Wort erheischt und spricht: „Es sei denn ..."

„Was sei denn?" würgt der König, sich zunehmend belästigt fühlend, hervor.

„Es sei denn, Ihr vollzieht, was im Kleingeschriebenen steht", spricht der Knappe langsam und mit leiser aber sehr deutlicher Stimme. „Ich lese Euch den mit feiner Schrift geschriebenen Zusatz gerne vor, den Ihr vorhin mit eigener Hand und königlichem Federstrich unterzeichnet habt: „So der unterzeichnet Habende nicht willfährt, darf der Wiederbringer selbst einen beliebigen anderen Ausgleich sich ausbedingen."

Das ist nun eine Wendung, die erst einige peinigende Sekunden braucht, ehe die Umstehenden sie begriffen haben. Und nicht alle werden alsobald ihre Folgen in der ganzen Tragweite erfassen. Indessen, die ehedem so treuen Ritter erfreuen sich insgeheim an der Zwangslage, in der der König jetzt steckt. Das hatte es in ihrem ganzen Leben bei Hofe und auch nicht im Leben ihrer Väter und Vorväter gegeben, dass ein Junger, Namenloser, dem Herrscher des Reiches eine Bedingung diktierte.

Und der König? Er schreit: „Ergreift diesen widrigen Wicht, der sich anmaßt, dem König vorschreiben zu wollen!"

Zwar geht ein Raunen durch die Schar der blitzend Bewaffneten, doch keiner rührt die Hand zum Knauf seines Schwertes. „Ergreifet ihn! Ich befehle es euch!", schreit nunmehr tobend der König mit purpurrotem Gesicht und hässlich geiferndem Mund, dass sich die Königstochter, die ihren Vater derart außer sich noch nie gesehen hatte, selbst zutiefst schämt.

„Gemach! Gemach, erlauchter König!", mahnt da mäßigend der Kanzler, der die ganze Zeit aufmerksam aber unauffällig hinter dem König stehend den Fortgang der Angelegenheit beobachtet hat. „Majestät, ich habe den Kontrakt soeben aufmerksam studiert und stelle Kraft meines Amtes als königlicher Rechtsgelehrter fest, dass er ordnungsgemäß verfasst und unterschrieben ist. Vor vielen Zeugen! Es wäre ein verheerender Fehltritt, nicht der Abmachung zu willfahren."

„Was also geruht Ihr mir zu raten, ehrenwerter Kanzler?", fragt der König, der in den letzten Augenblicken merklich in sich zusammengesunken war, mit weitaus matterer Stimme.

„Ich rate Euch mit dringlicher Entschiedenheit, die Vereinbarung umzusetzen: Lasst den Wiederbringer einen in seinem Belieben stehenden Ersatz für die entgangene Belohnung bestimmen."

Der König, so leidenschaftlich er ist, ist er doch auch klug. Er entdeckt in den Augen seiner Ritter und Wachen durchaus eine gewisse abwartende Kälte, und die bittere Ahnung steigt in ihm auf, dass keiner seiner einstigen Getreuen auch nur einen Finger krümmen würde, um das Schwert gegen den anmaßenden Emporkömmling zu richten. Er muss also, ob er will oder nicht, dem Ansinnen entsprechen, denn sonst besteht hohe Gefahr für ihn, den König. Das Blatt könnte sich vollends gegen ihn wenden. Denn auch sieht er im Gesicht des einen oder anderen Ritters hasserfüllte Augen. Es sind stolze Ritter, die er früher schon ein oder mehrmals vor allen gedemütigt hatte.

„Nun denn", spricht der König mit heiser angeschlagener Stimme zu dem Bittsteller, „was ist dein Begehr? Sag an!"

„Großer und ruhmreicher König, mein Herr und Gebieter", beginnt dieser mit schmeichelndem Ton, „alle Welt rühmt Euch als weisen und gesetzestreuen Regenten dieses herrlichen Königreiches. Ruhm und Dank mögen auch fürderhin …"

„Komm zur Sache und sag, was du haben willst!", bricht der Angesprochene den Redeschwall ab.

„So will ich denn meinen Wunsch auf ausgleichenden Lohn dahingehend zum Ausdruck bringen und anstelle des zuerst und danach erneut in die Fluten gesenkten, mit den erlesensten Steinen des Reiches geschmückten, und mit feinster Goldschmiedearbeit ..."

„Sag schon!" unterbricht ihn der König, mit ermattender Kraft, erneut. „Willst du Schmuck, willst du Geld, Gold, Orden?"

„Nun denn also, ... so gebt mir ... Eure Tochter zur Frau!"

Und bevor der König abermals dazu aufrufen kann, dass man den Frechling ergreifen und hinrichten solle, erschallen aus dutzendfältigen Kehlen begeisterte Rufe wie „Hoch dem Bräutigam!" und „Hoch dem Eidam des Königs!" Und etliche der ganz mutigen Männer rufen gar: „Hoch dem jungen König!" Und ehe noch der alte König weitere Maßnahmen ergreifen und die Dinge richtig stellen kann, so wie er sie sieht und deuten will, eilt die Historie bereits über ihn hinweg und macht gewisse Ereignisse unumkehrbar. Seine Tochter errötet tief und geht dem Mann, der sich anheischig macht, sie zur Frau zu begehren, einen Schritt entgegen. Einen Schritt nur, der aber allen wie ein Bekenntnis Mitteilung macht, dass sie für die Königsehe bereit und willens sei.

Auch nimmt der alte König sehr genau wahr, dass selbst seine Leibgarde in den Jubel miteinstimmt, und es wird ihm zur Gewissheit, dass seine Sache verloren ist, ja, dass er selbst verloren ist, wenn er nicht dieses Spiel mitmachte. Er hatte den Bogen der menschenverachtenden Macht überspannt, und sein Volk hatte gleichsam im Handstreich einem neuen Mann im Staate zum Triumph verholfen, einem, der mit Mut und List ihm, dem alten Herrscher, die Stirn geboten hatte. Und diese wissenden Mienen einiger, besonders seines Kanzlers, mussten sie ihm nicht sagen, dass es Reichsbeamte gebe, die nicht übermäßig überrascht schienen, dass sich diese Wendung hier und heute vollzog?

Durch sein Nachgeben rettete sich der alte König vor einem Umsturz. Der mutige Knappe wurde alsbald zum Ritter geschlagen und durfte seine königliche Braut vor den Altar führen. Jeder im Volk freute sich auf eine neue und menschenwürdigere Regentschaft – nach einer gewissen Wartezeit, mit der der scheidende König sein Gesicht wahren konnte. Der Erstgeborene des jungen Königspaares würde den Fortbestand der Königsdynastie sichern.

Nie aber, niemals in seinem ganzen Leben, erzählte der *Wiederbringer,* so wurde der neue König alsbald im ganzen Land genannt, die Geschichte seines wagemutigen Tauchganges, wie sie wirklich stattgefunden hatte.

Hochzeit im Dschungel

„Wenn wir heiraten, dann nur im Dschungel!" Das war ihr letztes Wort. „Basta!" Wenn sie etwas im Kopf hat, dann hat sie etwas im Kopf, da ist Lara-Emilia unerbittlich. Niemand kann ihr das dann ausreden, außer, sie ändert ihre Meinung selbst. Und das kommt nicht selten vor. Sie ist nämlich auch eine sehr spontane Frau – und bildschön, geradezu ein Model. Wild und schön wie eine Amazone, so kam mir Lara-Emilia vor. Welch ein starker Wille ballte sich hinter ihrer makellosen Stirn! Ein Teufelsweib! Das fand nicht nur ich so, sondern auch praktisch jeder Junggeselle in ihrem erotischen Dunstkreis. Wie stolz war ich, nach Monaten des Werbens, endlich ihre Gunst errungen zu haben und ihr Versprechen, mich heiraten zu wollen.

Also Dschungel! Wie soll man, wenn man in Basel wohnt, eine Hochzeit im Dschungel ausrichten können? Wo gibts denn überhaupt heute noch richtige Urwälder, wo Lianen herumhängen, Affen brüllen und Giftschlangen und Vogelspinnen herumkriechen?

Trotz Lara-Emilias dezidiert geäußertem Wunsch versuchte ich, sie auf andere, ebenfalls originelle Hochzeitsszenarien einzustimmen und hatte wahnsinnig gute Ideen: Eine Fahrt mit einem Mississippi-Schaufelraddampfer auf dem Rhein mit Bordkapelle beispielsweise, eine Party auf der Dachterrasse des neuen Roche-Turmes, immerhin 205 Meter hoch, oder, ganz krass, die ganze Hochzeitsgesellschaft samt Trauungszeremonie im Badeanzug in den Warmwasserbrunnen der Altstadt – die Basler organisieren so etwas tatsächlich in der kalten Jahreszeit. Aber Lara-Emilia lehnte alles kategorisch ab. „Entweder wir heiraten im Dschungel oder gar nicht! Basta! Wenn du mich wirklich liebst, dann machst du alles möglich!"

Natürlich liebe ich meine Lara-Emilia über alles. Aber im Ernst, wie soll ich ihr diesen Wunsch erfüllen können? Im Internet finde ich den Hinweis, dass die großen tropischen Regenwaldgebiete im Amazonasbecken in Südamerika liegen, im Kongobecken in Zentralafrika und in Südostasien, vor allem in Indonesien. Na prima! Für eine weite Flugreise ist unser Hochzeitsbudget dann doch nicht ausgelegt, ganz abgesehen von der Frage, wie die Hochzeitsgäste da hinkommen sollen.

Der Blitzeinfall kommt mir eines Morgens, als ich im Basler Bahnhof plötzlich vor einem Plakat stehe mit dem Text: *Erleben Sie echtes Dschungel-Feeling in der Masoala-Halle in Zürich!* Eine kurze Internetrecherche macht alles klar. Masoala ist eine Halbinsel im Nordosten von Madagaskar. Ihr tropischer Regenwald, die Vielfalt der dort vorkommenden Gewächse samt etlichen Kleinlebewesen, wird in einer riesigen Halle nachgestaltet, die dem Zürcher Zoo angeschlossen ist. Es gibt dort Möglichkeiten zur Essenseinnahme, Sonderführungen für Gruppen und dergleichen. Das könnte doch die Lösung sein und ein echter Knüller für meine Lara-Emilia. Meine Hochzeit mit ihr scheint gerettet.

Gleich an meinem nächsten freien Tag fahre ich nach Zürich, alleine allerdings, um erst einmal die Situation vor Ort zu sondieren. Ich will schließlich meiner Angebeteten mit einem ausgereiften Konzept gegenübertreten. Die Urwaldlandschaft unter dem riesigen, gewölbten Foliendach, das sich wie ein Ufo über die Umgebung erhebt, sieht wirklich prächtig aus. Man hätte von vielen Standpunkten aus tatsächlich meinen können, in einem echten Dschungel zu pirschen. In den Baumkronen turnen Äffchen, Flughunde hängen kopfunter in den Gezweigen, exotische, bunte Paradiesvögel fliegen frei umher und zwischen den herrlichsten, fremdartigen Gewächsen kriechen farbenfrohe Geckos, Echsen, Chamäleons und mancherlei anderes Getier. Ein ganzes Biotop ist hier zum Leben erweckt worden. Wer das gesehen und erlebt hat, braucht in keinen natürlichen Urwald mehr zu reisen. Er findet hier alles, ohne Gefahr zu laufen, von einer Anakonda gefressen zu werden.

Ich stehe, schaue und staune, gehe hin und her und vor und zurück. „Kann ich ihnen behilflich sein?", spricht mich auf einmal eine junge Frau an. Sie trägt eine Zoo-Uniform und eine Art Ranger-Käppi. Vermutlich gehört es zu ihren Aufgaben, den zahllosen Besuchern Ziele und Wege zu weisen.

„Ich, äh, ich plane meine Hochzeit!" stottere ich zunächst völlig überrascht.

„Wie schön! Und da suchen Sie Zerstreuung in der Masoala-Halle?", antwortet sie freundlich lächelnd mit einer samtig weichen Stimme.

„Eigentlich nicht, ... also doch, ... es ist vielmehr, weil ich hier heiraten soll, ... äh will, nein, sie will, dass ich, ... ich meine, dass wir ... " gurke ich, mich immer peinlicher ins Wortdickicht verirrend, herum.

„Die glückliche Auserwählte möchte im Tropenpark heiraten, aber Sie sind noch nicht ganz von der Lokalität überzeugt?", erlöst sie mich mit erstaunlich guter Situationserfassung aus meiner sprachlichen Verheddderung. Dieses süße Näschen aber auch! Und diese großen, blauen Augen! Ich habe mich jetzt wieder gefangen, stelle die Fakten und mein Anliegen richtig dar, worauf ihre zwei fein geschwungenen Lippen mir diese Antwort zusingen: „Gruppenbesichtigungen sind jederzeit möglich, auch mit Führung, wenn erwünscht. Es gibt ein Restaurant und ein Café. Aber private Festlichkeiten werden meines Wissens aus Gründen des Biotopschutzes nicht zugelassen. Eine Hochzeitsgesellschaft habe ich beispielsweise hier noch nie erlebt."

„Oh wie schade!", antworte ich. „Geradezu katastrophal für mich. Wissen sie, ich muss damit rechnen, dass meine Hochzeit mit Lara-Emilia –

270

das ist meine Braut – platzt. Sie hat einen energischen Willen und ist sehr durchsetzungsstark."

„Mein Freund, der Berni," redet sie sanft und geduldig weiter, „ist Mitarbeiter im Gestaltungsteam des Parks. Er besitzt mehr Entscheidungskompetenz als ich. Den kann ich mal fragen, ob wir eventuell eine Ausnahme machen können." Und als sie Berni nicht gleich an ihr Handy bekommt, bittet sie mich, genau hier einen Moment zu warten. Sie wolle Erkundigungen einziehen. Wie nett ihr Pferdeschwanz, der hinter ihrer feschen Dienstmütze herausquillt, beim Gehen hin und herpendelt! Und dieser nette, kleine Hintern erst, wie sie sich da rasch und entschlossen von mir entfernt! So höflich, so hilfsbereit! Ich schaue ihr nach, bis sie zwischen Farnen und Palmen verschwunden ist. Ich warte gerne.

Nach zehn Minuten eilt sie mit leicht geröteten Wangen zu mir zurück. „Nun, bringen Sie gute Nachrichten von Ihrem Freund mit?", frage ich sie.

„Berni, mein Kollege, ist im Moment verhindert", berichtet sie mit Bedauern. „Falls Sie etwas warten wollen? Wir können uns ja in der Zwischenzeit im Zoocafé niedersetzen. Aber wenn Sie natürlich lieber ihre Besichtigung fortsetzen möchten …"

„Oh, nein! Doch, doch!", beeile ich mich zu sagen, „Café ist eine prima Idee. Ich dachte gerade selbst schon, dass –, aber nur, wenn ich Sie einladen darf!" Wir sitzen eine ganze Weile beisammen und unterhalten uns prächtig über alles Mögliche, nur nicht über die geplante Hochzeit. Da klingelt ihr Molbiltelefon.

„Ah Berni, … ja, ja, … nein, nein, … o. k., … wenn du meinst … ist das mit der Parkleitung abgesprochen? … Also gut dann … merci vielmals … sag ich ihm." Und sie wendet ihren Blick zu mir und lässt mich in ihre strahlenden, blauen Augen sehen, in denen sich Palmen und Orchideen spiegeln.

„War das Ihr Freund?", beginne ich.

„Das war Berni, aber er ist nicht so richtig mein Freund, sondern mehr ein guter Kollege! Er meint, es würde gehen. Unter Einhaltung gewisser Einschränkungen und Auflagen sei eine solche Privatveranstaltung unter Umständen möglich." Wir tauschen unsere Adressen und Telefonnummern aus und verabschieden uns mit roten Wangen. Ich solle morgen Mittag zurückrufen, dann wäre sie in der Lage, die Bedingungen genauer zu nennen. Sie geleitet mich noch zum Ausgang, ehe sie wieder im Urwalddickicht verschwindet. Ich schaue auf den Zettel: *Vreni Seematter.* Was für ein entzückender Name!

Kurz vor 12 Uhr rufe ich sie an. Sie geht sofort ans Gerät und ihre Stimme klingt ein wenig außer Atem. Die Antwort, die ich erhalte, habe ich erhofft: Unter Einreichung einer großzügigen Spende für den Förderverein des Landschaftsparks sei eine Ausnahmeregelung möglich. Natürlich müssten die Gäste die Benutzerregeln einhalten und auf den Wegen bleiben und so weiter. Ob ich den Termin schon wüsste und ob sie ihn für mich buchen solle? „Äh, ja, ich meine nein, ich muss erst meine Lara-Emilia fragen, ob es von ihrer Seite klar geht. So ganz eilig ist es im Moment noch nicht", gebe ich zur Antwort.

Nach meiner Rückkehr nach Basel eile ich zufrieden zu meiner Liebsten, um ihr die frohe Botschaft zu überbringen und habe ihr einen prächtigen Blumenstrauß mitgebracht – Orchideen aus den Tropen!

„Was? Hast du sie nicht mehr alle?", schleudert sie mir entgegen. „Ich soll mit meinem astralweißen Hochzeitskleid zwischen Fröschen und Spinnen herumhüpfen? Wo du doch weißt, dass ich Schlangen und so'n Zeugs hasse!" Und sie wirft meinen Orchideenstrauß enttäuscht auf den Küchentisch.

„Aber Lara-Emilia, du hast doch eine Hochzeit im Dschungel selbst vorgeschlagen", entgegne ich verwirrt.

„Ein *richtiger* Urwald! *Das* wärs gewesen. Dort mietet man einen netten Hotelbungalow mit allem Komfort und Pipapo. Aber dazu reicht dein Taschengeld wohl nicht aus, was?", fährt sie mich hart an. „Und außerdem habe ich gehört, dass eine Cousine meiner Freundin Karla letztes Jahr genau diese Idee hatte und das mit ihrem Schorschi krass durchgezogen hat. Da wäre ich ja nur die bloße Nachahmerin. Nein, meine Hochzeit muss total krass sein, in einer Location, die noch niemand für so etwas benutzt hat! Meine Freundinnen sollen blass werden vor Neid!"

Und sie kuschelt sich auf einmal wieder lieb wie ein Kätzchen an mich und säuselt mir schnurrend ins Ohr: „Weißt du, mein lieber Ursi-Bär, du willst doch deine Lara-Emilia glücklich machen, nicht? Wenn deine Lara-Emilia glücklich ist, dann bist du es doch auch, oder? Ich habe nämlich eine viel, v-i-e-l bessere Idee. Das hat noch keine von meinen Freundinnen erlebt: Ich will, wenn wir uns das Jawort geben, im Heißluftballon über den Rigi schweben!"

„Rigi? Schweben?" frage ich mit hängendem Kiefer.

„Aber Liebster, der Berg Rigi beim Vierwaldstättersee!", belehrt sie mich vorwurfsvoll. „Da haben wir uns doch zum ersten Mal geküsst. Weißt du das nicht mehr? Solltest du das etwa vergessen haben! Ich habe mir das so ausgedacht: Wir starten von Luzern aus mit Heißluftballons und schweben über den Rigi. Und wenn wir genau darüber sind, geben wir uns das Jawort und tauschen die Ringe! Und alle anderen Hochzeitsgäste gondeln um uns herum und applaudieren. Und die Bordkapelle spielt *Crazy Little Thing Called Love* von den *Queen!* So muss es sein. Basta!"

Ich stottere etwas herum, von wegen, dass ich mich einmal erkundigen wolle, und ob Heißluftballone überhaupt in diese Höhe aufsteigen könnten. Die bitterste Pille allerdings ist für mich die Absage an Vreni Seematter vom Masoala-Park. Sie scheint ebenfalls enttäuscht zu sein, versucht mich aber aufzumuntern und mir Mut zu machen. Sie hätte da Verbindungen zur *Take-Off Balloon AG* der Schweiz. Ob wir die Sache nicht einmal besprechen wollten. Sie wäre zufällig am nächsten Wochenende in Luzern, wo wir vor Ort Recherchen anstellen könnten – aber nur, wenn ich wolle. Ich wollte!

Vreni sieht entzückend aus. Sie hat sich schön zurecht gemacht. Statt im Pferdeschwanz fallen ihre Haare jetzt lang auf ihre schmalen Schultern. In ihren blauen Märchenaugen spiegeln sich die Lichtreflexe des Sees. Vreni zeigt viel Verständnis für mich und bedauert es sehr, dass meine Braut die Dschungel-Idee nicht umsetzen will. Aber das mit dem Flug über den Rigi sei doch auch eine tolle Sache, ermutigt sie mich, und sie wolle alles tun, um mir bei der Umsetzung zu helfen. Um Lara-Emilias anspruchsvollen Hochzeitswunsch näher auf praktische Umsetzbarkeit zu prüfen, schweben wir sogar mit der Rigi-Bergbahn auf den Gipfel. Die Aussichten von dort sind unbeschreiblich schön.

Ich fuhr in den nächsten Tagen und Wochen heimlich noch öfter nach Zürich und kenne seitdem den Zoo und alle verschwiegenen Winkel des Masoala-Parks bestens. Übrigens werden Vreni und ich dort drin nächsten Monat heiraten. Sie fand die Idee, das an ihrem Arbeitsplatz zu machen, großartig.

Kopf oder Zahl

Gott würfelt nicht!, beharrte Albert Einstein. Wie sehr er sich geirrt hat! Die ganze Schöpfung würfelt, unentwegt! Ständig ist der Zufall am Wirken! Immerzu ist der Fortgang der Geschichte eine Folge von Entweder-Oder-Entscheidungen. Ich meine nicht Entscheidungen, ob ich lieber Aktien von diesem Konzern oder von jenem kaufen will, oder ob ich lieber mit dieser oder mit jener Dame ausgehe. Das sind Entscheidungen, die ich nach Abwägung der mir bekannten Vor- und Nachteile fälle. Ich meine echte Zufallsereignisse: Fällt der Ast *mir* auf den Kopf oder dem Typ neben mir? Befahre ich zeitgleich den Autobahnabschnitt, auf dem ein Geisterfahrer in Gegenrichtung unterwegs ist, oder kommen Umstände zusammen, dass ich zehn Minuten später losfahre und morgen ein anderer in den Nachrichten erscheint? Schicksal? Zufall? Intuition? Göttliche Fügung? Jeder mag glauben, was er will. Die Evolution jedenfalls, dessen ist sich die Forschung sicher, basiert auf einer unentwegt sich vollziehenden Folge von Zufallsmutationen im Erbgut. Welche davon erhalten wird, erweist sich durch den damit erzielten Überlebensvorteil.

Die Geschichte, die ich hier erzählen will, nimmt ebenfalls von einem Zufall ihren Ausgang. Es hätten auch Würfel sein können, die über den Beginn und den Fortgang der Begebenheit entschieden. In meinem Fall war es eine Münze, was auf dasselbe Prinzip hinausläuft.

Ich bin weder Maler noch Kunstsammler, noch verstehe ich viel von Kunst. Ich kaufe mir gelegentlich ein Bild, wenn es mir gefällt. So schlenderte ich wieder einmal auf einem Pariser Trödelmarkt durch die Reihen der aufgestellten Stände und Tische, ohne besondere Kaufabsichten zu haben. Wie gesagt, ich verstehe nicht allzuviel von Kunstgeschichte, aber einen Impressionisten weiß ich schon von einem Expressionisten zu unterscheiden. Und dieses ungerahmte Ölbild auf Leinwand, das da zusammen mit anderen auf der Auslage eines Privathändlers lag, sah aus wie ein *Monet*. Dargestellt war eine helle Bogenbrücke über der spiegelnden Fläche eines Teiches mit Seerosen, inmitten einer üppigen und dicht zugewachsenen Parklandschaft, alles irisierend in einem Gemisch unendlich vieler Farbnuancen und Lichtflecken. Der Preis betrug 150 Euro. Das wäre ein überaus fairer Preis für ein dem Meister epigonal nachempfundenes Ölbild aus späterer Zeit. Das Bild war nicht signiert und stammte aus meiner Sicht von einem der vielen Mainstream-Maler des Montmarte. Ich zögerte, sprach eine Weile mit dem Verkäufer, der die Herkunft des Bildes mit einer Haushaltsauflösung erklärte. Ich wolle es mir überlegen, sagte ich, und ging meiner Wege, um nach zehn Minuten zurückzukehren, weil ich mich in der Zwischenzeit zum Kauf entschlossen hatte.

Doch da stand jetzt ein anderer Interessent am Stand und hielt das Bild ebenso unschlüssig wie ich vorhin zwischen seinen Händen. Ich wartete diskret mit einigem Abstand, hoffend, dass der Mann das Bild wieder zurückstellen würde, was auch geschah. Ich hätte einfach noch etwas abwarten sollen, er wäre bestimmt weitergegangen. Doch im Moment, als ich das Bild ergriff, schien sein Interesse daran sofort wiederzuerwachen. Man kennt das: Du willst etwas vor allem dann haben, wenn ein anderer es auch haben will. Er sprach: „Entschuldigung, ich hatte das Bild bereits *vor* Ihnen ausgewählt!"

„Und ich habe es vor zehn Minuten zurücklegen lassen", schwindelte ich, um das Feld nicht kampflos überlassen zu müssen. „Der Herr am Stand wird es bezeugen können. Habe ich nicht vor zehn Minuten das

Bild bereits geordert?" Der Verkäufer war überfordert, hier Partei ergreifen zu sollen und murmelte nur:

„Der Herr hat es eben betrachtet und Sie vorhin."

„Da haben wir's", jauchzte mein Kontrahent siegesgewiss, „der letzte Zugriff sticht, es ist demnach mein Bild!"

„Moment!", entgegnete ich. „Wer zuerst kommt, mahlt zuerst!" Eigentlich war mir der Erwerb des Bildes nicht so wichtig, um deswegen auf offener Straße einen Streit zu beginnen, doch jetzt war mein kämpferischer Ehrgeiz erwacht, mehr aus Prinzip. Alles oder nichts. „Wie wäre es, wenn wir eine Münze werfen?", schlug ich vor.

„Wieso sollte ich? Ich habe das Anrecht auf das Bild!", beharrte der Kerl, und seine Augen verengten sich zu Schlitzen.

„Weil ich *meinen* Anspruch keinesfalls zurückziehe!", konterte ich mit dem Tonfall absoluter Entschlossenheit und schob wie zum Beweis mein Kinn nach vorne.

„Gut denn, bevor wir uns darum prügeln", knickte jetzt der andere mit gequältem Lachen ein. Ich nahm eine Ein-Euro-Münze aus meinem Portemonnaie und wartete auf die Wahl meines Duellanten.

„Ich Zahl, Sie Adler!", entschied er sich hastig. Dann der Wurf – sicher aufgefangen – auf meinem Handrücken abgelegt – aufgedeckt: Zahl! Ich hatte verloren. Mit einem Gesichtsausdruck unverhohlenen Triumphes nahm mein Gegner *seinen Monet* an sich, bezahlte, ließ sich die Trophäe sorgsam einpacken, dankte und ging beschwingt seines Weges.

Um nicht ganz so abgewatscht dastehen zu müssen, schaute ich in meiner Niederlage die anderen Bilder und Sachen durch, die noch auf der Auslage gestapelt lagen. Eines gefiel mir. Es sah zwar nicht wie ein *Monet* aus, war aber hübsch, nicht so groß, und zeigte eine mediterran anmutende Landschaft mit üppigen Weinfeldern und eingesprenkelten

Mohnblüten, im Hintergrund ein romantisches Gehöft. Für 49 Euro durfte ich es samt Rahmen mein Eigen nennen. Na also, freute ich mich, nun hatte ich doch noch einen Fund fürs Wohnzimmer gemacht. Ein befreundeter Kunstkenner bestätigt mir allerdings wenige Tage später die künstlerische Wertlosigkeit des Bildes. Es war gar kein richtiges Gemälde, sondern eine Schwarzweiß-Fotografie, die mit Ölfarbe und Firnis so bearbeitet worden war, dass sie wie ein Gemälde aussah. Solche Sachen hatte man in der Anfangszeit der Fotografie schnell, massenhaft und preisgünstig hergestellt. Egal! Die Landschaft gefiel mir, das war für mich entscheidend.

Als ich Bild und Rahmen zu Hause von Staub und Patina befreien wollte, entdeckte ich zwischen dem an den Holzrahmen genagelten Hintergrundkarton und dem Bild selbst ein vergilbtes, großes Kouvert, das hier eingelegt worden war. Mein Entdeckerherz schlug hoch. Sollte es ein Schatzplan sein? Oder ein Testament? Nichts von dem. Es war nur ein Brief in französischer Sprache, dessen Schrift ich kaum entziffern konnte. Obwohl deutschstämmig, bin ich der französischen Sprache zwar mächtig, aber der Mühe der Übersetzung einer sehr schwungvoll-individuellen Handschrift wollte ich mich dennoch nicht unterziehen. Unterschrieben war der Brief mit *Berthe*. Anbei lag eine kleine, pikante Zeichnung, unterschrieben mit *Edouard*. Sie zeigte skizzenhaft eine Szene mit vier Personen, eine Art Picknick im Wald. Zwei bekleidete Herren lagerten neben einer völlig nackten Frau auf dem Waldboden. Im Hintergrund war eine weitere, allerdings bekleidete Dame zu sehen. Ich fand das frivole Sujet, das mir irgendwie bekannt vorkam, sehr nett und rahmte es samt Brief, mit dem es offensichtlich in Zusammenhang stand, in einen anderen, schlichten Holzrahmen. Mochte ihn irgendwann jemand entziffern, der sich darum verstünde. Das Ganze schenkte ich bald darauf einem guten alten Freund zu seinem runden Geburtstag. Er sammelte meiner Kenntnis nach solche alten Dokumente und würde vielleicht seine Freude daran haben. An meine eigene Wand hängte ich die übermalte Fotografie mit dem Gehöft.

Einige Wochen später las ich im *Paris Quotidien* von der Verhaftung eines mutmaßlich betrügerischen Bildhändlers. Es war zur Anklage gekommen, weil er einen gefälschten *Monet* verkaufen wollte. Er behauptete, er habe das Bild nichts ahnend auf einem Trödelmarkt erworben und weiterverkauft. Dass der Käufer das Bild als vermeintlich echten *Monet* zu einem horrenden Preis abkaufte, sei nicht sein Verschulden. Der Angeklagte habe nie behauptet, dass es sich um einen echten *Monet* handle. Das wies der Richter als unglaubwürdig zurück und unterstellte ihm arglistigen Vorsatz. Ein Foto des Bildes war abgedruckt, und ich erkannte es sofort. Ich meldete mich bei der örtlichen Polizei und machte meine Zeugenaussage, die zur Entlastung und Freisprechung meines Losgegners von neulich beitrug. Als Dank schenkte dieser mir bei einem versöhnlichen Treffen die umstrittene Kopie, die ihm nur Unglück und Ärger gebracht hatte. So erhielt ich das Bild doch noch. Was für ein Zufall, welche glückliche Fügung, zumindest für mich. Auf der Rückseite hatten die kunstsachverständigen Ermittler inzwischen einen nicht entfernbaren Aufkleber angebracht: *Kopie nach Monet um 1940.*

Auch wenn es nicht echt war, das Bild würde sich schön an meiner Wohnzimmerwand ausmachen und viel wirkungsvoller und werthaltiger sein als das Fotogemälde vom mediterranen Gehöft. Ich betrachtete meine Neuerwerbung genauer. Man hätte es wirklich für einen Monet halten können. Oder hieß er nicht Manet? Monet oder Manet? Mich verwirren diese ähnlichen Namen immer wieder. Wer war doch nochmal was?

Edouard Manet, erklärt Wikipedia, geboren 1832 in Paris und dort 1883 gestorben, gilt als einer der Wegbereiter der modernen Malerei. Eine enge Freundschaft verband ihn mit der Malerin Berthe Morisot, die er wiederholt porträtierte. Edouard? Berthe? Das waren doch die Unterschriften unter dem Brief und der Zeichnung, die hinter dem anderen Bild mit dem Gehöft gesteckt hatten. Konnte das mehr als ein Zufall sein? Ich machte mich sachkundig, recherchierte im Internet und studierte Fachbücher. Je länger ich forschte, um so wahrscheinlicher schien mir, dass es sich tatsächlich um eigenhändige Erzeugnisse von Edouard Manet und Berthe Morisot handeln konnte. Und so einen Glücksfund hatte ich einfach im Unverstand hergeschenkt! Wenn ich nur die Originale hätte, um Expertisen einholen zu können. Nicht einmal Fotokopien hatte ich für mich angefertigt.

Aber geschenkt war nun mal geschenkt. Wenn die beiden Blätter wirklich ein Schatz wären, gehörte er nicht mehr mir. Ich rief meinen Freund an, dem ich sie überlassen hatte. Er sei auf Reisen, hieß es, und ich musste mich einige Wochen gedulden. Als ich ihn endlich sprechen konnte, bat er mich, peinlich berührt, um Entschuldigung, aber er habe den Rahmen samt Zeichnung und Brief überaus günstig für 98 Euro gegen einen Venus-Torso eingetauscht, eine vermeintliche Replik aus dem neunzehnten Jahrhundert. Und die habe sich – ich sollte mich festhalten – unglaublicherweise als Bozzetto, als eine Entwurfsstudie aus der Werkstatt von Auguste Rodin erwiesen. Ich gratulierte meinem Freund zu dem glücklichen Wurf, verschwieg aber den wahren Grund meiner Nachfrage und ließ mir den Namen und die Adresse des Antiquariats nennen, das den Tauschhandel durchgeführt hatte.

Dort finde ich mich gleich anderntags ein und suche möglichst unauffällig in der Abteilung mit alten Handschriften und Zeichnungen. Meine Stücke sind noch nicht ausgestellt und mit Preisen versehen und ruhen noch in der Werkstatt, wo ich allerdings bereitwillig stöbern darf. Den Brief entdecke ich als loses Blatt in einer Mappe zusammen mit anderen Schriftstücken. Seine Bedeutung hat man wohl noch nicht bemerkt. Die Zeichnung steckt in einem neuen Rahmen. Der Verkäufer scheint es mehr auf den Verkauf dieses Rahmens als auf die Zeichnung selbst abgesehen zu haben. Auch deren Wert, so sie denn tatsächlich von Manet stammen sollte, hat der Händler ebenso wenig wie mein Freund registriert. Wie will ich beide bekommen, ohne dass der potenzielle Wert vorher bekannt wird? Denn eines ist mir klar: Sobald jemand den Namen *Edouard* und das Motiv selbst, das eine Vorstudie zu Manets berühmtem Bild *Das Frühstück im Grünen* sein könnte, in Zusammenhang bringt, steigt der Preis ins Unermessliche. Meine Strategie muss Ablenkung sein! Ich zeige daher nur Interesse für den Rahmen: „Echt Empire!", wie mir der Luchs von Händler mehrfach blumig ausmalt „und für nur 250 Euro ein echtes Schnäppchen!" Ich handle den Rahmen auf 190 Euro herunter – schon das ist für mich ein Beweis, dass der Antiquar keine Ahnung von Antiquitäten haben kann. Ein echter Empire-Rahmen müsste mindestens das Zehnfache wert sein.

Ich lasse mich mit gespielter Unschlüssigkeit zum Kauf des Rahmens überreden. „Wollen Sie das Bild herausnehmen?", frage ich scheinheilig, auch um mein vorgetäuschtes Desinteresse an der Zeichnung perfekt erscheinen zu lassen.

„O nein, nehmen Sie es gratis dazu, Monsieur". Die Strategie war mir gelungen! Nun zum zweiten Objekt meiner Begehrlichkeit:

„Meine Nichte sucht für Schriftforschungen ständig nach alten Briefen", schwindle ich weiter. „Ob sie wohl etwas Derartiges im Angebot haben?"

„Mais sûrement, Monsieur, sehr wohl. Vielleicht finden Sie geeignetes Material hier in der Mappe. Die Stücke sind noch nicht mit Preisen ausgezeichnet, aber ich mache Ihnen pauschal einen Sonderpreis von 25 Euro das Blatt."

„Diesen Brief auch?", frage ich in gezügelter Nervosität und deute auf das nämliche Schriftstück.

„Mais oui! Wie gesagt, der Sonderpreis gilt für jedes Blatt", versichert mir der gute Mann.

„Oh, nicht wenig für ein vergilbtes Stück Papier!", jammere ich vordergründig, doch innerlich jauchze ich und hätte glatt ein Mehrfaches für den Brief hergegeben.

„Mais écoutez, hören Sie! Die Schriftstücke stammen zwar von einem Sammler, der sich nur unter Tränen von ihnen getrennt hat. Das hier ist ein sehr wertvoller Brief von der Hand einer adeligen Dame an ihren Liebhaber – aber … nun ja … weil Sie es sind, pour vous – für 20 Euro können Sie ihn haben.

Ich druckse noch etwas der Form halber herum, dann akzeptiere ich, bezahle, lasse mir die kostbaren Stücke einpacken, danke und verlasse den Laden ganz beherrscht, keineswegs mein inneres Triumphgefühl zeigend, das in mir tobt. Erst nachdem ich einige Schritte auf dem Boulevard gegangen bin, entspannen sich meine starren Gesichtszüge und ein Grinsen macht sich darin breit. Kaum zu Hause angekommen, packe ich die Sachen aus, hole die Zeichnung aus dem Rahmen und schaute mir sie und den Brief endlich genaustens an.

Nach einer Stunde mit Lupe, Geduld und französischem Wörterbuch habe ich Gewissheit. Eine junge Frau namens Bertha – nicht *Berthe* – tauscht irgendwelche Kurerlebnisse mit ihrem Bruder aus. Und im Papier der Zeichnung eines gewissen *Edouard* ist eine Jahreszahl eingeprägt: 1923. Da war Manet lange tot. Es handelt sich offensichtlich um eine Skizze nach Manets *Frühstück im Grünen* und nicht umgekehrt eine Vorstudie dazu.

Ich bin enttäuscht, sehr enttäuscht! Mein Kartenhaus an Hoffnungen, Mutmaßungen und Indizien bricht in sich zusammen. Nichts ist es geworden mit Originalblättern von Berthe Morisot und Edouard Manet. Es wäre zu schön gewesen, aber auch viel zu unwahrscheinlich. Naja, dafür habe ich einen hübschen Rahmen, angeblich im Empirestil, für nur 190 Euro erstanden. So viel kosten ja schon moderne Rahmen in guter Qualität.

Ich schaue mir das schöne Stück näher an. Das schnörkelige Empire-Imitat weist eigentlich zwei Rahmen auf, einen großen und fein gearbeiteten äußeren und einen kleinen inneren, der das eigentliche Bild präsentieren soll. Auf der die Rahmenleisten umgebenden Fläche finden sich die Reliefs von goldenen Engelchen, Pflanzenranken und Lorberkränzen, alle überragt von einem ebenfalls vergoldeten Wappen. In den Rahmen müsste eigentlich mein *Pseudo-Monet* passen. Ich nehme Maß. Der Innenrahmen überlappt mehr als vorgesehen mein Ölbild, doch man wird das nicht bemerken, wenn man das Gemälde ohne die Rahmung nicht kennt. Und außerdem würde dieser historisierende Rahmen die *Monet-Kopie* wunderbar in Szene setzen und aufwerten.

Als ich den Prunkrahmen vorbereite, finde ich auf den Ecken der Rückseite die Reste eines ehemals aufgeklebten alten Kartons. Da hatte wohl jemand vor langer Zeit eine Rückwand für das Vorgängerbild angebracht. Ich ziehe die Reste vom Holz ab. Unter der linken unteren Rahmenecke kommt eine verwaschene Tintenschrift zutage: *a ma bien aimée Eugénie – ton très cher ami Napol. 1795.* Was hat *das* jetzt wieder zu bedeuten? Es ist mir jedenfalls im Moment egal. Ich schiebe alle weiteren Nachforschungen vorerst beiseite und hänge das gerahmte Bild an meine Wohnzimmerwand.

Über den Autor

Hermann Forschner,
gebürtiger Heidelberger und in Neckarsulm lebend, ist promovierter Musikwissenschaftler und pensionierter Musik- und Biologielehrer. Außerdem dichtet, komponiert, malt und zeichnet er seit seiner Kindheit mit großer Begeisterung. In den letzten Jahren treten er und seine Frau Renate mit selbst gestalteten Kabarett-Programmen in die Öffentlichkeit. Nach drei Gedichtbänden ist das vorliegende Buch seine erste Veröffentlichung von Prosatexten.

Homepage: www.die-forschners.jimdosite.com

Weitere Veröffentlichungen des Autors

Idee und Text: Gabi Kern
Illustrationen: Hermann Forschner
2. Auflage 2021
© Karoline Kinderbuch, 36 Seiten
www.verlagedition-badwimpfen.de
ISBN 9783982045559

Idee und Text: Elinor Sima
Illustrationen: Hermann Forschner
1. Auflage 2022
© Karoline Kinderbuch, 37 Seiten
www.verlagedition-badwimpfen.de
ISBN 9783982360324

© 2020 Hermann Forschner
www.tredition.de, 143 Seiten
ISBN Paperback 978-3-347-21419-4
auch mit Hardcover und als e-Book

© 2021 Hermann Forschner
www.tredition.de, 186 Seiten
ISBN Paperback 978-3-347-27400-6
auch mit Hardcover und als e-Book

© 2021 Hermann Forschner
www.tredition.de, 178 Seiten
ISBN Paperback 978-3-347-35690-0
        Hardcover 978-3-347-35691-7
auch als e-Book